Ronald Olivier
mit Craig Borlase

27 Sommer

Mein Urteil lautete **lebenslänglich,** aber Gott hatte andere Pläne

Francke

Über den Autor:
Ronald Olivier wurde mit 18 wegen Mordes zu lebenslanger Haft verurteilt und verbüßte 27 Jahre seines Lebens im Gefängnis. Hinter Gittern absolvierte er ein Theologiestudium. Heute nutzt er seine Erfahrungen, um ehemals Inhaftierte zu unterstützen und ihnen beim Neuanfang zu helfen. Mit seiner Frau und seinem Sohn lebt er in Baton Rouge, Louisiana.
Ronald Olivier

Craig Borlase ist New-York-Times-Bestsellerautor. Er hat sich auf das Verfassen dramatischer, fesselnder Biografien spezialisiert. An mehr als fünfzig Büchern hat er mitgewirkt und dabei mit einer Vielzahl von Autoren zusammengearbeitet.
www.craigborlase.com

MIX
Papier aus verantwortungsvollen Quellen
FSC® C014138
www.fsc.org

Bibliografische Information der Deutschen Nationalbibliothek
Die Deutsche Nationalbibliothek verzeichnet diese Publikation in der Deutschen Nationalbibliografie; detaillierte bibliografische Daten sind im Internet über https://dnb.de abrufbar.

ISBN 978-3-96362-415-5

Originally published in English under the title
27 Summers: My Journey to Freedom, Forgiveness, and Redemption
Published by arrangement with
HarperCollins Christian Publishing, Inc.

35037 Marburg an der Lahn
Deutsch von Christian Heinritz
Umschlagbild: privat
Umschlaggestaltung: Francke-Buch GmbH / Marion Schramm
Satz: Francke-Buch GmbH
Printed in Czech Republic

www.francke-buch.de

Inhalt

Vorwort

Ich werde den Augenblick nie vergessen, an dem ich zum ersten Mal durch das Tor des größten Hochsicherheitsgefängnisses der USA ging – des berüchtigten *Louisiana State Penitentiary*, in den USA bekannt unter dem Namen *Angola*. Das war im Jahr 2007.

Mein Freund, der Gefängnisaufseher Burl Cain, führte mich herum, und was mir zuerst ins Auge fiel, überraschte mich: Schier endloses Ackerland voller Getreide dehnte sich vor uns aus und auf den Weideflächen dazwischen grasten Rinderherden. Dann aber kamen wir in einen anderen Teil des Komplexes, in dem zu der Zeit fünftausend Verurteilte einsaßen und der auch einen Todestrakt umfasst. Dieser Sektor unterschied sich grundlegend von dem Bereich, den wir zuvor besichtigt hatten. Nie zuvor in meinem Leben hatte ich eine derartig bedrückende Atmosphäre der Hoffnungslosigkeit, der Verzweiflung und der Angst wahrgenommen und das beklemmende Gefühl gespürt, eingeschlossen zu sein.

Diese Stippvisite war die erste in einer Reihe von Besuchen, die mich hinter die Mauern des *Angola* führten und die es mir erlaubten, die Erweckung mitzuerleben, die in den letzten Jahren dort stattgefunden hat. Die froh machende Botschaft von Jesus Christus sprach sich unter den Insassen herum und man hörte erstaunliche Geschichten von Menschen, deren Leben sich grundlegend geändert hatte. Nun könnte man annehmen, dabei handle es sich um halbherzige »Knast-Bekehrungen«, um Menschen, die vom Leben nichts mehr erwarten – immerhin liegt die durchschnittliche Haftdauer in amerikanischen Gefängnissen bei fast neunzig Jahren. Doch in diesem Fall trifft das nicht zu. Männer fanden zu Gott, wuchsen im Glauben und beschäftigten sich ernsthaft mit der Bibel, um als Evangelisten und geistliche Leiter ihren Mitgefangenen dienen zu können. Unter all den Menschen, die so vieles so bitter bereuen, lernte ich Männer kennen, die eine tiefe Freude und Hoffnung ausstrahlen. Sie bilden Gemeinden und finden sich allwöchentlich in unterschiedlichen Räumen – »Kapellen« – ein, die auf dem ganzen Gefängnisareal verteilt sind. Männer, die kaum hoffen dürfen, das *Angola* irgendwann verlassen zu können, treffen sich regelmäßig, sprechen Gebete, die aus tiefstem Herzen kommen, und lesen gemeinsam in der Bibel. Was für ein machtvolles Zeugnis dafür, dass Jesus lebt und dass er das Leben von Menschen verändert, die man in der Regel als hoffnungslos abqualifiziert.

Ein paarmal bat ich darum, das Mittagessen mit sechs bis acht gläubigen Gefangenen einnehmen zu dürfen. Ihre Lebensberichte wurden dann in ein Video eingebunden, das meine Gemeinde im Jahr 2008 produzierte.[1] Einer der Jungs, die an diesen Mittagessen teilnahmen, war Ronald Olivier, der schon als Teenager ins *Angola* eingeliefert worden war. Man stelle sich das vor: ein Jugendlicher zusammen mit Tausenden von Mithäftlingen eingesperrt in einem der schlimmsten Hochsicherheitsgefängnisse der USA.

Ronald war in einem Umfeld voller Gewalt aufgewachsen und ging selbst davon aus, dass er sein dreißigstes Lebensjahr wohl kaum erreichen werde. Die meisten seiner Freunde waren bereits tot und er rechnete damit, dass er früher oder später ihr Schicksal teilen würde. Im *Angola* aber begegnete er Jesus, spürte seine Macht und erfuhr seine Vergebung. Das veränderte ihn von Grund auf. Auf seine lebenslange Haftstrafe hatte sein Sinneswandel allerdings keine Auswirkung. Dennoch gab er sich in dem Video überzeugt, dass Gott noch etwas mit ihm vorhatte, und zwar jenseits der Gefängnismauern des *Louisiana State Penitentiary*. An dieser Zuversicht hielt er jahrelang fest.

Als Ronald schließlich aus dem Gefängnis entlassen wurde, lud ich ihn sofort ein, nach New York zu kommen und die *Brook-*

---

1 Es heißt übersetzt »Das Wunder der Hoffnung«.

lyn Tabernacle-Gemeinde zu besuchen, in der ich als Pastor tätig bin. Ich wollte unbedingt, dass er persönlich meiner Gemeinde erzählt, auf welch wunderbare Weise er Gottes Gnade in seinem Leben erfahren hatte.

Am Tag vor dem Gottesdienst trafen wir uns in einem Restaurant in Brooklyn. Da saßen wir also – nicht länger auf die Kantinenkost in einem Gefängnis irgendwo in Louisiana angewiesen, die unter den wachsamen Augen der Vollzugsbeamten zu essen war, sondern zwei Freunde, die an Gott glaubten und einfach die gemeinsame Zeit genossen. Irgendwann sah mir Ronald fest in die Augen und meinte: »Pastor Cymbala, ist das die Möglichkeit, dass wir beide hier wirklich zusammensitzen? Mir kann keiner erzählen, es gäbe etwas, das Gott nicht schaffen kann!«

In diesem Buch lesen Sie die ebenso packende wie wahre Geschichte meines Freundes Ronald Olivier.

Mir kann keiner erzählen, es gäbe etwas, das Gott nicht schaffen kann.

Jim Cymbala, *Pastor der Brooklyn Tabernacle Gemeinde*

Prolog

»Siebenundzwanzig Sommer.«

Es ist wie immer dunkel in der Zelle, doch ich kann mein Gegenüber sehen. Er schaut finster drein. Die Augen hat er zu Schlitzen verengt. Mit seinen Fäusten krallt er sich an den Gitterstäben fest. Also sage ich es noch mal, etwas langsamer diesmal.

»Siebenundzwanzig Sommer.«

In diesem Bereich der Strafvollzugsanstalt gibt es nur wenig Hintergrundgeräusche und ich weiß, dass ich laut genug gesprochen habe. Der Junge hat mich verstanden. Es ist allerdings offensichtlich, dass er keine Ahnung hat, was meine Worte bedeuten. Das ist auch gut so. Denn genau deshalb habe ich sie auch gesagt.

Ich will kurz erklären, wie das Leben im Gefängnis funktioniert. Wenn man eine Chance haben will, das Ganze zu überleben, dann muss man wissen, wie man hier mit den anderen kommuniziert. In den meisten Fällen sollte man sein Augenmerk auf die nonverbale Kommunikation richten. Was ist mit dem Mann, der da am anderen Ende des Fernsehraums sitzt und dich anstarrt? Zeig bloß keine Schwäche, indem du seinem Blick ausweichst. Was will der Mitgefangene, der dir an deinem ersten Tag im neuen Trakt eine Zigarette anbietet? Oh Mann, du willst lieber nicht wissen, was er mit dir vorhat.

Es ist Jahre her, dass ich das alles gelernt habe, doch das Wissen um diese Spielregeln geht nicht verloren. Es ist so wichtig wie das Atmen. Man vergisst nie, was man tun musste, um zu überleben.

Und darum achte ich peinlich genau darauf, wie ich mich verhalte und was ich sage, wenn ich meine Runden als Gefängnisgeistlicher drehe. Wendet mir jemand den Rücken zu, wenn er mich kommen sieht, sage ich »Hallo«, gehe aber weiter und zeige ihm so, dass ich seine Privatsphäre respektiere. Lehnt er jedoch am Zellengitter und signalisiert mir dadurch, dass er reden will, dann bleibe ich stehen und höre ihm zu.

Dieser Bursche jedoch, der sich da hinter den Eisenstangen vor mir aufgebaut hat und mich so mürrisch fixiert – der braucht etwas ganz anderes. Seit ich aufgetaucht bin, schreit und flucht er herum, beschwert sich darüber, dass angeblich Ratten in seiner Zelle sind; dass seine Toilette schon vor zwei Wochen kaputtgegangen wäre und dass man sie noch immer nicht repariert habe; dass er nun schon seit fünfzehn Jahren hier sei und dass die Bedingungen in Trakt 29 die schlimmsten seien, unter denen er bisher zu leben hatte; dass er hier wohl nie mehr rauskommen würde und dass einer wie ich das nie nachvollziehen könne, weil einer wie ich jeden Abend nach Hause fahren würde und er hier bei den Ratten und dem kaputten Klo zurückbleiben müsse.

Als er seine Tirade unterbricht, um kurz Luft zu holen, sage ich zwei Wörter. Sie bringen ihn unvermittelt zum Schweigen, doch ihre Wirkung ist nur von kurzer Dauer.

Der Häftling atmet tief durch und legt dann erneut los. »Von was redest du, Mann? Siebenundzwanzig Sommer? Was soll das heißen? Du redest Blödsinn. Und dein Gott kann mir hier drin schon gar nicht helfen.«

Ich trete einen Schritt näher. Er starrt mich an, sein Blick bohrt sich in meine Augen. Wären wir beide Gefangene und würden uns die Gitterstäbe nicht trennen, würde er versuchen, mir eine zu verpassen. Doch ich bin nicht bereit, seinem Blick auszuweichen. Er soll merken, dass ich es ernst meine. Ich will, dass er jedes einzelne Wort versteht, das ich ihm jetzt gleich sage.

»Du hast also fünfzehn auf dem Buckel?«, frage ich. »Nun, ich war siebenundzwanzig Sommer im *Louisiana State Penitentiary. Angola.* Sie haben mir ›lebenslänglich‹ gegeben, ohne Hafturlaub oder Bewährung. Eigentlich sollte ich im Knast sterben. Ich saß also zwölf Jahre länger hinter Gittern als du. Doch jetzt stehe ich hier als Leiter der Gefängnisseelsorge dieser Strafanstalt, des *Mississippi State Penitentiary.* Ich stehe heute vor deiner Zelle und rede mit dir als freier Mann. Für mich schien es absolut kein Licht am Ende des Tunnels zu geben, und doch fand ich Licht – und zwar *im* Tunnel. Ich habe das Licht ergriffen und es hat mich ergriffen. Und dann hat es mich bis an das Ende dieses Tunnels begleitet. Dieses Licht ist Jesus Christus, also erzähl mir nicht, dass Gott nicht in der Lage wäre zu helfen.«

Der Gefangene sagt nichts. Er senkt aber auch nicht den Blick. Doch nun fordert er mich nicht mehr heraus. Er sucht nicht mehr den Kampf. Er sucht Hoffnung. Vielleicht hat er soeben einen ersten Hoffnungsschimmer erkannt.

Teil 1

Auf der Straße

Kapitel 1

Die Party

Meine Geschichte beginnt an dem Tag, an dem ich so wurde wie die anderen Kinder, die auch im 8. Bezirk von New Orleans wohnten: vaterlos. Es war der Tag, an dem mein Dad Louisiana verließ. Der Tag, den ich mir in meinen schlimmsten Albträumen nicht hatte vorstellen können, der mich völlig unvorbereitet traf.

Mein Vater lebte zwar nie mit uns zusammen, doch seinen Wohnsitz hatte er stets nur ein paar Blocks weiter. Unabhängig davon, wo er sein Quartier aufgeschlagen hatte – er holte uns regelmäßig zu sich und wir verbrachten viel Zeit miteinander. Seine erste Frau, Mama Brenda, hatte ihm drei Kinder geboren: Reggie, Janeé und Tiny. Mit meiner Mutter war er nicht verheiratet. Sie brachte eine Tochter aus einer anderen Beziehung mit in die Großfamilie: Penny. Das hielt ihn aber nicht davon ab, sie wie sein eigen Fleisch und Blut zu behandeln. An den Wochenenden sammelte er alle seine Kinder ein, steckte uns in sein Auto und wir verbrachten wunderschöne Sommertage miteinander, und zwar als die eine große Familie, die wir waren.

Irgendwann hat er dann noch einmal geheiratet. Und auch wenn er mit seiner zweiten Ehefrau – einer Naturgewalt, die wir Lil Mama nannten – noch eine Tochter namens April in die Welt setzte, verging kaum eine Woche, in der ich ihn nicht sah, während ich heranwuchs. Wir gingen zusammen zum Angeln und machten ausgedehnte Ausflüge in die Umgebung mit ihm. Und am »Mardi Gras«, dem Faschingsdienstag, nahm er uns mit zu den berühmten Karnevalsfeiern in New Orleans. Dad stellte eine wichtige Konstante in meinem Leben dar. Ich blickte auf zu ihm, er prägte mich und schärfte mir ein, stets das Richtige zu tun. Ich war ein ziemlich dickköpfiges Kind, doch so wie der Mond Ebbe und Flut beeinflusst, so sorgte mein Vater dafür, dass ich auf dem richtigen Weg blieb. Wenn es sein musste, griff er auch mal zum Gürtel, doch die Worte, die er danach zu mir sprach, waren wichtiger als die Schläge, die er mir verpasste.

»Was hast du falsch gemacht?«, fragte er mich immer, wenn er den Gürtel beiseitegelegt hatte. »Und was machst du das nächste Mal anders?«

Nun, seine Kraft reichte zwar aus, um mich zu kontrollieren und zu leiten, doch sein Geldinstitut konnte er damit nicht in Schach halten. Einige Geschäfte, an denen er beteiligt war, gingen schief und er war finanziell ruiniert. Infolgedessen kam das Haus, das er damals besaß, unter den Hammer. Eine gut bezahlte Stelle in New Orleans zu bekommen, erschien ihm danach aussichtslos, deshalb beschlossen Lil Mama und er, nach Jacksonville in Florida zu ziehen, wo sie noch einmal ganz von vorne anfangen wollten.

Mein Vater und seine zweite Frau hatten viele Freunde in New Orleans. Dementsprechend aufwendig fiel ihre Abschiedsfeier aus. Q93, der Sender mit der besten Hip-Hop- und »Rhythm and Blues«-Musik in der Stadt, steuerte sowohl die Soundanlage als auch die Getränke bei und übertrug weite Teile der Feier im Radio. Dad grillte einen Haufen Steaks und Spareribs und Lil Mama verbrachte den Vormittag damit, Hähnchen zu frittieren und einen Sandwich nach dem anderen zu belegen.

Die Tatsache allerdings, dass ihr ganzer Hausrat bereits in Umzugskartons verpackt war, blendete ich aus. Ich hörte weg, wenn die Gäste darüber sprachen, wie sehr sie meinen Vater, Lil Mama und April vermissen würden oder wie wohl das Leben aussah, das die drei in Florida erwartete. Stattdessen konzentrierte ich mich ganz auf das, was für einen Fünfzehnjährigen wie mich zählte: auf die Musik, den Alkohol und die Mädchen.

Die Musik war jedenfalls spitze. Wenn der DJ mal nicht gerade meinem Vater zuliebe *Earth, Wind & Fire* auflegte, spielte er harten Hip-Hop aus New Orleans, die *Geto Boys* aus Texas oder den einen oder anderen Gangsta-Rap-Song von *N. W.A.*

Ich genoss also die gute Musik und sorgte dafür, dass mein Alkoholpegel stieg. Zu der Zeit waren Mixgetränke sehr populär und ich entwickelte eine Vorliebe für einen Pfirsichschnaps. Zwar ließ meine Sehkraft mit jedem Glas weiter nach, doch ich baute auf Lil Moms Hähnchenschenkel und hoffte, sie würden den Alkohol in meinem Magen einfach absorbieren.

Und was die Mädchen anging – nun, sagen wir mal, für einen Fünfzehnjährigen verfügte ich über ein ausreichendes Flirtpotenzial.

Irgendwann an diesem Abend landeten mein Bruder Tiny und ich in einem leeren Raum, in dem nur noch ein Bett herumstand. Wir legten uns auf die Matratze und starrten an die Decke. Erst langsam, dann immer schneller sickerte bei uns die Erkenntnis durch, dass unser Vater wenige Stunden später weggehen würde. Es dauerte nicht lange, bis uns die Tränen über die Wangen kullerten. Bald darauf entdeckte uns unsere Mutter. Sie versuchte, uns zu trösten, aber ohne Erfolg.

Dann kam Dad, kletterte auf das Bett und legte sich zwischen uns. Er breitete seine Arme um unsere Schultern und zog uns ganz fest an sich.

»Ich lasse euch nicht zurück wie ein Bündel abgetragener Klamotten. Irgendwann hole ich euch nach Jacksonville und ihr lebt bei mir und Lil Mama. Was haltet ihr davon?«

Wir lagen noch eine ganze Weile so auf dem Bett. Dad hielt uns fest, und das mit einer Kraft, die meiner Meinung nach die Anziehungskraft des Mondes übertraf. Ich weiß noch, wie sehr ich mir wünschte, wir würden dort für alle Zeiten liegen bleiben, doch ich wusste, dass das nicht ging. Früher oder später würde er aufstehen und gehen.

An das, was danach noch alles gesprochen wurde, kann ich mich nicht mehr erinnern, doch was ich dachte, das weiß ich noch sehr gut: Ich war überzeugt, dass ich ihn nie wiedersehen würde. Immerhin gab es unter meinen Freunden im 8. Bezirk keinen, der Kontakt zu seinem Vater hatte. Ein paar von ihnen hatten sich von ihren Vätern verabschiedet – am Bett eines Krankenhauses, an den Gitterstäben einer Strafanstalt oder auch nach einer Abschiedsparty, wie wir sie gerade feierten – doch die meisten hatten ihre Väter nie kennengelernt. Im 8. Bezirk galten Väter als eine unbekannte Spezies, die kurz vor dem Aussterben stand.

Und nun, da meiner Einschätzung nach auch mein Dad für immer aus meinem Leben verschwinden würde, unterschied mich nichts mehr von all den anderen Fünfzehnjährigen, die ich kannte.

Und das konnte nur eins bedeuten.

Es war an der Zeit, dass ich ein Mann wurde.

Kapitel 2

Auf der Straße

»Ronnie Slim! Ronnie Slim! Da drüben guckt jemand aus dem Fenster. Lass uns abhauen!«

Leekies Worte erreichten mein Ohr, doch ich hörte nicht hin. Ich blendete einfach aus, was er sagte, so wie ich auch das Heulen der Alarmsirene und das Flackern der Autoscheinwerfer ignorierte.

»Lass mich mal ran!« Das kam von J-Dog, dem Dritten im Bunde. Doch auf ihn hörte ich genauso wenig. Ich war viel zu sehr damit beschäftigt, das Lenkrad des *Oldsmobile 98* zu knacken.

Damals in den 90-ern brauchte man nur zwei Dinge, um ein Auto zu stehlen. Da sie einfacher konstruiert waren und noch nicht so viel Sicherheitstechnik in ihnen steckte wie in den heutigen Fahrzeugen, benötigte man nur einen einfachen Schraubenzieher, um hineinzukommen. Dann musste man die Manschette um die Lenksäule herum aufbrechen und an dem Stift ziehen, der sich darunter versteckte, und schon startete der Motor. Anschließend reichte ein kurzer Griff in die Blinker-Box, um das Lenkradschloss zu knacken.

Doch es gab noch einen anderen Faktor, der darüber entschied, ob man bei Raubzügen erfolgreich war, und den konnte man nicht in einem Werkzeugladen kaufen oder sich aneignen, indem man in irgendwelchen herrenlosen Autos am Straßenrand übte. Man musste verflixt schnell sein, sonst endete so etwas tödlich.

Viele Autos, die damals in unserer Nachbarschaft herumstanden, waren mit Alarmsystemen ausgestattet, denn da, wo wir lebten, waren die Leute auf ihr Auto angewiesen. Deshalb hüteten sie es wie ihren Augapfel und reagierten in der Regel blitzschnell, wenn ihre Karren zu hupen anfingen. Die Zeit, die nach dem Aufheulen der Sirenen verging, bis der Besitzer am Fenster auftauchte und das Feuer auf dich eröffnete, war knapp bemessen. Wie knapp, war schwer zu sagen. Wir hatten ausgerechnet, dass es maximal zehn Sekunden waren.

Das wussten wir aus Erfahrung – Leekie, J-Dog und ich. Immerhin waren wir bereits kurz, nachdem mein Vater weggezogen war, ins Autoknacker-Geschäft eingestiegen. Wir hatten uns wochenlang überlegt, wie man es am klügsten anstellte, und geprüft, wer von uns der Geschickteste war. Es hatte sich herausgestellt, dass ich ein wahres Talent auf diesem Gebiet war, und bislang war mir auch noch keine Lenkradmanschette untergekommen, die ich nicht aufgekriegt hätte.

Zumindest bis zu jener besonderen Nacht und jenem speziellen Auto. Zum ersten Mal versuchte ich mein Glück bei einem *Oldsmobile 98* und merkte, dass mein vielfach bewährter Schraubenzieher zu klein war, um die Manschette aufzustemmen. Ich konnte ihn zwar mühelos hineinstoßen, doch das Material wollte einfach nicht brechen. Je mehr ich mich reinhängte, desto schweißnasser wurden meine Hände.

»Wir sind schon bei zwölf Sekun…«

Leekies Stimme ging unter in dem Knall, mit dem die erste Kugel einen Mülleimer direkt hinter uns durchlöcherte. Der nächste Schuss folgte unmittelbar danach und verfehlte sein Ziel nur um wenige Zentimeter. Bevor das dritte Geschoss einschlug, gelang es mir endlich, die Manschette zu knacken. Zwei, drei Sekunden später war der Stift gezogen und das Lenkrad entsperrt. Wir gaben mächtig Gummi und schossen die Straße entlang.

Ich war nicht nur ein begabter Autoknacker, ich hatte auch schon mehrfach mein Talent als Rennfahrer bewiesen. Wenn ich mit einem Affenzahn um die scharfen Kurven raste, bereuten meine Kumpels, dass sie sich nicht angeschnallt hatten. So schaffte ich es, serienweise an roten Ampeln oder Stoppschildern vorbeizufahren, ohne mit anderen Autos zu kollidieren. Und was noch wichtiger war – ich schien einen sechsten Sinn zu haben für Gefahren jeder Art. War ein Auto zu gut bewacht, als dass wir es problemlos hätten stehlen können, dann merkte ich das. Wartete irgendwo an unserem Fluchtweg ein Polizeiwagen, dann ahnte ich das. Ich hatte keinen blassen Schimmer warum, aber ich wusste es einfach.

Leekie und J-Dog hatten wiederum andere Stärken. Sie waren beide älter als ich, Leekie etwa ein Jahr und J-Dog zwei. Leekie war zweifellos der Klügste von uns und wahrscheinlich auch der Besonnenste. Sobald wir ein Auto ausgemacht hatten, das wie eine leichte Beute aussah, beruhigte er erst mal die Gemüter. Dann nahm er sich Zeit, um die Umgebung zu checken und einzuschätzen, wie hoch dort die Gefahr war, unter Beschuss zu geraten, so wie er es auch getan hatte, als uns das *Oldsmobile 98* ins Auge gefallen war.

J-Dog war ein Hitzkopf. Er ging schnell in die Luft und war der Risikofreudigste unter uns. Im Gegensatz zu Leekie und mir, die bis dahin ihr ganzes Leben in der immer gleichen Straße im 8. Bezirk zugebracht hatten, stammte er aus einem üblen Stadtteil, den man *»Desire Project«* nannte. Auch wenn dieser Bezirk in seiner alten Form heute nicht mehr existiert, so weiß jeder, der die 80er- und 90er-Jahre in New Orleans verbracht hat, wie verrufen und gefährlich diese Gegend seinerzeit war. Es war ein Dschungel, in dem die Gewalt herrschte und das Gesetz nichts galt. Entweder man tötete oder man wurde getötet. Nur die Starken überlebten.

Während nun Leekie ein helles Köpfchen war und J-Dog ein Draufgänger, befand ich mich irgendwo dazwischen. Es gab Tage, da teilte ich Leekies Bedenken und war bereit, auf den einen oder anderen riskanten Coup zu verzichten. Weitaus häufiger aber fand ich Gefallen an den verrückten Ideen von J-Dog und das bedeutete, dass Leekie überstimmt war. In den meisten Fällen war er dann doch mit von der Partie.

Die Straße war so etwas wie unser Spielplatz und wir machten, was wir wollten. Wir stahlen Autos, brausten damit durch die Gegend und stellten sie schließlich verbeult und verwüstet irgendwo mitten auf der Straße ab. Keiner konnte uns aufhalten. Unser Treiben hatte einfach keine Konsequenzen. Das alles war für uns tausendmal besser als jedes Videospiel der Welt. Bald war ich so süchtig nach diesen Adrenalinstößen, dass ich sie Nacht für Nacht suchte.

Einen besonderen Kick hat mir mit Sicherheit die Erfahrung jenes besonderen Abends verpasst, an dem uns der Besitzer des *Oldsmobile 98* beinahe ins Jenseits befördert hätte. Ich sah zu, dass wir den 7. Bezirk hinter uns ließen, und jagte mit 130 Sachen die St. Bernard Avenue entlang. Erst als wir die North Claiborne Avenue überquert und auf quietschenden Reifen nach links in die North Robertson Street geschlittert waren, atmete ich auf. Irgendwo hinter uns heulten Polizeisirenen auf.

»Ronnie Slim!«, kreischte Leekie, doch ich sah keinen Redebedarf. Solange ich am Steuer saß, waren Leekie und J-Dog in meiner Hand. Und ich tat, was getan werden musste.

Es wird wohl etwa gegen 3 Uhr morgens gewesen sein, die Straßen waren menschenleer. Ich schlug den kürzesten Weg in den 8. Bezirk ein und verließ mich darauf, dass ich mich in dem Gewirr von Seitenstraßen besser auskannte als die Cops. Zudem war es von Vorteil, dass ich noch keine Ahnung hatte, wo bei einem *Oldsmobile 98* der Kipppunkt liegt. Darum nahm ich jede Kurve mit Höchstgeschwindigkeit und sorgte dafür, dass der Drehzahlmesser permanent am Anschlag blieb.

Irgendwann aber schaltete ich runter und suchte eine Stelle, an der wir das Fahrzeug ungestört verlassen konnten. Einen Platz, der so günstig lag, dass ich nur über ein paar Zäune springen musste, um unsere Wohnung zu erreichen. Zwar hatte der Lärm der Sirenen etwas nachgelassen, doch es war nur eine Frage der Zeit, bis sie das Auto entdecken würden.

Wir rollten ein paar Augenblicke langsam vor uns hin, dann

bog ich nach rechts ab – und blickte ins Scheinwerferlicht einer Polizeistreife. Sie war keine dreißig Meter mehr entfernt. Der Fahrer drückte das Gaspedal durch. Ich riss das Steuer instinktiv nach links. In eine Sackgasse.

Unser Motor heulte auf. Von unserer Straße trennten uns nur noch ein paar Blocks. Die Gasse, in die ich hineinbretterte, endete nach etwa vierhundert Metern vor einem Zaun und auf diesen rasten wir jetzt zu. Mit hundert Stundenkilometern.

»Fertig?«

Keine Antwort. Sie wussten, was nun kommen würde: ein halsbrecherischer Schachzug, der uns erlauben würde, einfach von der Bildfläche zu verschwinden wie die Magier in Las Vegas. Wir hatten diesen Trick schon bei einem unserer letzten Raubzüge ausprobiert, doch damals hatte er nicht richtig funktioniert. Wahrscheinlich waren wir nicht schnell genug gewesen.

Darum holte ich jetzt das Letzte aus der Maschine heraus. Uns blieben nur noch wenige Meter. Hinter uns das Aufheulen der Sirenen und die blauen Blitze, die durch die getönte Heckscheibe zuckten.

Unsere Verfolger jedoch waren mir ziemlich egal, meine Aufmerksamkeit galt einzig und allein dem Ende der Straße, auf das wir zuflogen.

Noch fünfzig Meter.

Dreißig.

Zwanzig …

»Jetzt!«, schrie ich. Ich trat noch einmal das Gaspedal durch und drosch gleichzeitig den Schaltknüppel des Automatikgetriebes in die Parkposition. Der Wagen kollabierte regelrecht, im Motorraum brach die Hölle aus und das ganze Fahrzeug zuckte und zappelte wie eine Leiche, die man unter Starkstrom setzt. In Windeseile verbreitete sich der Gestank von verbranntem Öl, schmelzendem Plastik und glühendem Metall und massiver weißer Qualm quoll in dicken Schwaden unter der Motorhaube hervor – ganz so, wie ich es gehofft hatte.

Wenige Sekunden später hatte sich ein beißender Nebel über die ganze Szenerie gelegt, in dessen Schutz wir endgültig entkamen.

Vier Minuten, sieben Zäune und drei Blocks weiter und ich war daheim.

Noch als ich im Bett lag, klopfte mir das Herz bis zum Hals. An Schlaf war nicht zu denken, doch das war mir völlig egal. Aufgekratzt wälzte ich mich hin und her und rekapitulierte in einem fort die Ereignisse des Abends. Er hatte schon gut angefangen. Zuerst waren wir bei *Popeye* in der Canal Street gewesen, um ein paar Chicken Wings zu verdrücken. Dann hatte J-Dog irgendeinem Kerl seine Football-Jacke mit dem Emblem der *New Orleans Saints* abgeknöpft. Dann war es Leekie gelungen, einem Mädchen die Telefonnummer abzuluchsen. Und schließlich hatte ich uns diesen fabelhaften Schlitten besorgt.

Stilvoller konnte man seinen sechzehnten Geburtstag nicht feiern.

Kapitel 3

Florida

Vergleicht man meinen Vater mit dem Mond, der so stark und unwandelbar ist und Geborgenheit vermittelt, dann müsste man für meine Mutter das Bild der Sonne wählen. Auch sie strahlt unglaublich viel Liebe aus und ihre machtvolle Anziehungskraft hält die ganze Familie zusammen. Doch im Gegensatz zu meinem Vater ist sie eine ausgesprochen heißblütige Person. In kürzester Zeit brennt sie lichterloh. Sie hat was von einer chemischen Reaktion, die permanent zu einer Explosion führen könnte. Ihr ganzer Clan tickt so. Ich habe an vielen Familientreffen teilgenommen, die die Gäste mit einer Schlägerei auf der Straße vor dem Haus fortsetzten und in der grünen Minna auf dem Weg zum nächsten Polizeirevier beendeten.

Doch dass meine Mutter mich liebt – daran habe ich nie gezweifelt. Selbst als ich auf die schiefe Bahn geriet und Autos klaute, war ich mir sicher.

Ich merkte es an der Art und Weise, wie sie mich in die Arme nahm und mich knuddelte.

Ich erkannte es an dem Opfer, das sie brachte, als sie zwei Jobs annahm und siebzig Stunden in der Woche arbeitete, um uns durchzubringen.

Ich begriff es, als ich sie des Öfteren zusammen mit Leekies Mutter um 4 oder 5 Uhr morgens auf unserer Straße antraf, wo sie auf mich und die Jungs gewartet hatte. Während wir nach Hause gingen – oder rannten, je nachdem, ob uns irgendwelche Ordnungskräfte im Nacken saßen –, zeterten die beiden aus Leibeskräften, es wurde laut und manchmal auch etwas handgreiflich. Doch ich spürte ihre Liebe. Die reine, unerschütterliche, glühende Liebe, die eine Mama für ihre Kinder empfindet.

Aber so, wie ich an ihrer Liebe zu mir nie gezweifelt habe – und das bis heute –, so sicher wusste ich auch, dass sie mich nicht wirklich im Griff hatte. Ich war ihr Sohn und das bedeutete, dass ich der gleiche Heißsporn war wie sie, genauso leicht entflammbar. Und da ein Vater nicht in erreichbarer Nähe war, der mich an der kurzen Leine gehalten hätte, war ich vollkommen unkontrollierbar.

Nun – nachdem Leekie, J-Dog und ich acht Monate lang unser Unwesen getrieben hatten, Autos gestohlen, Leute überfallen, Trinkgelage abgehalten und Katz und Maus mit der Polizei gespielt hatten, war es Zeit, etwas an dieser Situation zu ändern. Es war Zeit für einen Ortswechsel.

Ich weiß nicht mehr, ob das auf einen Vorschlag meines Vaters zurückging, ob meine Mutter mit mir an ihre Grenzen gekommen war oder ob es mit dem Wunsch zusammenhing, der seit Dads Abschiedsparty in meinem Herzen schwelte. Wahrscheinlich war es von allem etwas. Jedenfalls konnte ich mit der Aussicht, New Orleans zu verlassen, gut leben. Denn sosehr ich den Spaß auch genossen hatte, den mir das Autoknacken und das zügellose Leben bereiteten, so viel konnte ich der Idee abgewinnen, aus meinem Getto rauszukommen und irgendwo anders zu leben. Wo es ruhiger zuging. Wo es sich mehr wie »zu Hause« anfühlte.

Und so kam ich gleich am ersten Tag unserer Sommerferien in Jacksonville/Florida an. Ich war glücklich und ging davon aus, dass ich nun für immer bei meinem Dad bleiben würde. Er hatte sich in einem Haus etwas außerhalb der Stadt niedergelassen. Es war ein ziemlich altes Gebäude, das von einem großen Grundstück umgeben war und in der Nähe eines Friedhofs lag. Falls es überhaupt Nachbarn gab, dann wohnten die so weit weg, dass wir von ihnen nichts mitbekamen.

Eine Sache, die mir gleich zu Beginn auffiel, war der unangenehme Geruch, der das Haus durchzog.

»Der kommt vom Quellwasser«, meinte Dad und zeigte mir die

Ursache: zehn offene Flaschen, die er und Mama Lil in der ganzen Küche verteilt hatten. »Da wir nicht an die öffentliche Wasserversorgung angeschlossen sind, holen wir es aus einer Quelle. Wir lassen es offen stehen und nach ein paar Tagen schmeckt es etwas besser. Gegen den Geruch kann man nichts machen, aber mit der Zeit gewöhnst du dich daran.«

Er hatte recht. Nach ein paar Tagen bemerkte ich den Gestank nur noch, wenn ich unter der Dusche stand. An was ich mich aber nicht gewöhnen konnte, war die Stille. Kein Verkehrslärm, keine Sirenen, keine Typen, die draußen herumschrien, keine Schießereien, keine Verfolgungsjagden, keine Junkies, keine Zuhälter, keine Dealer, die in ihren aufgemotzten Schlitten durch die Straßen unseres Viertels rollten und mit ihren Soundsystemen die Wände unseres Häuschens erzittern ließen.

Da war nur Stille.

Heute würde ich es Frieden oder Ruhe nennen, doch damals war es die reine Folter für mich. Es fühlte sich an wie die unheimliche Stille, die man als Kind empfindet, wenn man aus einem Albtraum erwacht ist. Man horcht, ob da nicht irgendwelche vertrauten Geräusche sind, die einen beruhigen und signalisieren, dass alles gut ist. Und wenn man sie nicht wahrnimmt, beschleicht einen die Angst.

In Florida konnte ich mit diesem Frieden nicht umgehen. Er machte mich regelrecht verrückt und ich hatte damals keine Ahnung, warum das so war. Und selbst wenn ich mit der Stille irgendwie zurechtgekommen wäre, so hätte ich doch nie zugegeben, dass mich jene entfesselten acht Monate in New Orleans bereits tief geprägt hatten. Sie hatten mich gelehrt, dass man draußen auf der Straße nie abschalten oder gar entspannen konnte. Überall lauerten Gefahren und man musste jederzeit bereit sein, um sein Leben zu kämpfen.

Und es gab noch ein Problem. Meinen Vater. Genauer gesagt – seine Regeln. Zum ersten Mal in meinem Leben wurde über mich so etwas wie ein Zapfenstreich verhängt.

»Mitternacht?« Ungläubig starrte ich ihn an, nachdem er mir mitgeteilt hatte, wann ich nach Hause kommen sollte.

»Stimmt.«

»Ey Mann, du machst Witze.«

Ein Schulterzucken war die Antwort. Ich trat ein paar Schritte zurück, pumpte mich auf in meiner coolen *»San Francisco 49ers«*-Bomberjacke, breitete ungläubig die Arme aus und versuchte, auf diese Weise Eindruck zu schinden. Als sei ich ein Gegenüber, mit dem man mittlerweile rechnen musste. Dabei war ich nur 1,77 m groß und wog kaum fünfzig Kilo.

Dad lächelte nur. »Mitternacht, Ronald.«

* * *

Von New Orleans trennten mich achthundert Kilometer, doch das hielt mich nicht davon ab, Kontakt zu Leekie, J-Dog und anderen Freunden zu halten. So wie es mich auch nicht davon abhielt, mal wieder ein Ding zu drehen. Ich hatte es nur der kriminellen Energie zu verdanken, die mich damals umtrieb, dass ich einen Weg fand, Telefongespräche im Wert von mehreren Tausend Dollar zu führen, ohne dass sie das Konto meines Vaters belasteten. Und so rief ich einfach bei der Vermittlung an und jammerte, ich wäre weit weg von zu Hause und müsste dringend daheim anrufen. Dann gab ich irgendeine x-beliebige Telefonnummer an und alle paar Tage hielt irgendein ahnungsloser Telefonbesitzer die Rechnung über meine stundenlangen Gespräche in den Händen.

Auf diese Weise hielten sie mich auf dem Laufenden über alles, was daheim im 8. Bezirk vor sich ging. Ich hörte von all den Schießereien und Morden, erfuhr, welche Kids im Jugendknast gelandet waren, und ließ mir schildern, wie knapp Leekie und J-Dog diesem Schicksal unlängst wieder entgangen waren. Sie prahlten damit, wie viel Gläser Starkbier oder Pfirsichlikör sie schon vertrugen, bis sie einen Rausch hatten. Sie flunkerten was von einem Wettstreit, der darin bestand, die Bourbon Street entlangzuflanieren und am Ende des Tages zu zählen, wer die meisten Telefonnummern williger Mädels eingesammelt hätte. Und schließlich schwärmten sie von all den köstlichen Fischsuppen, den gekochten Langusten und Krabben, den leckeren Hühnchen bei *Popeye*, den ellenlangen Fischbaguettes, auf die man in Louisiana noch heiße Würstchen, Salat, Tomaten und Spiegelei packte. Und während wir sprachen, meinte ich, die verschiedenen Geschmacksrichtungen meiner Heimat auf der Zunge zu spüren.

Noch bevor der Sommer zu Ende ging, war ich wieder zurück in New Orleans.

Kapitel 4

Die vier apokalyptischen Reiter

Nach Hause zu kommen, bedeutete, wieder in die Schule gehen zu müssen. Ich hatte die neunte Klasse nicht geschafft und auch keine Lust, sie auf der *Pierre A. Capdau Junior High* – einer Hauptschule – zu wiederholen. Darum wechselte ich an die *Francis T. Nicholls School.* Meine Begeisterung für Lehranstalten ließ grundsätzlich zu wünschen übrig, egal, welche ich besuchte. Doch in dieses Schuljahr ging ich mit einem guten Gefühl, denn es gab ein paar Anzeichen, dass ich diesmal mehr Gefallen daran finden könnte, die Schulbank zu drücken.

Zum einen waren das die Mädchen. Sie hatten doch tatsächlich nichts dagegen, dass ich meine Klamotten in ihrem Umkleideraum wechselte. Und wenn ich ihnen dann meine Unterwäsche zeigte, die ich mir von meinem Bruder Reggie geborgt hatte, quiekten sie jedes Mal vor Vergnügen. (Mein Tipp: Leopardenmuster sind nicht zu toppen!)

Zum anderen lag es an Mathe. Ich liebte dieses Fach. Es zog mich völlig in seinen Bann und wenn ich ein Blatt mit Aufgaben durcharbeitete, versank die Welt um mich herum. In Augenblicken wie diesen war ich mit Leib und Seele bei der Sache und suchte fieberhaft und konzentriert den Lösungsweg.

Und schließlich waren in der Schule auch noch meine Kumpels, zu denen es mich zog. J-Dog ging zwar auf die *Charles J. Colton Junior High*, doch Leekie besuchte auch die *Nicholls.* Es gab noch vier andere Jungs, die mit uns abhingen und mit denen ich mich langsam anfreundete – Runn, Black, Cleve und Putt. Wir waren stolz auf unseren schlechten Ruf und darauf, dass man auf der Straße über uns sprach und uns mit Respekt begegnete. Auch wenn wir keine richtige Gang bildeten, beschlossen wir, unserem gemeinsamen Auftritt einen offiziellen Anstrich zu verleihen und uns einen Namen zu geben. Aus irgendeinem Grund wollten nicht alle vier bei unserem »Club« mitmachen und am Ende bildeten Leekie, J-Dog, Putt und ich den harten Kern. Nachdem wir einen Namen gefunden hatten, machten wir einen Ausflug in die Canal Street, wo jeder eine schwarze Basecap kaufte, an deren Seite wir den Schriftzug mit unserem Gang-Namen aufbringen ließen:

The Four Horsemen.

Nun war es offiziell. Wir waren überzeugt davon, dass wir eines Tages die ganze Stadt beherrschen würden.

* * *

Doch – ob es das Hochgefühl ist, in einer Umkleide voller kichernder Mädchen der Mittelpunkt zu sein oder eine Seite perfekt gelöster Algebra-Aufgaben in der Hand zu halten oder mit den *Four Horsmen* über den Schulkorridor zu schlendern und zu wissen, dass man sich reihenweise nach uns umdreht – irgendwann verlieren selbst solche Höhepunkte ihren Reiz. Meine Bereitschaft, Einsatz zu zeigen, schmolz dahin und über kurz oder lang hatte ich jedes Interesse am Lernen verloren. Schule – das war Vergangenheit, meine Zukunft lag auf der Straße.

Leekie und ich hatten beide ältere Brüder. Die waren wie alle anderen achtzehn- oder neunzehn-jährigen jungen Männer in der Gegend. Sie hatten keinen Beruf gelernt und auch nicht die Absicht, einen solchen zu ergreifen. Warum auch? Ihre Tage verbrachten sie mit Schlafen und ein bisschen Basketballspielen und nachts verdienten sie haufenweise Geld mit dem Verkauf von Crack.

Da uns keine anderen männlichen Identifikationsfiguren zur Verfügung standen, orientierten wir uns an unseren Brüdern und kopierten ihre Art, ein Mann zu sein. Sie zeigten uns, was man tun musste, um zu überleben und respektvoll behandelt zu werden. Sie hatten die Autos, die Schießeisen und die dicken Bündel Banknoten, die ihren Erfolg bewiesen. Wir vergötterten sie ganz einfach.

Und so war es nie die Frage, *ob* wir ins Drogengeschäft einsteigen würden, sondern lediglich, *wann* wir das tun würden. Da ich gerade sechzehn Jahre alt geworden war und Leekie nur noch ein paar Wochen bis zu seinem siebzehnten Geburtstag fehlten, gingen wir davon aus, dass wir noch nicht dem Erwachsenenstrafrecht unterlagen, wenn sie uns dabei erwischten, wie wir gegen das Gesetz verstießen. Deshalb fiel uns kein Grund ein, warum wir damit noch warten sollten.

Wir hatten nur ein Problem, und das war die Frage, wie wir an die heiße Ware rankommen sollten. Es gab ein paar Dealer im 8. Bezirk, doch die verkauften nur kleine Mengen, in der Regel nicht mehr als die üblichen 3,5 g. Um Gewinn zu machen, mussten wir also bei 7 g einsteigen – Minimum. Das bedeutete, wir mussten unsere Ware von größeren Dealern beziehen. Nach unserem Wissen gab es nur einen Ort, wo wir Leute von diesem Kaliber finden würden, und das war das »*Desire Project*«.

Putts hatte seine Stärken eher beim Footballspiel als beim Drogendealen, deshalb war er raus. Ich glaube, auch Leekie zögerte noch. Dementsprechend spielte er auch bei unserem ersten Geschäft keine Rolle. J-Dog und ich aber waren bereit.

* * *

Im »*Desire Project*« ging es zu wie in all den anderen Projekten des sozialen Wohnungsbaus dieser Tage. Es war ein Ort der Armut und Gesetzlosigkeit, um den viele einen großen Bogen machten, insbesondere die Polizei. Auf einem halben Quadratkilometer

Fläche lebten mehr als zehntausend Menschen. War ein Besuch dort unvermeidbar, dann unternahm man den nur bei Tageslicht und wagte sich auch nicht weiter vor als bis zu den vorderen Häusern, die an der Hauptstraße lagen. Geriet man versehentlich tiefer hinein in diesen Dschungel, ohne über die richtigen Kontakte zu verfügen, dann hatte man eine schlechte Prognose, das Viertel lebend zu verlassen.

Es war schon spät und ziemlich dunkel, als ich mich mit J-Dog in *Johnny's Bar* traf, um noch mal sicherzugehen, dass wir über die fünfzig Dollar verfügten, die wir für das Geschäft benötigten. Immerhin hatte ich meine Nerven einigermaßen im Griff, als wir zwei, drei Blocks weiter nach Norden fuhren. Dann, am äußersten Rand des Viertels, stiegen wir aus und es gelang mir, das Zittern in meiner Stimme zu unterdrücken, als ich fragte: »Wohnt er hier?«

»Nein.« J-Dog lächelte. Er wusste, warum ich fragte. »Weiter hinten.«

Ich wollte ihm versichern, dass ich nichts einzuwenden hätte gegen einen kleinen Spaziergang, doch meine Kehle war auf einmal wie zugeschnürt.

Jedenfalls folgte ich J-Dog, der mich nun tief in das Herz des *»Desire Projects«* führte. Im grellorangen Licht der Bogenlampen sahen alle Häuser gleich aus. Da es keine Straßenschilder gab, denen man hätte folgen können, blieben uns nur ausgebrannte Autowracks als Orientierungspunkte. Es dauerte nicht lang und ich hatte keine Ahnung mehr, wo ich war.

»Wir warten hier«, meinte J-Dog, als wir eine weitere Ecke umrundet hatten. Er stellte sich unter eine Laterne und spähte den Gehsteig entlang, der in die absolute Dunkelheit führte. Es war, als starrte man in ein Grab.

»Was ist mit den Lampen passiert?«

J-Dog zuckte mit den Schultern. »Sie haben sie ausgeschossen.«

Ich blickte mich um. Mitternacht war kaum vorbei, doch auf den Straßen war keine Menschenseele mehr zu sehen. Es sah mehr nach Florida aus als nach New Orleans. Gerade als ich J-Dog fragen wollte, ob es in dieser Gegend immer so ruhig zugehe, sah ich in der Finsternis am anderen Ende des Blocks ein Licht aufleuchten. Es kam von einer Taschenlampe und ging ständig an und aus.

J-Dog schwieg und machte sich auf den Weg in Richtung Taschenlampe.

Ich folgte ihm so dicht wie möglich auf den Fersen.

Als uns nur noch ein paar Schritte von unserem Ziel trennten, hörte der Besitzer der Lampe auf zu blinken und richtete den Lichtstrahl voll auf unsere Gesichter. Die Schatten, die er warf, waren auf den ersten Blick schwer zu erkennen, aber ich meinte, direkt vor uns mehrere Barrieren zu erkennen, die quer über die Straße verliefen und uns zwangen, die letzten Meter im Slalom zurückzulegen. Ich musste unwillkürlich an Rinder denken, die zur Schlachtbank geführt werden. Wenn unser Gegenüber beabsichtigte, uns einzuschüchtern, dann war er ausgesprochen erfolgreich.

Am anderen Ende der Taschenlampe standen zwei Männer. Sie waren beide schwer bewaffnet und jeder von ihnen wog mit Sicherheit so viel wie J-Dog und ich zusammen. Es fiel kein Wort, als sie uns nach Waffen durchsuchten. Dann schickten sie uns um die nächste Ecke, wo schon das nächste Lichtzeichen auf uns wartete.

Ein paar Augenblicke später landeten wir endlich in einer ganz normalen Wohnung. Ein paar Kerle – etwa so alt wie mein Bruder Reggie – lagen herum, rauchten und tranken. Doch im Unterschied zu Reggies Kumpanen, die ihre Handfeuerwaffen nie zeigten, präsentierten diese Leute ganz offen ihre Sturmgewehre, Maschinenpistolen und Kalaschnikows.

J-Dog kümmerte sich ums Geschäftliche, überreichte unser Geld und nahm die Ware entgegen. Ich bemühte mich, dreinzuschauen wie einer, der tagtäglich Transaktionen dieser Art abwickelte.

Erst als wir uns zum Gehen wandten, wurde mir bewusst, dass

der gefährlichste Teil dieses Deals noch vor uns lag. Wir hatten den Typen unser Geld gegeben, man wusste, dass wir unbewaffnet waren und J-Dog trug nun astreines Crack mit sich herum. Wäre jetzt jemand auf den Gedanken gekommen, uns zu überfallen – er hätte den Fang seines Lebens gemacht.

Wir verließen das Gebäude und traten hinaus in die Finsternis.

Noch nie in meinem Leben hatte ich mich so wehrlos gefühlt.

* * *

Am Abend des nächsten Tages, zurück in der Sicherheit des 8. Bezirks, machten wir uns an die Arbeit. Leekie, J-Dog und ich hatten viel Zeit damit verbracht, unsere Brüder auszufragen, was man beim Verkauf des Stoffs zu beachten hatte, und auf dieser Grundlage einen soliden Geschäftsplan entwickelt. Einer von uns kümmerte sich um den Verkauf, ein anderer um die Drogen und der Dritte hatte die Aufgabe, uns Ärger vom Hals zu halten. Wir hatten auch den perfekten Ort gefunden – eine Straßenecke, zwei Blocks von unserem Haus entfernt und in der Nähe einer Bar. Dort konnten wir unsere Geschäfte abwickeln, ohne anderen Dealern in die Quere zu kommen.

Mit Einbruch der Nacht bezogen wir unsere Positionen und begannen mit dem Verkauf.

Zehn Minuten später waren wir alles losgeworden. Für die Verdoppelung unseres Geldeinsatzes hatten wir weniger Zeit verbraucht als für unseren Heimweg.

Wir waren baff. Wir wussten, dass man mit dem Verkauf von Crack eine Menge Geld verdienen konnte. Warum sonst sollten sich auf diesem »Geschäftsfeld« so viele Leute betätigen, wenn es doch so einfach war, in nur zehn Minuten einen Gewinn von fünfzig Dollar zu machen? Das war vollkommen verrückt.

Und es machte süchtig.

Es dauerte nicht lange und wir fuhren mit unserem Einsatz von hundert Dollar in das »*Desire Project*«.

Kapitel 5

Viel Geld, noch mehr Verzweiflung

Schon nach zwei Monaten verkauften wir nicht mehr die übliche Menge von 1,75 g zu 50 Dollar oder 3,5 g zu 125 Dollar. Nein, wir handelten bereits mit 7 g, den sogenannten »Quarters«, für die wir zwischen 250 und 375 Dollar bekamen. Wir mussten uns nur ein paar Stunden auf der Straße herumtreiben, um am Ende des Abends mit Hunderten von Dollar nach Hause zu gehen, die wir in unseren Socken und Schuhen versteckt hatten.

Kaum waren die ersten Geschäfte über die Bühne gegangen, fühlten wir uns wie die Könige. Doch die Straße hat Mittel und Wege, einem zu zeigen, wer wirklich das Sagen hat. Es genügten schon die dröhnenden Bässe aus der Soundanlage eines Straßenkreuzers, den ein schräger Typ aufreizend langsam durch unser Viertel rollen ließ. Sie erinnerten uns daran, dass wir ganz, ganz kleine Fische in einem riesigen Meer waren. Und die Jungs mit den Goldkronen auf den Zähnen und den protzigen Goldkettchen um den Hals – das waren die weißen Haie. Ihre riesigen Schlitten waren Sinnbild für ihre Macht, ihren Einfluss und ihren abgehobenen Status. Die dicksten Raubfische unter ihnen waren so beeindruckend, dass bei ihrem Eintreffen ganz Straßenzüge zusammenliefen, um zu gaffen. Mich faszinierte vor allem ein *Oldsmobile Cutlass*, der einem Kumpel meines Bruders gehörte. Das blaugrün lackierte Auto überzog ein Netz aus zahllosen goldfarbenen Flöckchen, die die Sonnenstrahlen so intensiv reflektierten, dass es aussah wie ein Stück Ozean auf Rädern. Das Verdeck des Cabrios war in der Farbe von Erdnussbutter gehalten und nie zuvor hatte ich etwas so Elegantes gesehen wie die stets makellos schwarzen Reifen, die sich um chromblitzende Felgen wölbten.

Wir machten noch viel zu wenig Umsatz, um uns ein Statussymbol dieser Art kaufen zu können. Und selbst wenn uns das möglich gewesen wäre – das Autoknacken machte noch immer viel zu viel Spaß. Allerdings waren wir uns einig, dass uns etwas Gold im Mund ganz gut stehen würde. Also ließ sich Leekie sechs Zähne überkronen – das Stück für 110 Dollar – und J-Dog begnügte sich mit vier. Und ich? Auch wenn ich es ungern zugab – ich hatte Angst vor Spritzen. Darum beließ ich es bei zwei Zähnen. Und das auch nur, nachdem ich die beiden Beißerchen zwei Wochen lang hochoffiziell mit Goldfolie eingewickelt hatte, sodass meine Mutter auch später noch glaubte, es handle sich nur um buntes Papier.

Wir lebten in einer Welt, die eins zu eins dem Milieu entsprach, das *N. W.A.*, die *Geto Boys* und all die anderen Rapper in ihren Songs beschrieben. Sie fuhren die Autos, die wir auf unseren Straßen sahen, sie sprachen wie wir, zogen sich an wie wir, trugen die gleichen Kämpfe aus und starben wie wir. Vielleicht führten die Menschen in anderen Teilen der USA eine ganz andere Existenz, wo man einer geregelten Arbeit nachging, wo es auf den Straßen friedlich zuging und wo man in Ruhe alt werden konnte – doch das ging mich nichts an. Diese Version von Amerika unterschied sich in meinen Augen kaum vom Leben auf dem Mars. Meine Realität war so, wie sie in den Texten meiner Lieblingsbands beschrieben wurde: wild, gewalttätig und mit Sicherheit nicht von langer Dauer.

* * *

Zu den gruseligsten Erfahrungen, die ich mit dem Drogenhandel verband, gehört für mich nicht die wöchentliche Fahrt zu unseren Lieferanten ins *»Desire Project«*. Es war die Begegnung mit unseren Kunden. Wir erlebten unmittelbar mit, wie hoffnungslos abhängig die Menschen vom Crack wurden und wie gnadenlos die Droge ihr Leben zerstörte. Die Süchtigen stahlen alles, was nicht niet- und nagelfest war, um die nötigen Dollars für ein paar Krümel zusammenzukriegen. Und hatten sie kein Geld, dann versuchten sie, uns alles aufzudrängen, was ihrer Meinung nach irgendwie von Interesse für uns sein konnte. Ihren Fernseher. Das Essen in ihrem Kühlschrank. Den Kühlschrank selbst. Viele Frauen boten uns ihren Körper an.

Das schlimmste Erlebnis hatte ich eines Morgens kurz vor Weihnachten, als ich zu Hause rumhing und darauf wartete, dass die anderen aufwachten. Da mir langweilig war, zog ich irgendwann los, um zu sehen, was in der Nachbarschaft so los war. Für den Fall, dass ich einen meiner Kunden traf, steckte ich ein paar Gramm Crack in die Tasche meiner *»49ers«*-Bomberjacke. Es war aber nicht mein Ziel, unbedingt ein Geschäft zu machen. Draußen war es knackig kalt, doch ich fand, dass ein Gang durch mein Revier das beste Mittel war, um die Zeit totzuschlagen.

Auf der Straße herrschte absolute Ruhe und ich machte mir keine großen Gedanken, welche Richtung ich einschlagen wollte. Ich war noch keine hundert Meter gegangen, da hörte ich, wie über mir jemand an ein Fenster trommelte und meinen Namen rief. Erst als ich hochsah, fiel mir auf, dass ich gerade an einer berüchtigten Drogenhöhle – einem sogenannten »Crackhouse« – vorbeiging.

Ich blieb stehen.

Die Tür ging auf und eine Frau trat ins Freie, die ich sofort erkannte. Es war Kim, die Mutter eines Jungen, der mit mir in die Schule gegangen war und mich ständig genervt hatte mit seiner Bitte, in die Gang der *Four Horsemen* aufgenommen zu werden. Wir hatten ihn nicht erhört.

»Ronnie Slim«, sagte Kim. »Warte!«

Sie schlurfte über den Gehsteig und schlang ihre Arme fest um den Oberkörper, um zu verhindern, dass sich ihr zerschlissener Bademantel öffnete. Obwohl an diesem Tag Minustemperaturen herrschten, liefen ihr Schweißtropfen über das Gesicht. Mein Blick wanderte nach unten. Sie war barfuß. So wie sie da vor mir stand, musste sie ziemlich starke Schmerzen haben.

»Nur ein paar Gramm. Bitte…«

»Hast du Geld dabei?«

Sie drehte sich um, schwankte zurück zu ihrer Haustür und warf einen Blick über die Schulter, um sicherzugehen, dass ich ihr folgte.

»Ich kann bezahlen«, versicherte sie, als sie sah, dass ich mich nicht rührte. »Ich kann es!«

Ein »Crackhouse« wie dieses betrat ich grundsätzlich nicht gern, doch einfach in der Kälte herumzustehen, war auch keine Lösung. Eine Entscheidung war fällig – entweder machte ich mich jetzt aus dem Staub oder ich zog den Deal durch. Ich entschied mich fürs Geschäft.

Kims Bude unterschied sich kaum von den anderen Drogenhöhlen, die ich kannte. Es gab keinen Strom, keine Heizung und keine Möbel. Sogar den Teppichboden hatte sie herausgerissen und zu Geld gemacht – Geld, das sie anscheinend brauchte, um mir ein paar Krümel abkaufen zu können. Stattdessen lagen überall Zeitungen, leere Feuerzeuge und Zigarettenstummel herum.

Kaum hatte ich den Raum betreten, der wohl mal ein Wohnzimmer gewesen war, verschwand Kim in einer Art Kammer und ich hörte, wie sie mit irgendwelchen Kartons herumklapperte. Erst als ich ein Geräusch hinter mir hörte, merkte ich, dass ich nicht allein in dem Raum war. Ich fuhr herum und sah ein Kind, etwa vier oder fünf Jahre alt, das auf den nackten Dielen hockte und mit einer alten Flasche spielte.

»Das kann ich dir anbieten«, sagte Kim, die plötzlich in der Tür stand und auf dem Arm einen Haufen weihnachtlich verpackter Geschenkkartons balancierte.

Als sie merkte, dass ich zögerte, drückte sie mir die Schachteln gegen die Brust.

»Es ist nichts auszusetzen an ihnen. Das sind alles tolle Spielsachen. Hast du nicht einen kleinen Bruder?«

Ich sah zu dem Kind auf dem Boden. Seine Augen hingen an den bunten Kartons.

»Behalte sie«, sagte ich. »Sie gehören ihm.«

Kims Augen flackerten panisch. »Ich brauche aber das Zeug. Was willst du dafür haben?« Sie fing an, an ihrem Morgenrock herumzunesteln. »Mich?«

Ich lehnte energisch ab, woraufhin sie noch mehr zu schwitzen begann. Ihr Atem ging flach und hastig.

»Er hat eine Schwester«, flüsterte sie und sah zu dem Kleinen hinüber. »Sie ist acht. Wirklich hübsch. Du kannst sie haben. Soll ich sie aufwecken?«

Nun lief es mir eiskalt über den Rücken. Ich wollte nur noch raus aus diesem Elend, und wenn sie mir nicht den Ausgang blockiert hätte, wäre ich Hals über Kopf davongestürzt.

»Hör zu«, seufzte ich und fischte eins der Tütchen aus meiner Tasche. Sobald sie es erspäht hatte, konnte sie den Blick nicht mehr davon wenden. »Du hast keine zehn Dollar, aber das macht nichts. Du bezahlst einfach ein andermal.« Ich wedelte mit dem Stoff vor ihrer Nase herum und lockte sie von der Tür weg, als wäre sie ein Raubtier, dem ich auf diese Weise entkommen wollte. Kaum hielt sie die Ware in der Hand, zog sie auch schon ein Pfeifchen aus der Tasche ihres Frotteemantels und begann fieberhaft, nach einem funktionierenden Feuerzeug zu suchen.

Ich aber nutzte meine Chance und verduftete.

Nie zuvor war ich so froh gewesen, in einen frostklirrenden Tag hinaustreten zu können.

Kapitel 6

Schusswaffen

Ich war gerade mal zwölf, als ich das erste Mal sah, wie ein Mensch umgebracht wurde. Es war ein wildes Geschrei, das mich mitten in der Nacht weckte. Der Lärm kam von der Straße vor meinem Zimmer. Ich spähte durchs Fenster und sah zwei Männer, die sich Auge in Auge gegenüberstanden. Plötzlich zog einer von beiden einen Revolver und feuerte auf seinen Gegner – dreimal. Der andere sackte in sich zusammen, als ob sich alle Muskeln in seinem Körper plötzlich in Luft aufgelöst hätten. Der Schütze zögerte kurz, trat dann einen Schritt näher und schoss dann ein weiteres Mal, und zwar direkt in den Kopf des Mannes. Dann ging er weg.

Was mich an der ganzen Sache am meisten aufwühlte, war nicht die Tatsache, dass es alles so schnell ging oder dass es direkt vor unserem Haus geschah. Mich schockierte vielmehr die Art und Weise, wie der Mörder sich vom Ort des Geschehens entfernte. Er wirkte überhaupt nicht kopflos und beeilte sich auch nicht sonderlich. Auch warf er keine gehetzten Blicke in die Runde, um sicherzugehen, dass es keine Zeugen gab.

Er ging einfach weg.

* * *

Der Tod – oder besser gesagt, Mord – war allgegenwärtig in den Jahren, in denen ich mich auf der Straße herumtrieb. Während des Karnevals war New Orleans kunterbunt, alles schillerte in Grün, Gelb und Purpurrot. Den Rest des Jahres aber herrschten in den Vierteln abseits der Touristenwege ganz andere Farben vor: das Gelb und das Schwarz der polizeilichen Absperrbänder.

Alle paar Tage kam ich an Schauplätzen schlimmer Verbrechen vorbei. Das ging so weit, dass Leekie, J-Dog und ich Zeitungsberichte über den neuesten Mord lasen, so wie andere Leute die Sportnachrichten überfliegen.

»Scheint so, dass sie Tariq, deinen Kumpel aus dem sechsten Bezirk, umgelegt haben.«

»Wo?«

»Hm… Warte mal… Im 7. Bezirk. St. Bernard Projects.«

»War er allein?«

»Denk ich mal.«

»Tja. Muss wohl stimmen. Tariq ist immer volles Risiko gegangen.«

Nachrichten wie diese waren für uns kein Anlass, Trübsinn zu blasen, doch wir nahmen sie auch nicht auf die leichte Schulter. Insgeheim waren wir davon überzeugt, dass ein ähnliches Schicksal auch uns erwartete. Es schien nur eine Frage der Zeit, bis irgend so ein Kerl kam und Leekie, J-Dog oder mir eine Kugel in den Kopf jagte. Angesichts so vieler junger Männer, die sich kaum von uns unterschieden und Woche für Woche auf den Straßen verbluteten, schien auch unser Tod eine ausgemachte Sache zu sein.

Mein Umgang mit dieser Situation war etwas kompliziert und nicht so leicht nachvollziehbar. Es versetzte mich nicht in Angst und Schrecken, denn ich sah keinen Sinn darin, etwas zu fürchten, was man definitiv nicht verhindern kann. Doch es raubte mir meinen Frieden. Jedes Mal, wenn ich das Haus verließ, war ich in Alarmstimmung, jeder zweite Blick ging über meine Schulter. Irgendwie ähnelte ich einem Mann, dessen Krebskrankheit sich dem Endstadium nähert: Ich hatte begriffen, dass ich sterben würde, und das sogar ziemlich bald. Und ich hatte es angenommen. Und doch war ich nicht gerade glücklich darüber. Im Gegenteil, ich weigerte mich, dem Tod zu viel Macht über mein Denken einzuräumen, und das bis zu meinem letzten Atemzug. Wenn ich schon abtreten müsste, dann nur kämpfend.

* * *

Mit dem Beginn der 90er-Jahre geriet die Crack-Epidemie völlig aus dem Ruder und New Orleans veränderte sich. In allen Bezirken, in allen Straßen stiegen die Zahlen der Abhängigen immer höher. Die Dealer konnten die Nachfrage kaum mehr befriedigen, sie verkauften schneller, als sie Nachschub besorgen konnten. Kein Wunder, dass sie nun zur Zielscheibe wurden, wenn sie scharenweise mit dicken Geldbündeln in den Taschen durch die Straßen spazierten.

Denn – ein ganz neuer Geschäftszweig des organisierten Verbrechens bildete sich, als findige Kriminelle begriffen, dass es einen Weg gab, den mühsamen Beschaffungsprozess zu umgehen, und dass sie es eigentlich nicht mehr nötig hätten, sich mit den abgerissenen Junkies herumzuärgern. Viel einfacher war es doch, den ganzen Prozess abzukürzen und trotzdem den gleichen Umsatz zu machen, indem man einfach dealende Kollegen ausraubte. Alles, was man dafür benötigte, war eine Schusswaffe.

Das Problem dabei war, dass sie nach einer Reihe erfolgreicher Raubzüge träge und nachlässig wurden und den Überblick verloren, wen sie bereits ausgeraubt hatten und wen noch nicht. Und so waren sie gut beraten, sich entweder ein schnelles Auto zu besorgen oder in einem anderen Stadtteil ein neues Leben anzufangen, weil es passieren konnte, dass eins ihrer Opfer sie auf der Straße wiedererkannte und kurzerhand Rache nahm. Viele von ihnen verloren auf diese Weise ihr Leben. Doch anstatt deshalb ihr »Jagdrevier« in einen anderen Bezirk zu verlegen, weit weg von ihrem Lebensumfeld, griffen sie zu einer vermeintlich einfacheren Lösung. Sie verkürzten den Prozess noch weiter, indem sie den Dealern ihr Geld abknöpften und sie danach kurzerhand umbrachten.

Und so kam es, dass sich innerhalb eines Jahres kein Kerl mehr ohne Knarre auf die Straße traute. Die, die das nicht taten, lebten in der Regel nicht sehr lang. Und mit all den Waffen, die im

Umlauf waren, wurde das Krachen der Feuerwaffen zu einer alltäglichen Geräuschkulisse. Es war die Zeit, als man sich Nacht für Nacht vorkam wie beim Feuerwerk am 4. Juli, dem Nationalfeiertag. Mit der Zeit wurde es so heftig, dass sogar die Vögel wegblieben.

* * *

Um meinen sechzenten Geburtstag herum war ich zwar 1,80 m groß, gehörte aber mit einem Körpergewicht von fünfzig Kilo zu den Schmächtigen im Lande. Diese mickrige Statur und meine immer noch kindlichen Gesichtszüge bereiteten mir Sorgen, weil es mich nicht gewundert hätte, wenn man mich draußen auf der Straße für leichte Beute gehalten hätte. Daran änderten auch meine beiden Goldzähne und mein machohaftes Gehabe nichts.

Und wenn ich daran noch irgendwelche Zweifel gehegt hätte, so wären sie an jenem Abend ausgeräumt worden, als ich bei Leekie auf seiner Veranda saß. Ich fühlte mich nicht sehr wohl, weil diese Holzterrasse nur wenige Zentimeter über dem Straßenniveau lag, während ich es vorzog, von einer erhöhten Position aus mein Umfeld im Blick zu behalten. Doch es war noch nicht spät und wir wollten nur kurz besprechen, wie wir uns den weiteren Verlauf des Abends vorstellten.

Von dem Auto, das sich uns langsam näherte, nahmen wir zunächst keine Notiz. Das änderte sich, als sich das Fenster der Beifahrertür senkte und wir in einen Pistolenlauf blickten. Es war eine Beretta, Kaliber 9 mm, mit einem 15-Schuss-Magazin. Die Fahrertür öffnete sich und auch der Mann, der ausstieg, richtete einen Revolver auf uns, einen sogenannten ».44 Bull Dog«, dessen wütendes Bellen wir nur zu gut kannten.

»Runter mit der Jacke!«, befahl der Kerl mit der Beretta.

Ich zögerte. Mit meiner Bomberjacke hatte ich schon ’ne Menge durchgemacht und ich legte keinen großen Wert auf den Stress, den es bedeutete, mir eine neue zu besorgen – legal oder illegal. Außerdem hatte ich das Gesetz der Straße schon lange genug studiert, um zu wissen, wie wichtig es ist, weder Furcht noch Schwäche zu zeigen. Also verharrte ich einfach da, wo ich war. Bewegungslos. Still.

Der Typ mit der ».44 Bull Dog« trat ein paar Schritte auf mich zu, steckte eine Patrone in die letzte freie Kammer seines Trommelrevolvers und zielte damit auf meine Stirn. »Du glaubst, wir scherzen?«

Das war dann doch zu viel für mich und im Handumdrehen hatte die Jacke den Besitzer gewechselt.

* * *

Es war selbstverständlich, dass ich mir irgendwie eine neue Jacke beschaffen würde. Genauso selbstverständlich war es, dass wir – Leekie, J-Dog und ich – nach dieser Erfahrung nie mehr unbewaffnet aus dem Haus gingen. Immerhin waren wir von Kindesbeinen an mit Schusswaffen vertraut und immer, wenn wir meinten, es sei nötig, dann borgten wir uns welche von unseren großen Brüdern. Doch damit war jetzt Schluss. Ich beschloss, ab sofort rund um die Uhr einen Revolver zu tragen.

Ein Schießeisen zu besorgen, fiel mir nicht schwer. Zufällig kannte ich einen Junkie, der als Wachmann für eine große Firma arbeitete und ständig auf der Suche nach Stoff war. Für eine Portion Crack im Wert von fünfzig Dollar überließ er mir seinen Colt, eine Reservepackung Munition und ein Lederholster. Es passte perfekt über meine Schulter. Damit war der Revolver unter meiner neuen Bomberjacke, die ich mir organisiert hatte, nicht zu sehen und dennoch gut erreichbar. Wenn ich mit dem Ding unter meiner Achsel loszog, um meine Geschäfte abzuwickeln, fühlte ich mich, als wäre ich 1,90 m groß und brächte achtzig Kilo auf die Waage.

* * *

Als ich das erste Mal so wütend war, dass ich auf einen anderen Menschen feuerte, lief etwas völlig schief.

Ich hatte den Nachmittag bei Leekie verbracht und Nintendo gespielt. Da ich im Umgang mit dem Colt noch nicht geübt war und nicht ausschließen konnte, dass Leekies kleiner Bruder ihn in die Hand bekam, achtete ich darauf, dass er gesichert war. Leekie aber, der ein ganzes Stück umsichtiger war als ich, hatte zusätzlich die Munition aus der Trommel entfernt.

Als ich am frühen Abend den Revolver in meinem Holster verstaute und mich verabschiedete, vergaß Leekie, die Patronen an ihren Platz zurückstecken, und dachte auch nicht daran, mich darauf hinzuweisen, dass das Ding nicht geladen war. In der Absicht, mir noch einen »Cisco« zu genehmigen, steuerte ich den nächsten Spirituosenladen an. Der Verkäufer weigerte sich, einem offensichtlich Minderjährigen wie mir Schnaps zu verkaufen, und rief den Mann vom Sicherheitsdienst. Dieser Muskelprotz wog gut zwei Zentner, hatte keine Lust auf Diskussionen und knurrte: »Verschwinde!« Das klang weniger wie eine Bitte, er stellte vielmehr fest, was seiner Meinung nach gleich passieren würde.

Normalerweise zog ich mich aus solchen Situationen zurück. Ich war es schon gewohnt, dass man mir den Kauf von Alkohol verweigerte. Jedes Mal ging ich einfach vor die Tür und bat irgendwelche anderen Leute, mir eine Flasche mitzubringen. Doch diesmal hatte ich einen Revolver dabei und verspürte keine Lust, weiterhin die Regeln des Jugendschutzes zu befolgen.

Ich schlug meine Jacke zurück, legte das Holster mit meiner Knarre frei und erklärte den beiden Männern, dass ich mir jetzt einen Cisco kaufen würde.

Der Verkäufer wurde blass. Der Gorilla dagegen schäumte vor Wut. Beide jedoch machten keinerlei Anstalten, meiner Forderung nachzugeben.

Also zog ich meine Waffe.

Noch immer rührten sich die beiden nicht.

Ich richtete den Lauf auf den Sicherheitsmann.

Er stand weiterhin regungslos vor mir. »Das willst du nicht wirklich tun«, raunte er.

Doch damit lag er falsch. In diesem Augenblick, in diesem Laden, hätte er sich nicht schlimmer verschätzen können. Ich hatte sehr wohl die Absicht, meinen Revolver zu benutzen. Und so drückte ich ab. Dreimal.

Klick. Klick. Klick.

Einen Sekundenbruchteil lang war ich irritiert. Ich hatte schon mehrere Male mit dem Colt herumgeballert und wusste, dass er funktionierte. Warum schoss er jetzt nicht?

Als der Mann von der Security nach seiner Pistole griff, hörte ich auf, mir solche Fragen zu stellen, und nahm die Beine unter die Arme.

* * *

Diese Pleite hielt mich nicht davon ab, mein Schießeisen weiterhin am Mann zu tragen. Es flößte mir auf jeden Fall eine Menge Mut ein. So wie ich es sah, brachten mir die Leute mehr Respekt entgegen, wenn sie wussten, dass ich eine Waffe trug und auch bereit war, sie einzusetzen. Ein aggressives Auftreten war in meinen Augen die beste Form von Selbstverteidigung.

In meinem Umfeld war diese Denkweise nicht ungewöhnlich und meine Logik widersprach keineswegs den allgemeinen Regeln des Zusammenlebens. Wo ich auch hinsah – die Jungs trugen alle Schusswaffen. Und sie wählten ihre Muskelshirts eng genug, dass man darunter den Griff des Revolvers erkennen konnte, der in ihrem Hosenbund steckte. Wenn wir von einem jungen Mann hörten, der auf einen anderen geschossen hatte, dann stieg unsere Hochachtung vor beiden. Und wenn Letzterer dabei starb, dann dachten wir keinesfalls schlecht über den Täter. Im Gegenteil, seine Tat war für uns vielmehr der Beweis, dass man ihn umso ernster nehmen musste.

Dasselbe galt für die Opfer. Unterlagen sie im Streit, überlebten aber ihre Schussverletzungen, dann konnten sie ohne Ehrverlust unter uns weiterleben. Sie mussten sich nicht verstecken und wurden auch nicht als Schwächlinge verachtet. Leute, die eine Kugel zwischen den Rippen wegsteckten, wurden für ihre Stärke bewundert, als wären sie unbesiegbar. Sprüche wie »Mich kann man nicht einfach so umlegen« hörte man des Öfteren von Typen, die eine Schießerei überlebt hatten. Sie zeigten ihre Narben und sorgten dafür, dass jedermann ihre Sicht der Dinge mitbekam: »Es prallt einfach ab von mir. Das, was mich umbringt, muss erst noch erfunden werden.«

Dasselbe galt auch für das Thema »Gefängnis«. Weggesperrt zu werden, war ungefähr das gleiche wie aufs College zu gehen. Wenn man irgendwann wieder rauskam, hatte man so was wie ein Diplom in der Tasche. Man genoss auf der Straße einen gewissen Heldenstatus und wurde mit doppeltem Respekt behandelt. Denn man hatte der Welt nicht nur bewiesen, dass man bereit war, sich bis zum letzten Blutstropfen zu verteidigen, man hatte auch all den Gefahren getrotzt, die der Aufenthalt in einer Strafanstalt mit sich brachte. Vielleicht blendeten wir die Frage einfach aus, wie viel Leid Waffen und Gewalt verursachen können, doch was Knast bedeutete, das war uns allen klar. Wir wussten, wie lebensgefährlich es hinter Gittern zuging. Was dort passierte, lieferte uns genug Stoff für unsere nächtlichen Albträume.

Auch wenn es in meinem Umfeld kaum noch Jugendliche gab, die Kontakt zu ihrem Vater hielten, war ich doch nicht der Einzige. Da war ein Junge in der Nachbarschaft, der seinen Erzeuger kannte und ihn auch regelmäßig sah. Und das war Leekie.

Nun, Leekies Dad war nicht gerade das, was man einen vorbildlichen Vater nennt. Man konnte ihn eher als einen Gangster vom alten Schlag bezeichnen. Er betrieb das »Mr Cat's«, einen Nachtclub in einem zweifelhaften Viertel im 6. Bezirk, und ich hatte ihn im Verdacht, als einer der großen Zuhälter in Geschichten verwickelt zu sein, die zu kennen, Leekie und mir nur geschadet hätte.

Dennoch konnte ich ihn ganz gut leiden. Auf der Straße muss man so schnell wie möglich erwachsen werden und man braucht dabei alle Hilfe, die man kriegen kann. In diesem Sinne schätzte ich Leekies Vater als einen wertvollen Ratgeber. Das war auch der Grund, warum wir fast jedes Wochenende im »Cat's« vorbeischauten. Jungs mit Waffen im Gürtel wurden dort nicht reingelassen, doch mir erlaubte Leekies Dad, meinen Revolver samt Holster hinter der Bar abzulegen. Er wusste aus Erfahrung um die Gefahren, die auf uns lauerten, sobald wir wieder auf die Straße hinaustraten.

* * *

Eines Abends, als wir mal wieder auf dem Weg in den Club waren, sahen wir Leekies Schwester Angela. Etwa einen Block weit vom »Mr Cat's« entfernt drückte sie sich, von sechs Kerlen umringt, gegen eine Hauswand. Dabei machte sie keinen allzu glücklichen Eindruck.

Noch während wir auf die Gruppe zuliefen, begann Leekie zu schreien. »Hey, wollte ihr wohl eure dreckigen Pfoten von meiner Schwester nehmen?«

Sie drehten sich zu uns um. »Sagt wer?«

Leekie fing an, ihnen alle möglichen Schimpfwörter an den Kopf zu werfen, doch ich fixierte nur unsere Gegner. Sie waren alle ein paar Jahre älter als wir. Auch sie trugen Muskelshirts und ich war überzeugt davon, dass jeder von ihnen ein Schießeisen dabeihatte. Mir war klar, dass wenige Augenblicke später eins zum anderen führen würde, deshalb riss ich meinen Colt aus dem Holster und begann, wild um mich zu schießen.

Diesmal gab es kein metallisch-lebloses Klicken. Sechsmal knallte es ohrenbetäubend und sechsmal fuhr mir der Rückstoß in die Schulter.

Ich hatte die Erwartung, dass alle sechs zu Boden gingen, doch keiner von ihnen bewegte sich. Wir starrten uns einen Moment lang an, dann dämmerte es jedem Einzelnen von uns, dass ich es fertiggebracht hatte, sechs Patronen auf sechs Kerle abzufeuern, ohne dabei auch nur ein einziges Mal zu treffen.

Völlig verdattert zog ich den Kopf ein und wartete darauf, dass sie das Feuer erwiderten, doch der Kugelhagel blieb aus. Sie waren unbewaffnet.

Einen Sekundenbruchteil später fingen wir alle an zu rennen.

»Mr Cat's« lag gleich um die Ecke und es war nur logisch, dass das unser nächstes Ziel sein musste. Es lag allerdings in der gleichen Richtung, in die auch unsere sechs Gegner sprinteten. Also machten wir kehrt und schlugen einen weiten Bogen, in der Hoffnung, dass uns dieser Umweg in den Club und damit in Sicherheit bringen würde.

Knapp zehn Minuten später – wir hörten bereits die Musik aus dem »Cat's« – sahen wir die Typen wieder, doch inzwischen waren sie bewaffnet und auch nicht mehr zu sechst. Nun waren es mindestens zehn.

Kaum hatten sie auch uns entdeckt, stürmten sie uns schon hinterher. Leekie übernahm die Führung und lotste uns in eine dunkle Seitenstraße. Als wir fürs Erste außer Sicht waren, stürmten wir in das nächstbeste Haus, in dem noch Licht brannte, schlugen die Tür hinter uns zu und bestürmten die Frau, uns ihr Telefon für einen Anruf zu überlassen.

»Aber klar doch«, meinte sie. »Ihr müsst auf der Hut sein, wenn ihr da draußen seid. Mein Junge war gerade hier und hat erzählt, dass da ein Verrückter herumläuft, der versucht hat, ihn zu erschießen. Aber er hat ihn verfehlt. Sechs Schüsse! Hält man das für möglich? Ihr könnt so lange bleiben, wie ihr wollt, hört ihr?«

Keiner von uns wusste, was er antworten sollte.

Leekie rief seinen Vater an und uns blieb nichts anderes übrig, als darauf zu warten, dass dieser uns mit dem Auto abholte. In den zwei, drei Minuten, die dann vergingen, hatte ich das Gefühl, mein Herz stünde kurz vor einer Explosion.

* * *

Später, nachdem es ruhig geworden war im Club, setzte sich Leekies Dad zu mir. Er fragte, was passiert war, und ich erklärte es, so gut ich konnte. Es war mir peinlich, dass ich trotz der kurzen Entfernung keinen einzigen Treffer erzielt hatte. Darum zog ich es vor, über die Frage zu spekulieren, ob unsere Gegenspieler früher abgehauen wären, wenn sie gewusst hätten, dass ich bewaffnet war.

»Sie hätten es von Anfang an wissen müssen«, sagte ich. »Ich habe zu schnell geschossen.«

Leekies Dad war anderer Meinung. »Nein. Du solltest dir auch kein Muskelshirt mehr anziehen und so den anderen zeigen, dass du einen Revolver bei dir hast. Sie brauchen das nicht zu wissen.«

»Warum?«

»Wenn sie sehen, dass du eine Waffe trägst, wissen sie, wen sie als Erstes ausschalten müssen.«

Das verstieß zwar gegen eine zentrale Regel der Straße, doch ich wusste, dass ich gut beraten war, auf ihn zu hören. Immerhin hatte es Leekies Vater geschafft zu überleben und war mittlerweile schon Ende dreißig. Also musste er was richtig gemacht haben.

»Doch eins ist noch wichtiger«, fügte er hinzu. »Wenn du schon deinen Colt ziehen musst, dann sieh zu, dass es kräftig rumst, hörst du? Du ziehst und feuerst. Nichts anderes.«

Kapitel 7

Dawn

Das Thema »Mädchen« stand damals ganz oben auf unserer Prioritätenliste und mein Bruder Reggie war mein großes Vorbild in dieser Sache. Es kam mir so vor, als wechselte er wöchentlich seine Freundinnen aus. Noch bevor Dad nach Florida ging, hatte auch ich in diesem Bereich meine ersten Erfahrungen gesammelt und ich gab mir alle Mühe, in die Fußstapfen meines Bruders zu treten.

Und das lief so ab.

Wir – die *Four Horsemen* – und die Jungs, die sich um unsere berühmte Baseballkappe bewarben und Teil unserer coolen Truppe werden wollten, unternahmen hin und wieder Ausflüge in die Bourbon Street, um nach dem weiblichen Geschlecht zu sehen. Zuvor aber sammelte ich von jedem 25 Dollar ein. Diesen Jackpot erhielt der, der spätabends die meisten Telefonnummern irgendwelcher Mädchen gesammelt hatte.

Reggie war ein guter Lehrmeister. Bei ihm lernte ich, wie wichtig Komplimente sind und welche Macht ein Lächeln entfalten kann. Er schärfte mir ein, das Ganze nicht zu verbissen anzugehen und darauf zu achten, dass beim Flirten der Spaß nicht zu kurz kam. Unter den *Horsemen* galt ich als der Extrovertierte und ich war in der Regel derjenige, der in diesen Nächten reihenweise Mädchen anquatschte. So wie ich es sah, existierte auf dieser Welt kein weibliches Wesen, das eine Nummer zu groß für mich gewesen wäre. Erwiderte eine mein Lächeln, machte ich mich sofort an sie ran und verwickelte sie in ein Gespräch. Dann und wann war sogar eine kurze Umarmung drin. Es gab nicht allzu viele

Nächte, in denen ich nicht als Sieger in unserem kleinen Wettbewerb vom Platz ging. Tatsächlich kann ich mich kaum erinnern, einmal verloren zu haben. Eigentlich nie.

Doch das mit Dawn war eine andere Sache.

Sie ist mir nicht irgendwo auf der Straße über den Weg gelaufen, sie habe ich nicht angesprochen, um eine Wette zu gewinnen. Ich bin ihr das erste Mal an einem Wochenende begegnet, das ich mit Reggie zusammen zu Hause bei seiner damaligen Freundin verbrachte. Dawn wohnte im Nebenhaus und war genauso alt wie ich. Wir mochten uns vom ersten Augenblick an.

Von da an trafen wir uns regelmäßig. Ich meinte es ernst mit ihr und sie war der erste Mensch, der mir wirklich wichtig wurde. Das hielt mich zwar nicht davon ab, hier und da mit anderen Mädchen zu flirten, doch das, was mich mit Dawn verband, war stärker. Wir wuchsen immer enger zusammen, sodass sich dadurch mein Leben veränderte und auch ihres. Und später auch das von Menschen, die noch gar nicht auf der Welt waren.

Kapitel 8

Bin ich Ronnie? Bin ich Ronnie Slim?

Wir machten jede Menge Geld. Mehr als genug, um uns *Air-Jordan*-Basketballschuhe, Schusswaffen und jede Menge Alkohol leisten zu können. Es hätte auch für einen fahrbaren Untersatz gereicht, doch nicht für das vierrädrige Statussymbol, das uns vorschwebte. Das hieß, wir hatten nach wie vor keinen passenden Schlitten. Autos zu klauen, machte uns zwar Spaß, aber an den Tagen, an denen wir loszogen, um im ganzen Stadtgebiet wahllos Leute auszurauben, war es wichtig, dass wir uns fortbewegten, ohne die Aufmerksamkeit der Ordnungshüter auf uns zu ziehen. Unsere Lösung dafür war ein Deal, den wir »Koks gegen Karre« nannten.

Die Geschäftsidee war relativ einfach. Unsere Kunden besorgten ganz legal einen Mietwagen, überließen uns die Schlüssel und bekamen dafür ihren Crack. Es war ein perfektes System, weil es mir erlaubte, einen Wagen ohne die Adrenalinstöße zu steuern, die mit dem Autoknacken verbunden waren.

Es war an einem Tag im Spätsommer, als ich in einem dieser Mietwagen vor einer Ampel stand, mit Leekie neben mir auf dem Beifahrersitz. Aus dem Augenwinkel nahm ich wahr, dass neben uns ein Auto langsam zum Stehen kam. Leekie blickte gedankenverloren zur Seite – und erstarrte.

»Ronnie Slim«, raunte er angespannt und ohne den Blick von seiner Entdeckung zu wenden. »Du glaubst nicht, wer da neben uns steht.«

Es war meine Mutter, die von einer ihrer Arbeitsstellen zur anderen fuhr. Sie schaute herüber zu uns, sah mir direkt in die Augen und der Schreck stand ihr ins Gesicht geschrieben.

Nach all den Stunden, die ich damit verbracht hatte, Kraftfahrzeuge aller Art aufzubrechen und zu Schrott zu fahren, fühlte ich mich hinter dem Steuer eines Autos wie zu Hause. Hier war ich die Ruhe selbst, auch unter Druck behielt ich einen klaren Kopf. Das half mir, blitzschnell zu schalten und so zu tun, als sei ich irgendein junger Mann, der gerade von A nach B fuhr und die Frau nebenan noch nie in seinem Leben gesehen hatte. Ich nickte ihr höflich zu und richtete meine Aufmerksamkeit wieder auf die Ampel. Als sie auf Grün schaltete, fuhr ich seelenruhig los.

Sobald ich mir sicher sein konnte, dass sie uns nicht folgte, gab ich Gas. Ich raste heimwärts, als ob eine Hundertschaft der Polizei hinter uns her wäre. Zu Hause traf ich auf eine meiner Cousinen, die gerade bei uns zu Gast war, und ich flehte sie an, mir ein Alibi zu geben. Sie sollte behaupten, ich wäre den ganzen Tag daheim gewesen, wenn meine Mutter – wie erwartet – von ihrer zweiten Arbeitsstelle aus anriefe.

Shannon erklärte sich bereit und ging ans Telefon, als der Anruf kam. Obwohl sie genau die richtigen Worte wählte, forderte meine Mutter sie auf, mich an den Hörer zu holen.

»Ronnie, ich habe doch mit eigenen Augen gesehen, wie du gerade eben ein Auto gefahren hast. Und Leekie saß neben dir. Ich habe dich gesehen.«

»Mama, ich war den ganzen Tag zu Hause«, schwindelte ich, um gleich darauf meinen Trumpf auszuspielen. »Aber du weißt doch, dass es da diesen Typen gibt – ich glaube Crawford heißt er –, der mir ähnlich sieht. Er hängt genauso viel mit Leekie ab. Wahrscheinlich verwechselst du uns mal wieder.«

Dieser Teil meiner Lüge enthielt ein Körnchen Wahrheit. Ganz in unserer Nähe wohnte tatsächlich ein Junge namens Crawford, der genauso aussah wie ich. Wir glichen uns nicht nur äußerlich, wir waren auch in den gleichen Kreisen unterwegs. Ein paarmal musste ich all meine Überzeugungskünste aufwenden, um heil aus Konflikten herauszukommen, die auf sein Konto gingen. Als wir uns eines Tages Auge in Auge gegenüberstanden, war mir, als schaute ich in einen Spiegel.

Meine Mutter hat unsere Begegnung nie wieder erwähnt und ich spielte weiter den braven Sohn, den sie unbedingt in mir sehen wollte. Auf eine gewisse Art und Weise war ich das auch. Zu Hause war ich stets höflich und begegnete ihr mit Respekt. Ich fluchte nicht, nahm keine Drogen und erfüllte gewissenhaft meine häuslichen Pflichten. Meine schulischen Leistungen waren nicht berühmt, doch in den Restaurants, die meine Mutter kannte und wo ich als Küchenhilfe jobbte, zeigte ich mehr Fleiß. Natürlich hatte ich mit manchen Leuten von Zeit zu Zeit etwas Stress, doch ich sorgte dafür, dass Mama allenfalls von den »Kavaliersdelikten« erfuhr, wie einem kleinen Ladendiebstahl dann und wann. Sie, wie auch alle anderen Mitglieder meiner Familie, lebte in dem Glauben, ich sei ein guter Junge, dem man vollkommen vertrauen konnte.

Ich achtete darauf, dieses Bild von mir aufrechtzuerhalten, weil es mir das beruhigende Gefühl vermittelte, dass an der »Heimatfront« alles ruhig war. Natürlich ließ ich Mama in dem Glauben, ich hätte die *Air-Jordan*-Schuhe und die schicken Jacken von meinem Lohn bezahlt. Und irgendwie mochte auch ich diese Version von Ronnie. Ich liebte meine Familie und ich fand es ironischerweise deutlich befriedigender, Töpfe zu scheuern und im Schweiße meines Angesichts 3,35 Dollar in der Stunde zu verdienen, als Hunderte davon in kürzester Zeit zu machen, während ich irgendwo herumstand und Crack verkaufte.

In der Tat – ich war gerne *Ronnie*.

Und genauso gerne war ich *Ronnie Slim*.

Als der eine beendete ich zufrieden meine Arbeit und ging nach Hause. Dort wechselte ich meine Klamotten. Dann trat ich als der andere aus der Tür, dem sein Revolver unter seiner Achsel ein gutes Gefühl vermittelte. Meine Nächte verbrachte ich zusammen mit Leekie, J-Dog und den anderen, wir trieben uns auf der Straße herum, randvoll mit Adrenalin und immer auf der Hut vor den Cops. Das Leben als Ronnie Slim machte süchtig.

Bei alledem hatte ich nie das Gefühl, ich würde lügen oder zwei unterschiedliche Existenzen führen. *Ronnie* war die hilflose, ungeschminkte und ungeschützte Version von mir. *Ronnie Slim* war die Version, die ich sein musste, um zu überleben.

* * *

Es mag seltsam klingen, doch unter all den Typen, die ich damals kannte, war nur einer, der weder eine Waffe trug noch mit Drogen handelte und schon gar nicht an Raubüberfällen beteiligt war oder irgendeine andere Straftat beging. Dieser ungewöhnliche Junge verbrachte viel Zeit mit uns auf der Straße, doch in der braunen Papiertüte, die er häufig mit sich trug, fand sich statt der üblichen Buddel Schnaps eine Flasche Milch. Und immer, wenn wir spätabends den kritischen Punkt erreicht hatten, an dem wir das Herumhängen beendeten und zu den illegalen Betätigungen übergingen, verabschiedete er sich. Der Typ war Sportler, und wahrlich kein Amateur. Er war so talentiert, dass er es wenige Jahre später bis in die *NFL*, die *National Football League*, schaffte und mit seiner Mannschaft einmal sogar den Super Bowl gewann.

Man muss sich das mal vorstellen. Ein junger Mann, der sich da, wo ich herkomme, eine Existenz aufbauen wollte, die weder im Gefängnis noch viel zu früh in einem Grab endete, musste mindestens ein Ausnahmeathlet sein, der sich deutlich von den anderen Männern seiner Generation abhob. Wer den Weg finden wollte, der aus dem 8. Bezirk herausführte, brauchte tonnenweise Talent, die nötigen Beziehungen und den Ehrgeiz eines Superstars, der um jeden Preis in die »Hall of Fame« der *NFL* vordringen will. Alle anderen konnten nur darauf hoffen, dass Gott ein Wunder tat, wollten sie eine Chance haben, ihrem scheinbar vorherbestimmten Schicksal zu entgehen.

* * *

Es gelang mir zwar, meine Mutter über mein Doppelleben im Unklaren zu lassen, doch irgendwie kam ein Bruder meines Vaters dahinter, was ich so trieb. Er, der weit weg in Texas lebte, besuchte uns eines Tages in New Orleans. Vorab teilte er uns mit, dass er mich gerne sprechen würde.

Ich mochte Onkel Michael. Er war einer meiner Lieblingsverwandten und ich hatte ihn schon eine ganze Weile nicht mehr gesehen, deshalb freute ich mich auf sein Kommen. Zur Begrüßung umarmte er mich, drückte mir einen Kuss auf die Backe und lud mich ein, neben ihm auf unserer Veranda Platz zu nehmen. Dann erzählte er mir, wie sie so lebten in Houston und dass es ihnen ziemlich gut gehe. Ganz nebenbei erwähnte er, dass er seiner Frau ein Auto, einen Lexus, und sich selbst ein kleines Segelboot gekauft hatte, doch er gab nicht an damit. Er war einfach nur ehrlich und ich freute mich für ihn. Ich genoss es einfach, mit dem Bruder meines Vaters auf unserer Veranda zu sitzen und zu wissen, dass er mich gernhatte und sich für mich interessierte. Es fühlte sich so an, als ob meine Seele zum ersten Mal nach langer Zeit einfach nur tief durchatmen konnte.

»Weißt du was, Ronnie? Du solltest mal zu uns kommen und die Sommerferien bei uns verbringen. Wir könnten eine Menge miteinander unternehmen.«

»Aber gern, an mir soll's nicht liegen, Onkel Michael.«

Er machte eine kurze Pause. »Schön. Allerdings – weißt du, ich habe da ein paar unschöne Geschichten gehört, in die du verwickelt sein sollst. Es heißt, du hättest mit Drogengeschäften, Autodiebstählen und Raubüberfällen zu tun. Hey Mann, Ronnie, was ist da los?«

Ohne auch nur eine Sekunde lang nachzudenken, platzte ich heraus: »Nein, nein, nein. Das ist absolut falsch, Onkel Michael! Keine Ahnung, wer dir das erzählt hat, aber es ist von A bis Z erlogen.«

Onkel Michael ließ mich reden und ich schwafelte jede Menge Unsinn daher, bis mir die Worte ausgingen. Er wartete ab, dann sah er mir fest in die Augen.

»Mir ist vollkommen klar, was mit dir los ist. Ich weiß, in was du da hineingeraten bist, Ronnie, doch ich kann dir versichern, dass in der Welt, in der du unterwegs bist, kein Leben möglich ist. Ich weiß es, weil ich selbst dort war. Das ist auch der Grund, warum ich hier rausmusste und nach Texas gegangen bin. Wenn ich heute zurückkehre in diese Stadt, dann sind all die Freunde, mit denen ich mich früher herumgetrieben habe, verschwunden. Sie sind entweder tot oder sitzen im Gefängnis. Ich will nicht, dass dir das Gleiche passiert. Oh Mann, dafür hab ich dich doch viel zu gern.«

Er schwieg und die Stille, die entstand, lastete schwer auf uns beiden. Mir war die Lust auf Lügen gründlich vergangen. Ich wollte nur noch neben ihm sitzen, dort auf der Veranda, und nachdenken. Sein Vorschlag, den Sommer in Houston zu verbringen, und die Aussicht auf ein Leben weit weg von New Orleans und all dem, was diese Stadt so gefährlich machte, faszinierten mich. Das war genau das, wonach ich mich insgeheim gesehnt hatte.

In diesem Augenblick und an der Seite meines Onkels meinte ich zu spüren, wie sich ein Leben anfühlt, das nichts mehr zu tun hat mit dem, was in den Straßen der Großstadt vor sich ging. Und ich war drauf und dran, ihm zu glauben.

Vielleicht bot sich Ronnie Olivier ja doch noch eine Chance auf ein normales Leben.

Kapitel 9

»Auf geht's, wir rauben einfach ein paar Typen aus!«

J-Dog war gewalttätig und unkontrollierbar. Ich ging schnell hoch und nahm bei der leisesten Provokation sofort Kampfstellung ein. Doch es war Leekie, der Ruhigste und Besonnenste von uns, der als Erster ins Gefängnis wanderte. Er hatte seine Pistole in die Schule mitgenommen, war verhaftet worden und da er kurz zuvor siebzehn Jahre alt geworden war, verbrachte er zunächst drei Monate in einem Gefängnis für Erwachsene und wartete auf seinen Prozess. Dann aber ließ Mr Cat, sein Vater, seine Beziehungen spielen. Die Anklage wurde fallen gelassen und Leekie hörte nie wieder etwas von der Sache.

Nach seinen drei Monaten hinter Gittern kehrte er zurück in den 8. Bezirk. Das Leben war nicht dasselbe gewesen ohne ihn und ich hatte mich darauf gefreut, ihn wiederzusehen. Gleich am Tag seiner Entlassung stieß er zur Clique, allerdings nicht allein – ein uns unbekannter Bursche begleitete ihn.

»Das ist mein Kumpel Duckie«, erklärte er. »Ich habe ihn im Knast kennengelernt. Duckie, das ist mein Kumpel Ronnie Slim.«

Ich nickte Duckie zu und versuchte, ihn einzuschätzen. Er hatte ungefähr unser Alter, war von durchschnittlicher Statur und sah nicht anders aus als alle anderen Jungs, denen man so auf der Straße begegnete. Er zeigte auch kein außergewöhnliches Verhalten, war weder auffallend schüchtern noch nervtötend vertrauensselig. Dennoch hatte ich ihm gegenüber ein ungutes Gefühl. Meinem Freund Leekie hätte ich mein Leben anvertraut. Dieses Zutrauen auf einen Fremden zu übertragen, würde seine Zeit brauchen.

Im Lauf der darauffolgenden Wochen hatten wir genug Gelegenheit, Duckie kennenzulernen. Er tauchte regelmäßig bei uns auf und verbrachte den größten Teil seiner Zeit mit uns. Der Sommer ging bereits in seine letzte Phase, doch noch immer herrschte eine enorme Hitze und die Luftfeuchtigkeit war sehr viel höher als normal. Es war zu heiß, um sich in Häusern ohne Klimaanlage aufzuhalten, zu heiß, um an irgendwelchen Straßenecken herumzustehen und Crack zu verkaufen, und viel zu heiß, um Stress mit Leuten anzufangen, die uns die Polizei auf den Hals gehetzt hätten. Das Wetter hielt uns in Schach und wir mussten darauf warten, dass es sich änderte. Dementsprechend hingen Leekie, J-Dog, Duckie und ich stundenlang auf irgendeiner Veranda herum, mal hier, mal da. Wir quatschten, tranken, rauchten und warteten darauf, dass endlich ein kräftiges Gewitter aufzog, das die Luft reinigte und die Quecksilbersäule im Thermometer halbierte.

»Oh Mann, ist mir langweilig«, knurrte J-Dog eines Abends. Ein Sturm ließ noch immer auf sich warten und die Temperaturen waren schier unerträglich.

»Ganz deiner Meinung«, meinte Duckie. Der Rest von uns war viel zu groggy, um zu antworten.

Plötzlich sprang J-Dog wie von der Tarantel gestochen in die Höhe. »Los, Leute. Gehen wir!«

»Wohin denn?«, fragte Leekie.

»Na, quer durchs Viertel. Egal, wohin. Keine Ahnung. Auf geht's, wir rauben einfach ein paar Typen aus.«

Duckie stand auf und stellte sich an J-Dogs Seite. »Also los, gehen wir!«

J-Dog warf mir einen vielsagenden Blick zu. Wir dachten beide dasselbe, doch es war J-Dog, der es in Worte fasste.

»Nein, Duckie. Du nicht. Wir kennen dich noch zu wenig.«

»Ihr kennt mich nicht?«

»Stimmt«, erwiderte ich. »Noch nicht gut genug, um zuzulassen, dass du mit uns zusammen ein Ding drehst.«

Duckie war stocksauer. Er sprang von der Veranda und baute sich ein paar Meter entfernt vor uns auf. Nun meinte Leekie, vermitteln zu müssen.

»Jetzt hört mal zu«, gab er mit leiser Stimme zu bedenken. »Mein Vertrauen hat er. Ich habe ihn im Knast kennengelernt. Wir können uns auf ihn verlassen.«

J-Dog ließ sich aber nicht so schnell überzeugen und auch ich blieb skeptisch.

»Okay«, fuhr Leekie fort. »Wenn wir ihm erlauben mitzukommen, dann muss er die Schießeisen tragen. Werden wir geschnappt, dann findet man sie bei ihm.«

Ein Blick in J-Dogs Gesicht zeigte mir, dass er diesem Plan sehr viel mehr abgewinnen konnte. Mir ging es nicht anders.

Also zogen wir an diesem späten Nachmittag zu viert durch menschenleere Straßen. Ein paar Blocks weiter stießen wir auf einen Kokser, den J-Dog zu kennen meinte, doch als der uns kommen sah, warf er einen Zehndollarschein auf den Boden und gab Fersengeld. Uns aber war es viel zu warm, als dass wir irgendwelchen Koksnasen hinterhergerannt wären.

Unsere Stimmung besserte sich, als wir um eine Ecke bogen und wenige Meter vor uns ein Auto stehen sahen, das ich sofort erkannte. Am Steuer saß ein Kerl, der mir Geld schuldete.

»Reich mir mal meine Nina«, raunte ich Duckie zu und zeigte auf den 9-mm-Revolver.

Ich überzeugte mich zuerst, dass der Fahrer allein war, und achtete darauf, dass er mich so lange nicht kommen sah, bis ich an sein geöffnetes Seitenfenster trat und meine Hand mit der Knarre auf dem Türrahmen absetzte.

Der Typ war so perplex, dass ich sah, wie seine Augen unter dem Schirm seiner *Sacramento-Kings*-Baseballkappe hin und her zuckten. Ich hatte es nicht mal nötig, als Erster das Wort zu ergreifen.

»Ich … ich hab die Kohle«, stotterte er. »Nur jetzt nicht dabei.«

Ich hob den Colt, drückte ihn auf seine Nasenspitze und spannte den Hahn.

»Versteh schon«, sagte ich, dann fasste ich mit der freien Hand in das Auto und riss ihm die Kappe vom Kopf. »Und darum bleibt das gute Stück auch so lange bei mir, bis du bezahlt hast.«

Der weitere Verlauf des Abends zog sich etwas in die Länge. Wir schlenderten weiter und hielten Ausschau nach einer etwas fetteren Beute als einem Zehndollarschein, doch keine Menschenseele ließ sich blicken. Die Hitze hatte die Straßen leer gefegt. Abgesehen von uns und ein paar Autos gab es kein Anzeichen dafür, dass New Orleans bewohnt war.

Wären wir an einem ganz normalen Herbstabend die Eads Street entlangelaufen, hätten wir bei Weitem nicht so viel Verdacht erregt. Doch so, wie wir schwitzend mitten auf der Straße entlangschlurften und unsere Augenlider kaum noch offen halten konnten vor Erschöpfung, brauchten wir uns nicht zu wundern, dass irgendwann die Suchscheinwerfer eines Polizeiwagens vor uns aufleuchteten und der Beamte den Motor anließ.

Eigentlich hatte ich null Bock, wieder mal über Zäune zu hüpfen, doch wie gewohnt schoss mir augenblicklich pures Adrenalin in die Adern. Wir stoben auseinander und verschwanden in alle vier Himmelsrichtungen.

Wenige Minuten später war ich zu Hause. Ich zog mich um, bezog Stellung auf unserer Veranda und wartete auf Leekie. Von meinem besten Freund war nichts zu sehen, stattdessen tauchte Duckie auf. Er kam die Straße entlang, doch kurz bevor er Leekies Haus passierte, schoss ein Polizeiauto um die Ecke und keine fünf Sekunden später hatten die Cops ihn eingesammelt.

In den Tagen, die darauf folgten, hörte und sah man nichts von Duckie. Es war, als wäre er spurlos verschwunden. Zuerst gingen wir davon aus, dass er genug Zeit gehabt hatte, unsere Waffen zu verstecken, bevor die Polizisten ihn erwischt hatten. Doch mit jedem Tag, der verstrich, ohne dass Duckie auftauchte, wurden die Fragen immer drängender. Wenn man ihn nach seiner Festnahme wieder auf freien Fuß gesetzt hatte – warum war er dann nicht aufgetaucht, um wenigstens Leekie seine Pistole zurückzugeben? Und wenn man einen Grund gefunden hätte, ihn unter Anklage zu stellen – konnten wir sicher sein, dass er uns nicht alle ans Messer lieferte, um Strafmilderung zu bekommen? Das Gesetz der Straße besagt zwar, dass Verräter sterben müssen. Dennoch finden sich immer wieder Leute, die anfangen zu »singen«, um fürs Erste ihre Haut zu retten.

Keine Ahnung, wie wir es herausfanden, aber irgendwann war uns klar, dass man Duckie ohne Anklage freigelassen hatte. Zwei weitere Wochen vergingen, dann die dritte, doch von Duckie fehlte jede Spur. Leekie tat sein Bestes, um J-Dog und mich davon zu überzeugen, dass sein Kumpel vertrauenswürdig und alles in bester Ordnung sei, doch wir blieben skeptisch.

Als Duckie dann eines Abends endlich in einem Leihwagen vorfuhr, den er gegen Koks eingetauscht hatte, wusste ich, dass er Dreck am Stecken hatte.

Er hielt vor Leekies Haus, blieb aber im Auto sitzen und wartete. Wartete, als ob es für einen sorgenfreien Menschen wie ihn nichts Besseres zu tun gäbe.

Leekie trat an das Fahrerfenster, um mit ihm zu reden, und ich positionierte mich an der Beifahrertür. Geduldig ließ ich sie ein paar Minuten lang reden, doch innerlich brachte mich Duckies Verhalten zum Kochen. Er laberte belangloses Zeug, so als ob nichts vorgefallen wäre, und mit jedem seiner dümmlichen Worte steigerte er meine Wut. Als er dann auch noch anfing, läppisch zu lachen, sah ich rot.

Ich griff durch das offene Beifahrerfenster, schnappte mir den Autoschlüssel und schleuderte ihn auf den Rücksitz. Dann packte ich Duckie am Schlafittchen und schüttelte ihn durch. Er war wie gesagt von mittlerer Statur und ich hatte kein Gramm zu viel auf den Knochen, doch das Überraschungsmoment war auf meiner Seite. Dass er sich kaum wehrte und mir erlaubte, ihn wenige Augenblicke später sogar aus dem Auto zu zerren, nährte in mir den Verdacht, dass er ein schlechtes Gewissen hatte.

Also verpasste ich ihm ein paar Schläge und Tritte, bis Leekie dazwischenging.

»Lass dich hier nie wieder blicken«, schrie ich ihm hinterher, als er in sein Auto zurückkrabbelte und nach dem Schlüssel suchte. Er erwiderte etwas, doch in meiner Rage hörte ich nicht hin. Ich war schon auf dem Weg zurück zu unserem Haus.

Kapitel 10

Der 25. Dezember 1991

Am Weihnachtstag des Jahres 1991 hatte ich zunächst alle Hände voll zu tun, um den *Ronnie Slim* in mir in Schach zu halten. Mein Vater war über die Feiertage zu Besuch gekommen. Obwohl ich mich freute, ihn zu sehen und – wie immer – seine Anwesenheit genoss, zog es mich mit aller Macht weg aus dem Kreis der Familie und hinaus auf die Straße. Und mit jeder Minute, die verging, wurde dieses Verlangen stärker.

Ich bestürmte Dad, mir ein Auto zu mieten, doch der Versuch ging zunächst schief. Im Gegenteil, er führte nur zu unangenehmen Fragen.

»Gibt es da jemanden, den du heute noch unbedingt sehen willst, mein Sohn?«

»Nein, Papa. Ich möchte nur noch mal eine Runde um den Block drehen.«

»Aber warum?«

Auf diese Frage wusste ich keine Antwort. Es gab keinen Grund für meine innere Unruhe. Eigentlich hatte ich nichts vor und es gab auch nichts, was ich erledigen musste. Es war ganz einfach die Straße, die mich rief. Und diesen Ruf konnte ich nicht überhören.

* * *

Es war etwa gegen 21 Uhr, als Leekie und ich aus dem Bus stiegen und auf die Canal Street traten.

»Seid vorsichtig«, hatte Leekies Vater uns hinterhergerufen, als wir die Tür hinter uns zuzogen. Ich überlegte kurz, ob es nicht besser wäre, meine Jacke zurückzuschlagen, damit man das Holster mit dem Colt sehen konnte. Dann aber fiel mir ein, dass derselbe Mann mir geraten hatte, mich nicht unnötig zur Zielscheibe zu machen. Ich nickte Leekie zu, dann mischten wir uns unter die Leute, die die Straße entlangbummelten.

Wir waren schon eine ganze Weile so unterwegs, als mein Blick auf ein paar junge Leute fiel, die sich auf der anderen Seite der Straße unterhielten. Ich blieb stehen.

»Was gibt's, Ronnie Slim?«

»Ich weiß jetzt, warum ich schon den ganzen Tag so aufgeregt bin.«

»Wie bitte? Du redest Blödsinn, Ronnie Slim!«

»Das denke ich nicht.« Ich zeigte auf ein Mädchen, das am Eingang einer Spielhalle stand. Sie war auffallend hübsch. Irgendwie kam sie mir bekannt vor, doch ich war mir nicht sicher. »Sieh dir die mal an.«

Leekie grinste. »Florida Jackson.«

Es dauerte einen Augenblick, bis bei mir der Groschen fiel. »Das Mädchen aus der Parallelklasse? Ich dachte, sie wäre längst weggezogen. Oh Mann, sie war schon immer ein Hingucker, doch jetzt ist sie eine echte Schönheit.«

»Mhm.«

Wir überquerten die Canal Street und ich spürte, wie mal wieder mein Jagdfieber erwachte. Ohne lange Umschweife sah ich Florida tief in die Augen, schenkte ihr mein unwiderstehlichstes Lächeln und ließ meinen ganzen Charme spielen.

Kurze Zeit später hatte ich ihre Telefonnummer. Ich wollte gerade das Ganze mit einer innigen Umarmung krönen, als Leekie neben mich trat.

»Wir sollten hier verschwinden. Schau mal auf die andere Straßenseite.«

Keine zehn Meter entfernt hatten sich etwa zehn Kerle versammelt, die alle zu uns herüberstarrten. Mitten unter ihnen – Duckie.

Als sie die Canal Street überquerten, heftete ich mich an Leekies Fersen, der zügig das Feld räumte. Bei einem Kräfteverhältnis von zehn zu zwei machte es wenig Sinn, die Konfrontation mit Duckie zu suchen. Und doch trat ich nur ungern den Rückzug an. Wäre J-Dog an unserer Seite gewesen, hätten wir uns nicht so schnell verzogen.

Wir gingen in Richtung *Joy Theater*, wo gerade eine Filmvorführung zu Ende gegangen war. Die Türen öffneten sich und wir mischten uns unter die Leute, die aus in dem Kinosaal strömten. Ein Blick zurück zeigte mir, dass Duckie und seine Jungs die Verfolgung aufgenommen hatten. Ich blieb stehen, starrte sie wütend an und griff demonstrativ nach meinem Revolver. Mit Sicherheit würden sie es sich zweimal überlegen, uns anzugreifen, wenn sie sahen, dass ich bewaffnet war.

»Lass das«, sagte Leekie, drehte mich um und zog mich durch die Menschenmenge. »Wenn du anfängst, hier herumzuballern, triffst du am Ende noch Florida Jackson. Denk doch mal nach. Los, komm, wir nehmen den nächsten Bus nach Hause.«

Wir liefen los und steuerten die Bushaltestelle an, die direkt gegenüber von Popeyes kleinem Restaurant lag. Dort warteten bereits acht oder neun Leute und wir stellten uns zu ihnen. Wenige Augenblicke später hörte ich bereits den nächsten Bus kommen. Nach einem Blick auf die Anzeigetafel wusste ich, dass er nicht in den 8. Bezirk fuhr. Als er anhielt, bemerkte ich, wie Leekie sich in die Menge warf und in Richtung Tür drängte.

»Aber das ist doch nicht unserer!«, rief ich.

Er warf einen hastigen Blick über die Schulter. »Egal, den nehmen wir jetzt.«

Wieder drehte ich mich um. Duckie und die anderen hatten das *Joy Theater* passiert und kamen näher. Da ich keine Lust hatte, ihm mutterseelenallein gegenüberzustehen, wenn er die Haltestelle erreichte, entschied ich mich kurzerhand, dem Beispiel meines Freundes zu folgen. Allerdings verbot mir mein Stolz, mich vorzudrängeln, wie Leekie es tat, und so stellte ich mich hinten an. Auf keinen Fall sollte der Eindruck entstehen, ich hätte die Hosen voll und würde Hals über Kopf abhauen.

Als ich endlich meinen rechten Fuß auf die unterste Stufe des Einstiegs setzte, spürte ich eine Hand auf meiner rechten Schulter. Sie krallte sich in meine Jacke und zerrte mich zurück auf den Gehsteig.

Der Angriff kam so schnell, dass ich beinahe das Gleichgewicht verlor. Ich fing mich aber und drehte mich um. Da standen sie, alle zehn Kerle. Es war nicht Duckie gewesen, der mich gepackt hatte, sondern der bullige Typ, der neben ihm stand, doch das war mir in diesem Augenblick egal. Mein Erzfeind starrte mich nur an und in seinen Augen loderte der Hass. Die anderen acht hatten sich dahinter aufgebaut. Sie stellten im Moment keine Bedrohung für mich dar; um sie würde ich mich als Nächstes kümmern.

Ich zog meinen Revolver. Zunächst feuerte ich auf den Kerl, der mir am nächsten stand – das Kraftpaket. Dann wandte ich mich Duckie zu und gab weitere vier Schüsse ab. Schließlich richtete ich die Waffe erneut auf den Schlägertyp und schoss, bis das Magazin leer war.

Kaum waren die Schüsse verhallt, sah ich hinüber zu den anderen acht. Sie standen da, starr wie Salzsäulen.

Ich sprang zurück in den Bus und sah nach Leekie. Er saß ganz hinten und brüllte dem Fahrer zu, er solle endlich losfahren.

Auch ein anderer Fahrgast fing an, laut zu zetern. Es war ein alter Mann, der ganz vorne saß. »Sie wollten dich ausrauben, Junge. Ich habe alles gesehen!«

Eifrig pflichteten ihm die anderen bei. Ich konnte ihre Angst förmlich riechen, als ich mit dem Colt in der Hand nach hinten zu meinem Kumpel ging.

Der Bus rollte ein paar Zentimeter, dann hielt er wieder an. Die Aufmerksamkeit der Mitfahrenden verlagerte sich auf das, was auf dem Gehsteig zu sehen war. Dort lagen zwei menschliche Körper in einer Blutlache, die immer größer wurde.

»Fahr endlich!«, brüllte Leekie von der hintersten Bankreihe aus. *»Fahr!«*

Teil 2

Konsequenzen

Kapitel 11

Jedes Mal, wenn ich verhaftet wurde ...

Das Geschrei in dem Bus nahm ich kaum wahr. Der Fahrer fuhr irgendwann los, so wie Leekie es lautstark verlangte, doch keine zwei Minuten später hielt er an und forderte uns auf auszusteigen. Leekie versuchte noch zu verhandeln, doch er scheiterte.

Als wir in die Dunkelheit hinaustraten, wirbelten in meinem Kopf alle möglichen Gedanken und Gefühle wild durcheinander.

Angst war nicht darunter. Jedenfalls nicht um mich. Aber um meine Familie. Ich kannte keinen einzigen von den Jungs, die Duckie begleitet hatten; weder den, auf den ich geschossen hatte, noch die anderen acht. Ich hatte keine Ahnung, wie sie reagieren würden und wozu sie fähig waren. Natürlich musste ich davon ausgehen, dass Duckie ihnen von mir erzählt hatte – wer ich war und wo ich wohnte – und auch von Dawn. Darum war es wichtig, dass meine Familie und meine Freundin buchstäblich aus der Schusslinie genommen wurden, falls die Typen in meiner Umgebung auftauchten. Den Plan, die Nacht zu Hause zu verbringen oder bei Dawn unterzuschlüpfen, konnte ich also vergessen.

Und was sagte das Gesetz der Straße dazu? Die Regeln, nach denen wir lebten und starben, besagten, dass es nichts gab, wofür ich mich schämen musste. Im Gegenteil, ich hatte genau das getan, was mir Leekies Vater geraten hatte: nicht einfach nur mit meiner Kanone herumwedeln, sondern sie auch benutzen. Damit hatte ich eine klare Botschaft rausgeschickt: Versucht lieber nicht, mit Ronnie Slim eure Spielchen zu treiben!

Überhaupt war es nicht das erste Mal gewesen, dass ich meinen Revolver abgefeuert hatte. Allerdings war er jedes Mal entweder nicht geladen gewesen oder ich hatte danebengeschossen. Soweit mir bekannt war, hatte ich bis dato noch nie einen Menschen getroffen. Außerdem war ich schon Augenzeuge gewesen, wie sich Kerle eine Kugel einfingen und danach einfach davonspazierten, selbst solche, die gleich mehrere Treffer kassiert hatten. Das waren die, die danach ihre Narben wie einen Orden trugen. Dementsprechend ging ich auch diesmal davon aus, dass ich weder Duckie noch den anderen Knaben ins Jenseits befördert hatte. Aber so ganz sicher war ich mir nicht. *Hatte ich nun die zwei jungen Männer umgebracht oder hatte ich ihnen nur zu Schusswunden verholfen, mit denen sie künftig vor jedermann angeben konnten?*

Und dann war da ja noch der Vorfall selbst. *War das ein versuchter Raubüberfall gewesen oder wollte Duckie mich nur mal aufmischen? War das ein Akt der Selbstverteidigung gewesen oder war ich der Angreifer? War das da an der Bushaltestelle der Schauplatz eines Kapitalverbrechens oder nur der Schauplatz alltäglicher Gewalt, die die Umstehenden bald vergessen würden?*

Ich hatte keine Ahnung, was ich davon halten sollte, und traute meinen Gefühlen nicht über den Weg. Eins aber wusste ich ganz genau: Ich musste runter von der Straße, wenigstens für eine Weile. Es war wichtig, dass ich wieder einen klaren Kopf bekam und mir einen Plan zurechtlegte, wie es weitergehen sollte.

Zunächst aber steuerte ich die nächste Kneipe an und verschwand auf der Toilette.

Das Gesicht, das mir dort aus dem Spiegel entgegenstarrte, war nicht das, was ich zu sehen erwartet hatte. Das war nicht der *Ronnie Slim,* der, ohne mit der Wimper zu zucken, in jede noch so schlimme Drogenhöhle reinmarschierte oder mir nichts, dir nichts die hübschesten Mädchen anquatschte und jede Telefonnummer bekam, die er wollte. Nein. Das war *Ronnie,* der Junge, der hemmungslos geweint hatte, als sein Vater wegging, und zufrieden lächelte, wenn er auf ein Blatt mit perfekt gelösten Rechenaufgaben hinunterblicken konnte.

Tränen stiegen mir in die Augen.

»Wer bist du?«, flüsterte ich. »Was ist aus dir geworden?«

Aus dem Schniefen wurde Weinen. Schluchzend sah ich im Spiegel vor mir zwei Menschen: den Jungen, der ich einmal gewesen war, und das, was aus mir geworden war.

Wer von den beiden war ich? Mein Selbstbild schlüpfte durch die Risse und Sprünge, die es bekommen hatte. Und ich konnte es nicht aufhalten.

* * *

Irgendwann entschied ich mich, den Rest der Nacht bei Kirt zu verbringen. Das war ein Cousin von mir, der ganz in der Nähe des 8. Bezirks wohnte. Als ich am Morgen des 26. Dezember aufwachte, fühlte ich mich etwas besser. Meine Verwirrung hatte sich gelegt und ich war relativ ruhig. Ich ging wie selbstverständlich davon aus, dass meine beiden Kontrahenten am Leben waren und dass das Ganze über kurz oder lang in Vergessenheit geraten würde.

Dann sah ich die Lokalnachrichten im Fernsehen.

Ein Berichterstatter stand an der Canal Street. Hinter ihm, auf der anderen Straßenseite, erkannte man die Bushaltestelle. Das schwarz-gelb gestreifte Absperrband der Polizei flatterte im Wind und der Reporter beschrieb in allen Details, was am Vorabend geschehen war. Seine Version deckte sich allerdings überhaupt nicht mit dem Bild, das ich mir von der Situation gemacht hatte. Bei ihm war keine Rede von einem bewaffneten Raubüberfall. Er sprach von Mord. Von den zwei jungen Männern, die man niedergeschossen hatte, schwebte einer in Lebensgefahr, der andere war tot. Dann flimmerte ein Foto über den Bildschirm. Es war Duckie.

Ich war völlig entgeistert, doch unter meinen Schreck mischte sich auch etwas Skepsis. Sehr oft bauschten die Medien das, was auf der Straße passierte, derartig auf, dass es einen makabren Unterhaltungswert bekam, und ich bezweifelte, dass diese Meldung den Tatsachen entsprach. Ich musste unbedingt herausfinden, was wirklich Sache war.

Spontan setzte ich alles auf eine Karte, ging zu Alfred, dem Vater meiner Halbschwester, und berichtete ihm in allen Einzelheiten, was an der Bushaltestelle passiert war. Seine Brüder waren beide bei der Polizei, er würde wissen, was zu tun war.

Nachdem ich meine Version der Geschichte erzählt hatte, meinte er: »Wenn es sich tatsächlich so abgespielt hat, wie du es mir schilderst, dann hast du nichts zu befürchten.«

»Klar, das hat ja auch der Mann im Bus bestätigt. Man wollte mich ausrauben. Ich habe mich nur verteidigt.«

»Ich kauf dir das gern so ab, aber« – Alfred legte seine Stirn in Falten – »wäre es nicht besser, wenn ich diese Frage noch mal mit meinem Bruder bespreche? Dann wären wir auf der sicheren Seite. Was meinst du?«

* * *

Den Rest des Vormittags verbrachte Alfred damit, seinem Bruder hinterherzutelefonieren.

»Sie haben eine Personenbeschreibung und sie haben einen Namen«, seufzte er, nachdem er endlich Erfolg gehabt hatte.

»Meinen?«

Er nickte. »Ich habe ihn darauf hingewiesen, dass sie deiner Ansicht nach versucht haben, dich auszurauben. Er meint, du hättest demnach nichts zu verbergen, warum solltest du dich also weiterhin verstecken? In seinen Augen wäre es für dich das Beste, wenn du dich stellst.«

Damit hatte ich nicht gerechnet.

Stundenlang zerbrach ich mir nun den Kopf über die Frage,

wie diese Angelegenheit wohl weiter verliefe, wenn ich Alfreds Rat befolgte und mich auf der nächsten Polizeistation meldete. Es war schwer vorauszusagen. So schwer, dass ich mich irgendwann in Erinnerungen an vergangene Zeiten verlor, an all den Stress, den ich schon mit den Ordnungshütern dieser Welt gehabt hatte.

Die erste unangenehme Begegnung hatte ich bereits mit elf oder zwölf Jahren. In einem Kaufhaus in der *Lakeside*-Einkaufsmall hatte man mich beim Klauen erwischt und der Ladendetektiv war schneller zu Fuß gewesen als ich. Ich landete in einem Streifenwagen, der mich zum Jugendamt brachte. Ein Beamter passte auf mich auf, während ich auf Mama wartete, die etwa zwei Stunden später kam und mich abholte. In der Zeitspanne, die zwischen ihrer lautstarken Standpauke und der schmerzhaften Begegnung mit Vaters Gürtel lag, fasste ich den festen Entschluss, auf unbestimmte Zeit jeder Art von Ärger aus dem Wege zu gehen.

Das nächste Mal, als ich verhaftet wurde, hatte ich gerade meine Karriere als Crackdealer begonnen. Einer meiner Kunden schuldete mir viel Geld und ich musste befürchten, dass andere Abnehmer auf den Gedanken kommen könnten, seinem Beispiel zu folgen. Eines Tages erwischte ich ihn und stellte ihn zur Rede. Als er es wagte, mir mitzuteilen, dass ich mein Geld in den Wind schreiben könne, schlug ich ihn kurzerhand zusammen. Während ich davon ausging, dass die Sache damit erledigt sei, lief er noch am gleichen Abend zur Polizei. Er führte sie direkt vor unser Haus und zeigte vom Rücksitz eines Streifenwagens auf mich, als ich frühmorgens nach Hause kam. Ein paar Minuten später war ich auf dem Weg zur nächsten Polizeiwache, die Hände auf dem Rücken gefesselt. Meine Mutter war nicht zu Hause, als ich verhaftet wurde, darum beschloss ich, sie auch nicht anzurufen, damit sie käme, um mich auszulösen. Ich nutzte mein Recht auf ein Telefongespräch, um einen von Reggies Freunden zu bitten, mich abzuholen.

Den letzten Zwischenfall aber konnte ich vor meiner Mutter

nicht verheimlichen. Mein Cousin Doddie war zu Besuch bei uns. Abends zogen wir um die Ecken und hatten schon kräftig einen im Tee, als wir vor einem Spirituosengeschäft auf einen jungen Weißen trafen, der eher schmächtig aussah. Irgendwie geriet Doddie mit ihm in Streit und fing eine Rauferei an. Diese Gelegenheit ließ ich mir nicht entgehen. Ich nahm die teure Kappe des Knaben an mich und als alles geklärt war, zogen wir ab. Wir waren noch nicht weit gekommen, als Sirenen aufheulten und vier oder fünf Polizeiautos uns einkreisten. Man verhaftete mich mit der Begründung, ich habe einen Weißen ausgeraubt, und steckte mich für eine Nacht in eine Zelle. Am nächsten Morgen holte meine Mutter mich ab.

Alles sprach also dafür, dass es auch diesmal nicht allzu lange dauern dürfte, bis sie mich wieder laufen ließen, nachdem ich Alfreds Rat beherzigt und mich freiwillig gestellt hatte. Vielleicht würden sie mich für eine Nacht auf dem Revier behalten – wie letztes Mal – oder mich gar nach ein oder zwei Stunden wieder auf freien Fuß setzen, so wie es die ersten beiden Male gewesen war. So oder so – die Polizei konnte kein Interesse daran haben, einen sechzehn Jahre alten Jungen, der noch nicht mal richtig strafmündig war, für längere Zeit einzubuchten. Sie würden mich zwar zusammenfalten, sie würden mir an den Kopf werfen, wie schlimm ich sei, und sie würden eindringlich an mein Ehrbewusstsein appellieren, mein Verhalten von Grund auf zu ändern, doch sie würden einem Fast-noch-Kind wie mir nichts darüber hinaus antun. Das hatten sie doch noch nie getan.

Kapitel 12

Weggesperrt

Es gab ihn nicht, den entscheidenden Augenblick, in dem mir klar wurde, dass all meine Spekulationen bezüglich meines weiteren Schicksals null und nichtig waren. Da war kein Blitz, der schlagartig sein Licht auf meine Situation geworfen hätte. Stattdessen verschwendete ich den Tag damit, mir einzureden, dass schon alles irgendwie gut gehen würde. Und das, obwohl sich die Anzeichen mehrten, dass ich in großen Schwierigkeiten steckte.

Die zweite Stunde im Polizeigewahrsam brach bereits an, da war ich immer noch damit beschäftigt, den Beamten meine Geschichte zu erzählen. Sie hörten mir zwar zu, verzichteten aber darauf, sich Notizen zu machen, doch das kam mir überhaupt nicht seltsam vor.

Das wird sich alles einrenken, ging es mir durch den Kopf. *Sie nehmen es ja selbst kaum ernst.*

Ich fand heraus, dass Duckie überlebt hatte. Der andere aber, der nach mir gegriffen hatte, war tot. Er war vierzehn Jahre alt gewesen.

Nicht gut.

Drei oder vier Stunden später legten sie mir ein Schriftstück vor, das ich unterschreiben sollte. Ich las es sorgfältig durch, konnte aber nichts entdecken, was mir Anlass zur Sorge gegeben hätte. Der Text war knapp und ziemlich allgemein gehalten.

Was soll schon passieren? Nach dem Gesetz bin ich noch ein Kind. Fragt sich nur, was sie daraus basteln. Was werden sie mit mir machen?

Meine Zuversicht verließ mich auch am Ende dieses Tages

noch nicht. Daran änderte selbst die Mitteilung nichts, dass mich diesmal weder meine Mutter noch sonst irgendjemand einfach so mit nach Hause nehmen könne. Man würde mich vielmehr ins *Conchetta Youth Center* (*CYC*) bringen, die kommunale Jugendstrafanstalt.

Okay, okay, redete ich mir ein, als ich dort aufgenommen wurde und meine Klamotten gegen den üblichen Trainingsanzug eintauschen musste. *Das ist nicht mehr als eine lästige Zeitverzögerung. Jetzt heißt es, Geduld haben. Das wird schon wieder.*

Doch dann fiel die Tür aus gehärtetem Stahl hinter mir ins Schloss und der Knall markierte den Wendepunkt, ab dem sich alles änderte. Ich hörte auf, darüber nachzudenken, wann sie mich wohl wieder entlassen würden und wie ich das alles meiner Mutter erklären wollte. Und während ich dastand und mich umsah, wurde mir klar, dass es ab jetzt sehr viel wichtigere Dinge gab, um die ich mir Gedanken machen musste.

Ich befand mich in einem der beiden Schlafsäle der Jugendstrafanstalt. Jeder Raum bot etwa neunzig Insassen Platz, die zwischen zwölf und sechzehn Jahren alt waren. Das bedeutete, dass ich zu den Ältesten gehörte. Darüber war ich sehr froh, denn eins war offensichtlich: Hier im *CYC* galt das Recht des Stärkeren, hier herrschte nackte Gewalt. Aber was will man auch erwarten, wenn man neunzig Jungs in einen Raum sperrt, der kaum größer ist als ein durchschnittlicher Pferdestall?

Trotzdem fühlte ich mich an diesem Ort von Anfang an heimisch. Es herrschte fast die gleiche Atmosphäre wie auf der Straße. Der einzige Unterschied bestand darin, dass es keine Zäune gab, über die ich auf der Flucht vor den Cops springen musste, dass ich hier keine Chance mehr hatte zu entkommen. Hier konnte ich nur Signale aussenden, die Warnung, dass ich vorbereitet war, sollte es zu Gewaltausbrüchen kommen.

Nachdenklich stand ich vor meiner Schlafkoje und schaute mich um. Ein paar von den Jungs kamen aus meinem Viertel und ich erkannte sie wieder, doch den größten Teil der Anwesenden hatte ich noch nie gesehen. Einige musterten mich von oben bis unten und ich konzentrierte mich auf die, die mich am hartnäckigsten anstarrten. Dabei achtete ich darauf, die Blicke konsequent zu erwidern und auf keinen Fall den Augenkontakt abzubrechen, bevor sie es selbst taten. Diese Machtproben kosteten Zeit und bewahrten mich auch nicht davor, den einen oder anderen Kampf durchzustehen, doch ich war zumindest sicher, dass es auch den stärksten Kämpfern nicht gelingen würde, mich einfach so fertigzumachen.

Okay, okay. Wie wäre es mit einem kleinen Kampf? Ich bin jedenfalls bereit. Zeig mal, was du draufhast!

Richtig zur Sache ging es erst, als die Lichter gelöscht wurden und die Prügeleien begannen. Bevor ich überhaupt wusste, was los war, hörte ich, wie einer der Aufseher, der in dem Kontrollraum zwischen den beiden Schlafsälen saß, meinen Namen rief.

»Hey du«, rief er und zeigte auf mich. »Du da drüben.«

Er winkte mich zu sich, dann drehte er sich zu einem anderen Jugendlichen um, der am Fenster auf der anderen Seite des Büros in Saal Nr. 2 stand.

»Du hast doch sicher mitbekommen, dass einer deiner Kumpels am Weihnachtsfeiertag umgebracht wurde. Den, den sie drunten an der Canal Street umgelegt haben.«

Der andere nickte.

Der Wärter trat einen Schritt zurück und deutete auf mich. »Hast du eine Ahnung, wer das hier sein könnte?«

Der Gefangene starrte mich an.

Der Wärter bedachte mich mit einem schmierigen Lächeln, dann wandte er sich wieder meinem Gegenüber zu. »Stimmt. Das hier ist der Bursche, der deinen Freund auf dem Gewissen hat. Wir haben die Ehre, den Weihnachtsmörder hier bei uns in unserem Knast zu beherbergen.«

Okay. Das ändert alles. Wenn ich jetzt noch eine Chance haben will, das alles hier zu überleben, dann könnte es nötig sein, dass ich erneut jemanden umbringen muss.

* * *

Ich sollte recht behalten mit meiner Einschätzung, dass uns eine gewalttätige Nacht bevorstand. In den folgenden Stunden verwandelte sich Schlafsaal Nr. 1 in ein Schlachtfeld. Nicht alle mischten bei den Auseinandersetzungen mit, doch keinen ließ es kalt, als zwei rivalisierende Stadtbezirke aufeinander losgingen. Es wurden keine Waffen verwendet, zum Einsatz kamen nur Fäuste und Ellbogen.

Und ich? Nun, es hatte sich ziemlich bald überall herumgesprochen, warum ich verhaftet worden war, und mein Ansehen war dementsprechend kräftig gestiegen. Wenigstens in dieser ersten Nacht konnte ich mich also sicher fühlen. Keiner wollte es mit mir aufnehmen.

Am nächsten Tag jedoch wurde meine Situation wieder brenzliger. Ich musste nämlich von Schlafsaal Nr. 1 in Schlafsaal Nr. 2 umziehen. Keine Ahnung, was der Grund dafür war und wer das angeordnet hatte – ich zerbrach mir jedenfalls nicht lange den Kopf über das »Warum?« und das »Wer?«. Mich beschäftigte nur die Tatsache, dass ich nun im gleichen Schlafsaal übernachten musste wie der Kerl, der es wahrscheinlich auf mein Leben abgesehen hatte.

Ich setzte alles daran, dass er der Erste war, mit dem ich in der neuen Umgebung sprach.

»War das dein Freund, den ich da erschossen habe?«

Er nickte. Obwohl er sich erfolglos bemühte, den Kampf der Blicke für sich zu entscheiden, flackerte in seinen Augen doch nicht mehr der gleiche Hass, den ich wahrgenommen hatte, als noch das Büro der Wärter zwischen uns lag.

»Zwischen uns alles klar?«

»Alles klar«, gab er zurück. Dann wandte er sich ab und ich spürte seine Angst, die ihm aus allen Poren drang.

Kapitel 13

»Es ist es überflüssig, einen Anwalt einzuschalten!«

Ich habe schon immer am meisten gelernt, wenn ich anderen Leuten bei der Arbeit zugesehen habe. Als ich Zeuge wurde, wie schwer meine Mutter in den Restaurantküchen schuftete, wurde mir der Wert harter Arbeit bewusst. Meine herausragenden Fähigkeiten auf dem Feld des Flirtens eignete ich mir an, indem ich meinen Bruder Reggie beobachtete. Ob es das Autoknacken war, das ich schneller beherrschte als jeder andere in meiner Umgebung, oder meine Fähigkeit, Ängste einfach auszublenden und selbst in großer Gefahr den Blicken meiner Gegner standzuhalten – beinahe alles, was *Ronnie Slim* ausmachte, habe ich mir angeeignet, indem ich andere beobachtet und ihnen zugehört habe.

Als ich nun in diesem Jugendgefängnis saß und massenhaft Zeit totschlagen musste, studierte ich eingehend meine Mitinsassen, ganz besonders die Jungs, die von ihrer Gerichtsverhandlung zurückkamen. Fast jeder Werktag begann damit, dass ein Wärter die Namen der Leute aufrief, die wenige Stunden später vor Gericht zu erscheinen hatten. In den meisten Fällen wusste ich schon vorher, wer an der Reihe war, denn Jungs haben in der Regel größere Probleme, ihre Nerven zu kontrollieren, wenn sie wissen, dass wenige Stunden später eine Gruppe fremder Leute über ihr weiteres Schicksal berät. Richtig interessant wurde es für mich aber erst, wenn sie am Ende des Tages zurückkamen, insbesondere dann, wenn sie ihr Urteil in der Tasche hatten.

Dabei lernte ich eine wichtige Lektion: Obwohl wir alle sechzehn Jahre oder jünger waren, verhängten die Richter Urteile, die in ihrer Härte alles überstiegen, was ich mir bis dato vorgestellt hatte. So gab es sechs Monate für einen Autodiebstahl. Ein Jahr für Raub. Ein Gleichaltriger, den ich von der Straße her kannte, wurde sogar zur maximalen Jugendstrafe verdonnert. Das bedeutete, er würde hinter Gittern verschwinden, bis er 21 Jahre alt war.

»Oh Mann, das sind fast fünf Jahre«, sagte ich, als er sich auf sein Bett fallen ließ. »Wie hast du denn das geschafft?«

Er zuckte mit den Achseln. Da gab es nicht viel zu erzählen.

Ein paar Gespräche wie dieses waren nötig, bis ich bereit war zuzugeben, dass ich die Hoffnung, meine Mutter würde mich in Kürze raushauen, begraben konnte. Angesichts der Strafen, die die anderen Insassen des *CYC* aufgebrummt bekamen, rechnete ich mir aus, dass auf mich im Falle einer Verurteilung irgendwas zwischen sechs und achtzehn Monaten zukommen könnte. Auch wenn es mir nicht gefiel – dieser Wahrheit musste ich ins Gesicht sehen.

* * *

Es dauerte ein paar Wochen, bis der Aufseher eines Morgens endlich auch meinen Namen aufrief. Ich reihte mich wie befohlen in eine Schlange ein und man legte mir Handschellen und Fußfesseln an. Eine gute Stunde später saß ich in einer Gitterzelle des Jugendgerichtshofs, einer von fünfzehn Jugendlichen, die an diesem Tag vor dem Untersuchungsrichter zu erscheinen hatten.

Außerhalb dieses Verwahrraums herrschte reges Treiben. Überall liefen Leute hin und her, es war ziemlich laut und es fiel mir schwer nachzuvollziehen, was da vor sich ging. Natürlich hatte ich noch nie versucht, mir detailliert auszumalen, wie es in einem Gericht zuging, eine solche Szenerie aber hatte ich nicht erwartet.

»Ronald Oliver?«

Ich blickte auf. Eine Frau stand an der Zellentür, die eine Aktenmappe in der Hand hielt und ihren Blick über die Bank mit den wartenden Jugendlichen schweifen ließ.

»Olivier«, verbesserte ich und ging hinüber zu ihr. »Das bin ich.«

Sie nickte und ein Gerichtsdiener kam herbei, um mir die Tür zu öffnen. Man führte mich ein paar Schritte weiter und setzte mich in eine Zelle, wo ich mich zunächst allein befand. Kurze Zeit später tauchte – ganz ohne Vorwarnung – meine Mutter am Gitter auf. Ihr auf dem Fuß folgte eine Dame, die ein Businesskostüm trug. Es war eine Weiße, die, dem Blick nach zu urteilen, den sie mir zuwarf, wusste, was sie tat. Es gab jedenfalls keinen Grund, ihr zu misstrauen.

»Ich bin Ihre vom Gericht bestellte Pflichtverteidigerin.« Sie schwieg einen Moment und sah mir fest in die Augen. »So, Ronald«, sagte sie, beugte sich zu mir herüber und senkte ihre Stimme. »Schildern Sie doch mal mit eigenen Worten, was da passiert ist.«

Ich erzählte ihr die ganze Geschichte, so wie ich sie auch der Polizei erzählt hatte.

»Okay, wenn es sich tatsächlich so abgespielt hat, haben Sie gute Chancen, ungeschoren davonzukommen. Nun, irgendwann im Laufe des Tages wird man Ihren Namen aufrufen. Dann stehen Sie auf. Wenn der Richter sich an Sie wendet und Sie fragt, auf was Sie plädieren, antworten Sie Folgendes: *Nicht schuldig*. Haben Sie das verstanden?«

»Ja, Madam.«

Und damit hatte es sich. Die Anwältin eilte weiter, um sich um den nächsten Angeklagten zu kümmern, und ich wurde zurückgebracht zu den anderen Häftlingen.

Den ganzen Tag über herrschten Chaos und Lärm. Es dauerte Stunden, bis mein Name aufgerufen wurde. Ich tat, wie man mir gesagt hatte, bestätigte, dass der Name, den ich angegeben hatte, der meine sei, und achtete darauf, dass meine Stimme im ganzen

Gerichtssaal gut zu hören war, als ich antwortete: »Nicht schuldig.«

Danach befahl man mir, mich wieder zu den anderen auf die Bank zu setzen und bis auf Weiteres dortzubleiben. Die nervenaufreibende Warterei machte mir nichts aus. Ich hielt mich an das, was meine Anwältin gesagt hatte. Meine Chancen, ungeschoren davonzukommen, schienen gut zu stehen.

Gegen Ende des Verhandlungstages kamen meine Mutter und Dawn zu mir an die Zelle. Sie sahen beide ziemlich besorgt aus.

»Macht euch keine Gedanken«, beruhigte ich sie. »Meine Anwältin meint, ich hätte die besten Aussichten.«

Mama stand der Zweifel ins Gesicht geschrieben. »Ich sehe zu, dass ich genug Geld zusammenkriege, um dir einen wirklich guten Anwalt zu besorgen. Das Gleiche hat Leekies Vater für seinen Sohn gemacht.«

»Ach Mama, hör zu – wenn es stimmt, was ich so höre, ist es überflüssig einen Anwalt einzuschalten. Heb dir dein Geld für Wichtigeres auf, hörst du? Das nächste Mal, wenn ich dem Richter vorgeführt werde, setzt er mich auf freien Fuß. Du wirst sehen.«

Kapitel 14

Auf der Hut

Am 2. Februar 1992, etwas über einen Monat nach meiner Einlieferung ins Jugendgefängnis, eröffneten sie mir, dass ich das *Conchetta Youth Center* in Kürze verlassen würde. Allerdings sollte es nicht nach Hause gehen, sondern in ein nahe gelegenes Untersuchungsgefängnis, *HOD* genannt *(»House of Detention«)*. Dabei handelte es sich um einen zehnstöckigen Block, der mitten in der City lag und für die unter uns, die demnächst ein Alter erreicht haben würden, das eine Verurteilung nach dem Erwachsenenstrafrecht möglich machte, zur neuen Heimat wurde.

Wir waren alle ziemlich nervös. Es war zwar nicht schön, einen ganzen Monat lang einen Schlafsaal mit neunzig Jungs zu teilen, die so alt waren wie ich oder jünger, doch zusammen mit erwachsenen Verbrechern eingesperrt zu sein, war weitaus gefährlicher. Wir, die Jüngeren, gaben für diese Männer ganz einfach perfekte Zielscheiben ab.

Einer von denen, die mit mir überführt wurden, war Chico, ein Junge aus dem 9. Bezirk. Wir waren im Jugendgefängnis Freunde geworden, und als wir herausfanden, dass wir beide auf der Transferliste standen, trafen wir eine Vereinbarung.

Wir schworen uns: »Egal, was uns in diesem Untersuchungsgefängnis erwarten mag – wir gehen da gemeinsam durch!«

* * *

Der achte Stock des *HOD* bestand aus einem langen Korridor, dessen eine Seite aus einer Reihe von Zweimannzellen bestand, an die sich ein Fernsehraum und der Duschbereich anschlossen. Jede Einheit verfügte über eine Toilette und ein Waschbecken. Kurz vor unserem Eintreffen hatte es eine regelrechte Schlacht zwischen den Angehörigen verschiedener Stadtbezirke gegeben, darum war man dazu übergegangen, die Häftlinge einzuschließen. Immer nur eine Zelle wurde geöffnet, damit die Insassen paarweise zum Duschen oder zum Essen gehen konnten.

Chico und ich bekamen eine Zelle zugeteilt und unser Zusammenleben klappte prima.

Ein anderer Junge, der mit uns aus dem Jugendgefängnis gekommen war, wurde ein paar Zellen weiter zu einem Kerl gesteckt, der schon eine ganze Weile dort verbracht hatte. Er machte Schreckliches durch.

Gleich in der ersten Nacht, bald nachdem man die Lichter gelöscht hatte, hörten wir das Quietschen von Tennisschuhen, deren Sohlen über den Betonboden schlitterten. Zunächst rätselten wir vergebens, wo das Geräusch herkommen mochte, doch dann hörte ich eine Stimme und ich wusste, zu wem sie gehörte.

Er schrie: »Nein, Mann! Lass mich in Ruhe. Hör auf. Nein.« In seiner Stimme lag keine Wut. Kein drohender Unterton. Nur Angst.

Das Quietschen der Schuhe ging eine ganze Weile weiter, doch die Schreie erstarben, so wie die Lichter, die kurz zuvor erloschen waren.

Am nächsten Morgen öffnete man unsere Tür, damit wir das Frühstück holen konnten, und wir gingen an der betreffenden Zelle vorbei. Der Junge aus dem *CYC* saß auf seinem Bett. Er lehnte an der Wand, die Beine angezogen und fest gegen die Brust gepresst, und starrte mit weit aufgerissenen Augen ins Leere. Der andere lag auf seinem Bett, die Augen zu, ein Abbild unbekümmerter Sorglosigkeit.

Die Nachricht von den nächtlichen Ereignissen machte schnell die Runde und zur Mittagszeit wussten alle von der Vergewaltigung, die stattgefunden hatte.

Irgendwann im Laufe des Nachmittags meinte dann ein Aufseher, wir wären an der Reihe mit Duschen. Wir gingen also ans andere Ende des Korridors in den Duschraum und zogen uns aus.

Plötzlich fragte Chico: »Hast du das gehört?«

»Was?«

»Na, wie die Kerle uns hinterhergepfiffen haben, als wir den Gang runtergekommen sind.«

»Nein. Aber eins sag ich dir. Wenn wir zurückgehen, werden wir mal ganz genau hinhören …«

Natürlich begann die Pfeiferei von Neuem, als wir den Rückweg antraten.

Chico und ich traten an die Gitterstäbe der Zelle, aus der die Pfiffe kamen, und fingen an, die Insassen auf das Unflätigste zu beschimpfen. Die beiden – ein etwas untersetzter und ein eher schlaksiger Typ – sahen aus, als wüssten sie, wie man eine Schlägerei für sich entscheidet, doch das war uns schnurzegal. Wir waren bereit, um unser Leben zu kämpfen.

»Wenn sich diese Zellentüren irgendwann öffnen, könnt ihr euch auf was gefasst machen. Habt ihr das kapiert?«

»Ach was, wir brechen euch euren hässlichen Kiefer, dann ist Schluss mit dem Gepfeife.«

Wir tobten uns richtig in Rage – brüllten, fluchten und starrten sie derartig hasserfüllt an, dass sie verstummten.

Es dauerte nicht lange, bis ein paar Wärter herbeieilten und uns in unsere Zelle zurückscheuchten. Wir waren aber so voller Adrenalin, dass wir beide nicht still sitzen konnten. Eine ganze Weile noch sprangen wir herum und tigerten auf und ab in unserem drei Quadratmeter kleinen Raum.

Später, als es für unsere beiden Kontrahenten Zeit wurde, ihr Abendessen zu holen, kamen sie zu uns an die Gittertür und entschuldigten sich.

»Es ist mir egal, was du mit deinem Mund so alles anstellst«, erwiderte ich. »Es ist dein Mund. Aber wenn wir den Gang betreten, solltet ihr nie wieder einem von uns beiden hinterherpfeifen. Ist das klar, Mann?«

»Hast schon recht«, antwortete der Größere von beiden. »Das geht auf meine Kappe.«

Es war totenstill im ganzen Zellentrakt und ich wusste, dass sie alle lauschten. Und ich begriff, dass Chico und ich einen wichtigen Sieg errungen hatten. Wir hatten den Test bestanden. Man würde uns nicht länger als leichte Beute betrachten.

* * *

Vom Tag meiner Verhaftung an besuchte mich meine Mutter regelmäßig, genauso wie Dawn. Doch mein Vater? Seit dem Weihnachtsfest hatte ich ihn nicht mehr gesehen. Zuerst dachte ich, es läge daran, dass er nach Florida zurückgekehrt sei. Eines Tages, als ich mit ihm telefonieren durfte, beschloss ich spontan, ihn zu fragen.

»Kommst du mich mal besuchen?«

Seine Antwort kam wie aus der Pistole geschossen. »Oh nein, mein Herr. Ein Gefängnis werde ich nie betreten.«

Und das war's. Unser Gespräch war damit zwar nicht beendet, doch er hat mich tatsächlich nicht besucht.

An jenem Abend habe ich mich in den Schlaf geweint.

* * *

Nicht nur die Mithäftlinge stellten im *HOD* eine potenzielle Bedrohung für uns dar.

Es war ein paar Tage nach unserer Verlegung, da saß ich auf meinem Bett und unterhielt mich mit Chico. Ich erinnere mich nicht mehr, was ich sagte, doch ich redete so, wie ich es gewohnt war. Das bedeutete damals, dass jedes zweite Wort, das ich benutzte, ein Kraftausdruck war.

»Wasch dir mal dein Schlappmaul aus, Olivier«, raunzte mich der Oberaufseher an, der gerade an unserer Zelle vorbeiging.

Ich sagte ihm, was er mit verschiedenen Teilen seines Körpers anstellen könne und wie ich seine Beziehung zu seiner Mutter einschätzte.

Er brauchte keine drei Sekunden, dann hatte er unsere Zellentür aufgerissen, mich gepackt und auf den Gang hinausgezerrt. Ein weiterer Wärter kam ihm zu Hilfe und gemeinsam schleppten sie mich durch den Korridor in die nächste Besenkammer. Ich wurde völlig überrumpelt von dieser Aktion und malte mir schon schreckliche Dinge aus, die mich möglicherweise erwarteten. Doch alles, was den beiden Kerlen einfiel, war, mir einen Schwinger nach dem anderen zu verpassen, wobei sie darauf achteten, mir nur in die Magengrube zu boxen.

Als ich merkte, dass sie sich nicht trauten, einem Jugendlichen wie mir mehr anzutun, drehte ich auf. Ich schlug zurück und zielte mit voller Absicht auf ihre Gesichter. Es gelang mir, ein oder zwei harte Treffer zu landen. Das veranlasste sie, ihre Taktik zu ändern, und sie versuchten nun, mich in meine Zelle zurück zu bugsieren. In der Hitze des Gefechts muss ich gegen die Tür der Besenkammer getreten haben. Sie schwang zurück und schlug dem Oberaufseher so heftig ins Gesicht, dass seine Lippe aufplatzte.

Er taumelte zurück und starrte mich an. Das Blut strömte ihm übers Kinn und er machte Anstalten, erneut auf mich einzuschlagen.

»Schluss jetzt!«, rief nun der andere Beamte und fiel ihm in den Arm. »Das lohnt sich doch nicht.«

Als sie endlich die Tür unserer Zelle hinter mir abschlossen, meinte ich das Adrenalin zu spüren, das durch meine Adern schoss. Und so, wie es bei den beiden Pfeifkünstlern gewesen war, hatte auch diesmal der ganze Zellentrakt mitbekommen, was geschehen war. Falls es bei dem einen oder anderen noch irgendwelche Zweifel gab, wer ich war, dann hatte sich das damit erledigt.

Es war ratsam, sich nicht mit *Ronnie Slim* anzulegen.

Kapitel 15

»Wende dich an Jesus!«

Volle dreizehn Monate waren ins Land gegangen, als ich endlich meinen Prozess bekam. Dreizehn Monate, die ich wartend hinter Gittern verbracht hatte – erst saß ich im *HOD*, dann überstellten sie den gesamten achten Stock in das *Orleans Parish Prison (OPP)*, das Stadtgefängnis von New Orleans. Dreizehn Monate, in denen sie mich alle paar Tage ins Gericht brachten, wo ich unzählige Stunden damit zubrachte, an Händen und Füßen gefesselt wartend auf einer Bank neben anderen Jugendlichen zu sitzen, die dem Treiben zusahen und verzweifelt versuchten, etwas von dem zu verstehen, was um sie herum vor sich ging. Dreizehn Monate, in denen ich mich an der Hoffnung festklammerte, das alles möge bald enden, und mit der Frage haderte, warum es das einfach nicht tat.

Während dieser Zeit, als ein Tag dem anderen folgte, entfaltete die Langeweile eine ganz eigene Art von Schwerkraft, die mich herunterzog. Sie wirkte wie ein schwarzes Loch. Nichts konnte ihr widerstehen, nichts sie für längere Zeit vertreiben, nicht einmal die überraschende Einlieferung von Leekie, meinem Kumpel. Auch ihn hatte man im Zusammenhang mit den Ereignissen in der Canal Street verhaftet, obwohl er ja völlig unschuldig war und mit dem Ganzen nichts zu tun hatte. Natürlich tat es mir gut, ihn wiederzusehen, besonders weil ich mit ihm über meinen Fall diskutieren konnte. Dennoch spürte ich, dass mit jedem Gespräch über den Gang der Dinge meine Frustration stieg. Wie lange würde sich die Warterei noch hinziehen?

* * *

Zu Beginn des Jahres 1993 erfuhr ich, dass mein Prozess kurz bevorstand.

Leekie und ich sollten zur gleichen Zeit vor Gericht erscheinen.

Die Anklage lautete: »Gemeinschaftlich begangener, vorsätzlicher Mord«.

Im Laufe der Vorbereitungen wurde mir klar, dass meine Pflichtverteidigerin nicht annähernd so gut war wie der Strafverteidiger, den Leekies Vater für seinen Sohn besorgt hatte. Während Leekie regelmäßig Besuch von seinem Anwalt bekam, wechselte sie höchstens im Gerichtssaal ein paar Worte mit mir. Doch es sah so aus, als ob das nicht wirklich eine Rolle spielte. Wir waren beide desselben Verbrechens angeklagt und die Beweise, die man dem Richter und den Geschworenen vorlegte, betrafen uns beide. Sie würden zweifelsfrei belegen, dass dem Ganzen ein versuchter Raubüberfall vorangegangen war. Als Resultat würde ich entweder sofort auf freien Fuß gesetzt werden oder spätestens ein paar Tage später nach Hause gehen dürfen.

Doch dann kam der Staatsanwalt und warf alle meine Pläne über den Haufen.

Er stellte den Antrag, meinen Prozess und Leekies Fall getrennt voneinander zu verhandeln und stattdessen zwei Verfahren durchzuführen. Der Richter reagierte genervt, Leekies Anwalt war sauer und ich glaube sogar, dass auch meine Pflichtverteidigerin Einspruch erhob – doch es half alles nichts. Dem Wunsch des Anklägers musste entsprochen werden und Leekie und ich waren nun jeder auf sich allein gestellt.

Das war der Punkt, an dem ich zum ersten Mal nervös wurde.

Zwar machte ich mir keine Sorgen, dass Leekie mich ans Messer liefern würde. Er hätte sich eher ein Bein abgehackt, als dass er mir in den Rücken gefallen wäre. Doch ich begann, mir ernsthaft Sorgen zu machen. Wie stand es um meine Aussichten ohne das Know-how von Leekies Verteidiger, dessen Argumentation davon ausging, dass wir alle beide unschuldig waren?

Die Antwort auf meine Frage erhielt ich nur wenige Augenblicke nach Beginn meiner Gerichtsverhandlung, die an einem kalten Tag im Februar stattfand.

Ohne Leekies Anwalt war ich leichte Beute für den Ankläger.

Er kündigte an, vier Zeugen aufrufen zu wollen. Meine Anwältin tat nichts dergleichen.

Obwohl die Zeugen der Anklage widersprüchliche Angaben machten bezüglich der Waffe, die ich benutzt hatte – einer behauptete gar, ich hätte eine Maschinenpistole benutzt –, verzichtete sie auf ein Kreuzverhör und bohrte auch nicht weiter nach.

Als ich in den Zeugenstand gerufen wurde, verschlimmerte sich meine Situation endgültig.

Meine Fähigkeit, auch dann kaltblütig zu bleiben, wenn es auf der Straße drunter und drüber ging, hatte ich jahrelang unter Beweis gestellt. Hier aber, in der verhältnismäßig ungefährlichen Umgebung eines Gerichtssaals, wo Worte die einzigen Waffen waren, die zum Einsatz kamen, war ich aufgeregter als jemals zuvor in meinem Leben. Mein Mund war staubtrocken und mein Herz schlug mir bis zum Hals. Der Staatsanwalt zerlegte mich nach allen Regeln der Kunst und mir fiel nichts ein, womit ich ihn hätte stoppen können.

»Bringen Sie ihn mal hierher nach vorne zu mir«, befahl der Richter, als alles vorbei war. Die Schlussplädoyers waren gesprochen worden und die Geschworenen hatten sich zur Beratung zurückgezogen. Ich nahm ganz vorne auf der Geschworenenbank Platz, direkt neben dem Vorsitzenden, und wartete darauf, dass er irgendetwas sagte.

Zunächst aber sah er mich nur an.

Den Redeschwall des Staatsanwaltes hatte ich glücklich überstanden, doch ich war immer noch völlig durcheinander und die Zunge klebte mir am Gaumen. Die Miene des Richters aber hellte sich etwas auf. Wenn es auch kein Lächeln war, das er zeigte, so wurde sein Gesichtsausdruck doch etwas milder.

»Weißt du, was ich denke?«, fragte er.

»Nein, Sir.«

»Alles wird gut.«

Sprach's, stand auf und zog sich in seine Diensträume zurück. Mich brachte man zurück in die Gerichtszelle.

* * *

In der stickigen Arrestzelle stand die Luft und es herrschte vollkommene Stille. Zum ersten Mal an diesem Tag hatte ich Ruhe. Doch Frieden stellte sich bei mir nicht ein. Ich spürte, wie meine Nerven nach dem Stress im Zeugenstand noch immer angespannt waren, so als ob mein Unterbewusstsein versuchte, sie in Erwartung weiterer Aufregung auf Betriebstemperatur zu halten.

Und dann traf mich die Erkenntnis mit voller Wucht.

Es. Ist. Ernst.

Es war das erste Mal, dass ich diesen Gedanken überhaupt zuließ. Und nachdem ich ihn gedacht hatte, drängten weitere nach.

Sie beschuldigen mich, vorsätzliche einen Mord begangen zu haben.

Zwölf Menschen, die mich nicht kennen, entscheiden über das, was mit mir als Nächstes passiert.

Wenn sie sich für »schuldig« entscheiden, werde ich zum Tode verurteilt.

So brutal einfach das alles klang, so schrecklich war es für mich. Angst, ja Panik stieg in mir hoch. Ich sprang auf. Ich lief auf und ab. Ich warf mich auf den Boden und rollte mich zusammen zu einem Ball. Nichts von alledem konnte den Horror und das Entsetzen dämpfen, die mich ergriffen hatten.

Doch dann flatterte auf einmal wie aus dem Nichts ein Bild durch meinen Kopf.

Ich sah Mama und mich. Wir hatten gerade Feierabend gemacht. Meine Finger waren taub und mein Rücken schmerzte vom stundenlangen Tellerwaschen. Sie hatte doppelt so lange an riesigen Töpfen gestanden und gekocht, weil sie ja täglich zwei Jobs nachging, und doch jammerte sie nicht herum wie ich.

»Weißt du, mein Schatz«, sagte sie, als wir in die Nacht hinaustraten und erst mal tief Luft holten. »Solltest du eines Tages in echten Schwierigkeiten stecken, Schwierigkeiten, aus denen selbst ich dich nicht mehr herauspauken kann – dann wende dich an Jesus.«

Es war nur ein Erinnerungsfetzen, doch die Worte meiner Mutter gewannen in dieser Situation ein enormes Gewicht.

Ich rollte mich zurück auf meine Knie. Tränen strömten mir übers Gesicht und tropften auf den Betonboden. Es war nicht leicht, ich schluchzte wie ein kleines Kind und schnappte verzweifelt nach Luft – doch ich betete. Und von irgendwoher, tief aus meinem Innersten, drangen die Worte auf meine Zunge:

Herr, wenn du verhinderst, dass sie mich töten, werde ich dir für den Rest meines Lebens dienen.

Ich weiß nicht mehr, wie lange ich da auf dem Zellenboden kauerte, doch ich kann mich erinnern, dass zuerst das Schluchzen aufhörte. Langsam beruhigten sich meine Lungen und die Luft in der Zelle kam mir nicht mehr so abgestanden vor.

Ich setzte mich aufrecht hin.

Atmete langsam aus.

Atmete langsam ein.

Zum ersten Mal in meinem Leben merkte ich, dass Jesus mir etwas schenkte. Es war das, was ich am dringendsten brauchte.

Frieden.

Meine Gedanken kreisten nicht mehr um die Frage, ob ich nach Hause gehen dürfte, ich zerbrach mir auch nicht mehr den Kopf über den Staatsanwalt und meine Anwältin und ich grübelte nicht mehr darüber nach, was diese zwölf Fremden wohl beschließen würden. Zum ersten Mal in meinem Leben war ich vollkommen gelassen.

Ich hatte keine Ahnung, ob man mich nun entlassen oder für unbestimmte Zeit ins Gefängnis stecken würde. Doch ich wusste, dass ich keinen Schaden nehmen würde, egal, wie es ausging. Ich wusste es so wie einer, der ins Meer hinabtaucht und dabei davon ausgeht, dass er nur an die Wasseroberfläche zurückkehren muss, um wieder neuen Atem zu schöpfen.

Ich hätte damals nicht erklären können, warum, aber ich wusste es einfach: Alles würde gut werden. So, wie der Richter es gesagt hatte.

* * *

Etwa eine Stunde später war ich wieder im Gerichtssaal und wartete. Es war schon spät und alle Beteiligten – Mama, meine Schwester Penny, Dawn, die Geschworenen und meine Anwältin – sahen ziemlich müde aus. Auch ich war erschöpft. Ein langer Tag und dreizehn lange Monate lagen hinter mir. Wenigstens sollte das jetzt alles zu einem Abschluss kommen. Und es würde alles gut werden.

In dem Augenblick, als das Urteil verkündet wurde, nahm ich nur eins wahr, und das war meine Mutter, die schrie. Gellend schrie. Es war der nackte Schmerz. Und er stieg herauf aus den tiefsten Tiefen ihrer Seele.

Ich weiß noch, dass ich dastand und den Richter irgendetwas reden hörte über einen späteren Zeitpunkt, zu dem ich zur offiziellen Urteilsverkündung noch einmal vor Gericht zu erscheinen hätte, doch das alles erreichte mich nicht wirklich. Mein Hirn konnte es einfach nicht verarbeiten.

Das Nächste, an das ich mich erinnern kann, ist das Klicken der Handschellen, die man mir anlegte. Als man mich in Richtung Ausgang führte, hörte ich hinter mir meine Mutter, die weinte und meinen Namen rief. Ich drehte mich nicht zu ihr um. Das brachte ich einfach nicht fertig.

Es dauerte eine ganze Weile, bis mir klar wurde, was Sache war.

Zuerst war da die Anstaltskleidung. Während ich in der Arrestzelle wartete, kam ein Justizbeamter, drückte mir meine Gefängnisklamotten in die Hand und forderte mich auf, mich umzuziehen. Und während ich ihm das weiße Hemd, die Hosen und die Schuhe aushändigte, die mir meine Mutter für die Verhandlung mitgebracht hatte, fiel es mir immer schwerer, an dem Glauben festzuhalten, dass wirklich alles gut werden würde.

»Ist dir eigentlich klar, was da gerade passiert ist?«

»Sie haben mich schuldig gesprochen.«

»Das ist richtig. Und weißt du auch, zu was man dich verurteilt hat?«

Mühselig rief ich mir die Worte ins Gedächtnis, die ich im Verhandlungssaal gehört hatte, aber ich konnte sie nicht wiederholen.

»Sie haben auf Totschlag erkannt. Ist dir klar, was das bedeutet?«

Ich zuckte mit den Achseln.

»Das bedeutet, dass du zurück ins Gefängnis gehst.«

Einen Moment lang dachte ich nach. Langsam formten sich Worte und stiegen in mir hoch, so wie Mamas Schrei wenige Minuten zuvor. Doch als sie mir über die Lippen kamen, war meine Stimme kaum zu hören. Ich flüsterte.

»Wie lange?«

Er zögerte mit der Antwort. »Lebenslang. Eine andere Wahl hatten sie nicht.«

Ich war achtzehn Jahre alt.

Teil 3

Auf Leben und Tod

Kapitel 16

Drei elementare Ratschläge, um zu überleben

Der 12. April 1993.

Ein Datum, das ich nie vergessen werde.

Es war der Tag, an dem ich noch einmal vor Gericht zu erscheinen hatte. Ich stand vor dem Richter und lauschte seinen Worten, als er das Urteil verkündete.

Diesmal war mir der Sinn seiner Worte vollkommen klar. Es gab keine Überraschung, keine Enttäuschung, keine falsche Hoffnung. Ich brauchte auch keinen, der mir irgendetwas erklären musste, und begriff, was jede einzelne Formulierung bedeutete. Es bedeutete, dass man mich nie wieder freilassen würde. Den Rest meines Lebens – egal, ob es acht oder achtzig Jahre dauerte – würde ich hinter Gittern verbringen. Und selbst wenn ich nicht einer Gewalttat zum Opfer fiele – die ich zumindest von staatlicher Seite ausschloss – sterben würde ich dort auf jeden Fall.

Weil das Urteil auf »Totschlag« lautete, bekam ich »lebenslänglich«. Hätte man mir vorgeworfen, einen Mord begangen zu haben, wäre ich zum Tode verurteilt worden. Lebenslänglich. Todesurteil. Damals war ich mir nicht sicher, ob der Unterschied zwischen diesen beiden Richtersprüchen wirklich so gravierend war.

Gleich zu Anfang bekam ich mit, dass meine Mutter im Gerichtssaal war. Auch Penny, Dawn und ein paar von meinen Cousins waren gekommen. Doch ich schenkte ihnen kaum Beachtung. Weil ich es nicht fertigbrachte. Weil ich stark sein musste.

Hätte ich mich auch nur eine Sekunde daran erinnert, wie schön es war, wenn meine Mama mich in ihre Arme nahm, hätte ich den Boden unter den Füßen verloren.

Als ich danach in den Raum geführt wurde, wo man mich fotografierte und meine Fingerabdrücke nahm, ging es mir ähnlich. Einer der Wärter schenkte mir ein freundliches Lächeln und versuchte, mich aufzumuntern. Er riet mir, die Hoffnung nicht aufzugeben und immer daran zu denken, dass die Verhältnisse sich manchmal auch ändern können. Doch ich ließ seine Worte nicht an mich heran. Ich konnte es einfach nicht.

* * *

Nachdem das Urteil über mich gesprochen worden war, musste ich das Stadtgefängnis von New Orleans verlassen. Ich wurde vorübergehend in das *Elayn Hunt Correctional Center* verlegt, eine Justizvollzugsanstalt, die in der Nähe von Baton Rouge liegt und kurz *Hunts* genannt wird. Obwohl es dort nicht so gewalttätig zuging wie im *Conchetta Youth Center* und die Aufseher weniger brutal waren als die im *HOD*, fühlte ich mich dort schlechter als in den drei Haftanstalten, die ich zuvor durchlaufen hatte.

Zum ersten Mal seit meiner Verhaftung saß ich dreiundzwanzig Stunden pro Tag allein in einer Zelle. Es gab weder Ablenkung noch Gefahrenmomente, die meine Aufmerksamkeit in Anspruch genommen hätten – nur mich und die endlosen Grübeleien über die Frage, wie ich es schaffen konnte, mich in eine solche Situation zu manövrieren.

In Gedanken ging ich die zurückliegenden Jahre durch und kramte in Erinnerungen, die ich in meinem Kopf abspulte wie alte Filme. Ich dachte darüber nach, wie meine Kindheit und Jugend verlaufen waren, bevor ich auf die Straße ging, und was für einen Menschen diese Straße aus mir gemacht hatte. Und mir wurde bewusst, wie oft ich dem Tod bereits ins Auge gesehen hatte und jedes Mal mit dem Leben davongekommen war. Man hatte auf mich geschossen, während ich Autos knackte. Ich hatte mir halsbrecherische Verfolgungsjagden mit der Polizei geliefert und nie ein anderes Auto auch nur touchiert. Reihenweise war ich auf großen Kreuzungen über rote Ampeln gerast, ohne angeschnallt zu sein, und musste am Ende nicht ein einziges Mal aus einem Wrack herauskrabbeln. Es gab Situationen, in denen ich mit meinem Revolver herumballerte, ohne dass meine Kugeln meine Gegner auch nur streiften. Je mehr ich über all diese Tatsachen nachdachte, desto mehr trieb mich die Frage um, ob es nicht möglich war, dass bei diesen Ereignissen eine lenkende Hand im Spiel gewesen war.

Und je mehr ich darüber nachdachte, desto mehr Sinn ergab meine Vermutung.

Es war Jesus, der eingegriffen und mein Leben gerettet hatte.

Doch dort in der Zelle im *Hunts* führte diese Erkenntnis nicht dazu, dass ich mich besser fühlte. Wenn es eine Wirkung zeigte, dann die, dass es mir schlechter ging als zuvor, denn mit den vertrauten Bildern aus meiner Vergangenheit kamen Gefühle, die mir bis dahin fremd gewesen waren.

Scham.

Reue.

Diese Worte, die meinen Seelenzustand beschrieben hätten, waren mir unbekannt, doch ich wusste, was ich empfand. Es ekelte mich vor mir selbst, ich war entsetzt über das, was aus mir geworden war, und bestürzt über das Leid, das ich so vielen Menschen angetan hatte. Und nicht zuletzt hatte ich auch Schande über meine eigene Familie gebracht und einer Mutter den Sohn geraubt.

Dort, in der knapp sechs Quadratmetermeter großen Zelle, umgeben von dem Lärm und dem Chaos, das die dreizehn Mithäftlinge verursachten, die den Zellentrakt bewohnten, sah ich schließlich völlig ungeschminkt das Bild, das ich abgab. Und ich hasste, was ich sah. Anders als damals, als ich nach meiner Tat vor dem Toilettenspiegel stand, wurde mir im *Hunts* bewusst, dass ich nicht mehr einfach davonlaufen konnte. Ich steckte fest in dem Leben, das ich mir selbst so ausgesucht hatte.

* * *

Im *Hunts* ging es zu wie in der Lounge eines großen Flughafens. Es war so etwas wie eine erste Anlaufstelle, in der man verurteilte Sträflinge »parkte«, während man prüfte, wo man sie für die Dauer ihrer Haftstrafe am besten unterbrachte. Für einen »Lebenslänglichen« wie mich erübrigte sich allerdings die Frage, wohin es mich verschlagen könnte. Ich wusste genau, wohin es ging. Jeder wusste das. Es war ein Ort, in dem viele die Hölle auf Erden sahen.

Damals wurde jeder Strafgefangene, der zu mehr als fünfzig Jahren Haft verurteilt worden war, in das *Louisiana State Penitentiary* verbracht, ein Hochsicherheitsgefängnis, das allgemein bekannt war unter dem Namen *Angola*. Es war eines der brutalsten Gefängnisse des ganzen Landes und liegt auf dem Grund einer ehemaligen Sklavenplantage. Das riesige Areal umfasst 72 Quadratkilometer und wird an drei Seiten vom Mississippi begrenzt. In *Angola* sitzen ungefähr 5000 Häftlinge ein, die zum Teil schlimmste Verbrechen begangen haben. Es kursierten damals schreckliche Geschichten über das, was jenseits der Anstaltstore passierte. Das *Angola* war ein Furcht einflößender Ort, wo Gewalt zum täglichen Leben gehörte und die schwächeren Insassen jederzeit mit sexuellen Übergriffen rechnen mussten. Wenn man nicht in der Lage war, sich zu wehren, nahmen sie einem, was immer sie wollten.

Und so hingen während meiner Zeit im *Hunts* die Gedanken an *Angola* wie die Vorboten eines verheerenden Sturms über mir. Ich konnte sie nicht ignorieren, nicht ausblenden. *Angola* war immer da, eine Drohung, für die ich mir eine Überlebensstrategie ausdachte, an der ich ohne Unterlass herumfeilte.

Zwei Dinge waren schon mal sicher.

Erstens, ich war fest entschlossen, auf keinen Fall als »Liebchen« irgendeines Kerls zu enden. Sollte jemand Anstalten machen, über mich herzufallen, würde ich mich mit allen Mitteln verteidigen.

Zweitens – sollte ich gezwungen sein, mich zur Wehr zu setzen, dann würde ich bis zum Äußersten gehen. Ich würde kämpfen, bis ich entweder gesiegt oder den Tod gefunden hätte.

Über mein Durchsetzungsvermögen machte ich mir allerdings keine Illusionen. Schließlich ging ich allein nach *Angola*, da war keiner, der mich in Schutz genommen hätte. Außerdem war ich ein junges, dünnes Kerlchen, ein richtiger Milchbubi. Eigentlich kam ich eher wie ein Dreizehnjähriger daher, mit einem Achtzehnjährigen hatte ich weniger gemein. Das hieß, dass ich vom ersten Tag an die perfekte Zielscheibe abgeben würde. Und als ich so meine Chancen abwog, kam ich zu dem Schluss, dass zwar nicht alles verloren war, meine Aussichten aber gegen null gingen. Mir wurde klar, dass mein Tod nur noch eine Frage der Zeit war.

Diese Perspektive jagte mir allerdings keine Furcht ein, aber nicht, weil ich so ungewöhnlich tapfer war. Es ergab einfach keinen Sinn zuzulassen, dass die Angst Macht über mich gewann. Das war eine Lektion, die ich auf der Straße gelernt hatte. Dort ist Angst ein Zeichen von Schwäche und Schwäche führt zum Tod. Sobald man mich also ins *Angola* verlegte, wäre ich gut beraten, mutig den Schritt ins Unbekannte zu wagen, der Furcht zu trotzen und den Kampf aufzunehmen. Wenn es so weit wäre und irgendein Sträfling meinte, er müsse mich misshandeln, dann würde ich ihm Widerstand leisten, und zwar mit allem, was ich hatte. Vielleicht gelänge mir ja das Wunder, ihm einen derartig verbissenen Kampf zu liefern, dass die anderen mitbekämen, mit mir sei nicht gut Kirschen essen. Ein für alle Mal wäre klargestellt: *Ronnie Slim* ist zu allem fähig.

Das Datum für die Überstellung wurde auf den 23. August 1993 gelegt, zwei Monate nach meiner Ankunft im *Hunts*. Ich war in dieser ganzen Zeit so sehr damit beschäftigt gewesen, angesichts meiner Lebensumstände nicht ganz und gar in Depressionen zu versinken und mich gleichzeitig auf die Schrecken vorzubereiten, die mich im *Angola* erwarteten, dass mir die Kraft fehlte, um Kontakte zu den anderen Insassen vom *Hunts* zu knüpfen. Doch das hinderte einen älteren Mithäftling nicht daran, mich anzusprechen. Sein Name war D-Man und wir bewohnten denselben Zellentrakt. Schon gleich nach meiner Ankunft hatte er versucht, mit mir ins Gespräch zu kommen. Er erzählte, dass er zehn Jahre im *Angola* eingesessen hatte, aber ich ignorierte ihn. Doch mit jeder Woche, die verging und mir meinen Umzug näher brachte, wuchs der Wunsch, das Risiko einzugehen und ein paar Worte mit ihm zu wechseln. Vielleicht hatte er ja ein paar interessante Informationen für mich, was das Überleben im *Angola* betraf.

Ich war mir nicht sicher, wie weit ich D-Man vertrauen konnte. Seine Ratschläge und Erfahrungen entsprachen überhaupt nicht dem, was ich erwartet hatte, dennoch beschloss ich, seine Hinweise ernst zu nehmen.

»Dein größtes Problem ist«, knurrte er, als wir beim Mittagessen zusammensaßen, »dass du verdammt jung aussiehst. Allein das macht aus dir ein potenzielles Opfer.«

»Das ist mir klar. Und deshalb rechne ich auch damit, dass ich nicht lange überlebe, wenn ich da reingehe.«

D-Man schüttelte seinen Kopf.

Ich brauste auf. »Was denn? Glaubst du, ich rede das nur so dahin?«

»Ich glaube, du bist im Ernstfall durchaus in der Lage, das zu tun, was nötig ist, um zu überleben. Aber wäre es nicht besser, wenn du wüsstest, wie man solchen Auseinandersetzungen von Anfang an aus dem Weg geht?«

»Ich habe keine Angst. Ich gehe keinem Kampf aus dem Weg.«

»Kleiner«, raunte er und beugte sich zu mir herüber. »Du solltest aber Angst haben. Genau deshalb gebe ich dir drei wichtige Ratschläge und du solltest gut zuhören. Erstens: Mach nie mit, wenn sie zocken. Zweitens: Halt dich fern von allem, was nach homosexuellen Spielchen riecht. Und drittens: Mach keine dummen Witzchen und spiel nicht ihre Spielchen. Lass dich nie auf irgendwelche Blödeleien ein.«

Ich blickte ihn verdutzt an. »Im Ernst?«

»Im Ernst. Diese drei Fehler bringen dich in Schwierigkeiten, die du nicht mehr beherrschen kannst. Vermeide solche Situationen, dann wird dir dort drin nichts geschehen. Und bedenke, sie bieten eine Menge guter Fortbildungsprogramme an im *Angola*. Du kannst dein Abitur auf dem zweiten Bildungsweg nachholen, einen Beruf erlernen und in vielen Bereichen einen Abschluss machen.«

Obwohl ich D-Man aufrichtig dankbar war für seine Tipps, ging mir abends im Bett nur ein Gedanke durch den Kopf: Wie könnte ich es anstellen, nach meiner Ankunft in diesem Hochsicherheitsknast so schnell wie möglich in den Besitz einer Waffe zu kommen?

Kapitel 17

Zu deinem eigenen Schutz

Der Uniformträger musterte mich von oben bis unten, kratzte sich am Kinn und vertiefte sich zum dritten Mal in die Papiere, die vor ihm auf dem Schreibtisch lagen. Zwei Stunden zuvor hatten sie mich im *Angola* abgeliefert und schon war ich aufs Äußerste angespannt. Der Vollzugsbeamte – ein Captain –, der den Empfangsbereich leitete, in dem alle Neuzugänge registriert und eingewiesen wurden, hatte zu entscheiden, wo man mich in dieser Strafanstalt unterbringen würde.

»Achtzehn Jahre und fünf Monate«, murmelte er. »Hier steht, das wäre dein Alter.«

Er richtete seine Augen wieder auf mich. »Keiner von denen, die hier im *Angola* sind, ist scharf auf Probleme. Weder ihr noch wir. Aber so jung wie du aussiehst, wirst du unweigerlich welche bekommen. Außerdem lese ich hier, dass du ein notorischer Hitzkopf bist. Auch das ist ein Problem. Wir haben also hier zwei Probleme, die wir lösen müssen …«

Das *Louisiana State Penitentiary* ist größer als Manhattan. Die circa 5000 Insassen verteilen sich auf sieben verschiedene Gebäude, die *Camps* genannt werden. Jedes einzelne dieser sieben *Camps* ist ein Gefängnis für sich und alle liegen kilometerweit auseinander. Schon vor meiner Verlegung dorthin wusste ich, dass darunter zwei oder drei Häuser waren, die einen besonders schlechten Ruf genossen. Der Captain nahm sich eine Menge Zeit, um zu entscheiden, welches dieser *Camps* für mich das richtige sei. Und ich fühlte mich, als stünde ich wieder im Gerichtssaal und wäre vollkommen ohnmächtig dem Urteil fremder Leute ausgeliefert.

»*CCR*«, sagte der Mann irgendwann und notierte seine Entscheidung in meinen Papieren. »Das dürfte für einen wie dich der beste Platz sein, um sich zu akklimatisieren. Und wenn du 21 wirst, ziehst du um in einen Trakt für das normale Sträflingsvolk.«

Ich verstand nicht, was er damit meinte, bis man mich in dieses »*CCR*« brachte und ich mit eigenen Augen sah, was diese Buchstaben bedeuteten – nämlich »closed cell restriction«, Isolationshaft, also Einzelzellen, deren Türen nur für eine Stunde am Tag geöffnet wurden.

Anfangs fand ich diese Einrichtung gar nicht mal so schlecht. Es gab in diesem *CCR*-Bereich etwa hundert Zellen. Jedes Stockwerk umfasste elf Zellen, die so angeordnet waren, dass ein Kontakt der Insassen untereinander kaum möglich war. Ich fühlte mich dort auf gewisse Weise sicher, es kam mir vor, als ob der Rest des *Camps* und die gesamte Haftanstalt Tausende Kilometer weit weg waren. Jede Ebene verfügte über einen Fernsehapparat, den man den Zellen gegenüber an die Wand montiert hatte. Während der einen Stunde pro Tag, in der ich meine Zelle verlassen durfte, machte ich ein paar Fitnessübungen auf dem Hof, duschte und spielte Schach oder Domino mit einem der Mithäftlinge, indem ich mich vor die Gitterstäbe seiner Zelle setzte. Es war mir bewusst, dass mein Leben im *CCR* weit weniger bedroht war, als wenn ich in einem normalen Trakt untergebracht worden wäre. Dennoch kamen mir bald Zweifel, ob ich der Herausforderung gewachsen war, zweieinhalb Jahre in völliger Isolation zu verbringen. Auf einen extrovertierten Typen wie mich wirkte das *CCR* wie ein schleichendes Gift und eine geisttötende Folter.

Dementsprechend schnell verlor ich die Nerven, als ich zu Beginn meiner zweiten Woche im *Angola* in das Gefängniskrankenhaus gebracht wurde, wo man eine Routineuntersuchung vornahm. Während ich darauf wartete, ins Behandlungszimmer gerufen zu werden, merkte ich, wie ein anderer Häftling mich fixierte. Ich flippte völlig aus, überzog ihn mit den übelsten

Schimpfwörtern und drohte damit, ihm alle Knochen im Leib zu brechen, sobald man mir Handschellen und Fußfesseln abgenommen hätte. Natürlich hoffte ich, dass die Nachricht von meinem berserkerhaften Auftreten die Runde machte und von den anderen Insassen als Warnung verstanden würde, mir bloß nicht blöd zu kommen.

Dann machte ich die Erfahrung, dass das *CCR* das Ausmaß an Sicherheit nicht bieten konnte, das sich der Captain erhofft hatte. Zu dem üblen Ruf des *Angola* als Schauplatz unzähliger Gewalttaten trugen ausnahmslos alle Bereiche der Strafanstalt bei, sogar Einrichtungen wie das *CCR*, deren Insassen man eigentlich vor den üblichen Übergriffen schützen wollte. Im Lauf der ersten Monate wurde ich Zeuge, wie schnell die Gewalt auch bei uns um sich griff.

Der erste Vorfall dieser Art ereignete sich, als der Häftling aus Einheit 11 am Ende seiner freien Stunde nicht in seine Zelle zurückkehrte, sondern begann, den Fernseher aus seiner Verankerung zu reißen. Keine zehn Sekunden später hob er den Apparat über seinen Kopf und schmetterte ihn zu Boden. Anschließend klaubte er aus den Trümmern die größten Glasscherben heraus und warf damit nach einem anderen Insassen, der verzweifelt versuchte, in seiner Zelle Deckung zu finden.

Der zweite Fall von Gewalt, der sich genauso schnell abspielte, umfasste mehrere Beteiligte. Ein Gefangener zog plötzlich eine Neonröhre aus ihrer Halterung und schleuderte sie auf den Häftling, der in meiner Nachbarzelle saß. Das Glas zerbarst mit einem lauten Knall an den Gitterstäben und schoss, vermischt mit dem Gas, in alle Richtungen, natürlich auch in meine Zelle. Gedankenschnell drückte ich mir ein T-Shirt vor das Gesicht und hoffte, nichts von der explosiven Geschossmischung eingeatmet zu haben.

* * *

Der Beamte, der die Einteilungen vornahm, hatte mir ja eröffnet, ich würde bis zu meinem einundzwanzigsten Geburtstag im *CCR* bleiben. Dennoch wurden Entscheidungen wie diese regelmäßig auf ihre Sinnhaftigkeit hin überprüft. Als meine ersten neunzig Tage um waren, wurde es Zeit für einen Besuch des Captains. Dieser kam auch bald, stellte einen kleinen Tisch und einen Stuhl in unseren Gang und rief Zelle für Zelle die Insassen zu sich. Er stellte mir ein paar Fragen und ich beantwortete sie, so gut ich konnte. Es war mir aber nicht bewusst, dass es an mir lag, ihn von meinem Wunsch und meiner Bereitschaft zu überzeugen, in den allgemeinen Bereich überzusiedeln. Dementsprechend brauchte er nur wenige Minuten, um sein Urteil zu fällen.

»Du bleibst noch ein bisschen hier.«

Dieser Beschluss traf mich schwer.

Eine seltsame Leere erfasste mich. Das Gefühl völliger Einsamkeit verdüsterte bald darauf meine Stimmung und zehrte an meinen Nerven. Ich war immer ein umtriebiger Kerl gewesen, auch im Stadtgefängnis von New Orleans, im *Hunts* und den anderen Strafanstalten strotzte ich noch vor Energie. Doch das *Angola* schaffte mich. Die Wände erdrückten meinen Lebenswillen.

Jeden Morgen reichte mir mein Zellennachbar einen Besen, einen Scheuerlappen und einen Eimer mit Seifenlauge weiter und ich fing an, meine Zelle zu reinigen. Voller Eifer nahm ich jeden einzelnen Zentimeter in Angriff, fegte und schrubbte, bis kein Stäubchen mehr zu sehen war. Während ich diese Arbeit verrichtete, hatte ich das gute Gefühl, etwas Sinnvolles zu tun. Doch die Erleichterung, die ich dabei empfand, war nur von kurzer Dauer. Sobald diese Aufgabe erledigt war, spürte ich wieder die bedrückende Enge, mich überkam das Gefühl von Platzangst und ich verbrachte den Rest des Tages damit, in meiner Zelle hin und her zu tigern.

Das Einzige, was mir in solchen Situationen wirklich half, war die Stunde, die ich außerhalb meiner Zelle zubringen durfte. Ich machte zwei, drei Übungen, duschte und wechselte ein paar Worte mit den anderen Gefangenen. Diese Minuten genoss ich, so wie ich mich auch auf die Begegnung mit dem Kollegen freute, der mir allmorgendlich die Putzutensilien brachte. Auch wenn diese Augenblicke immer nur von kurzer Dauer waren, so hatten sie doch auf mich die gleiche Wirkung wie ein Regenschauer, der in der Wüste niedergeht. Sie hielten mich am Leben.

Dennoch war ich hin- und hergerissen, was diese Kontakte betraf. So gern ich auch mit den Jungs redete – der Rat, den mir D-Man gegeben hatte, ging mir nicht aus dem Kopf. Auf keinen Fall wollte ich in etwas hineingeraten, das ich später einmal bereuen würde. Und so blieb mir als einziger Ausweg, mich so unsichtbar wie möglich zu machen.

Damit war ich in zweifacher Hinsicht ein Häftling: eingesperrt hinter den Gittern, die mich umgaben, und gefangen in der Angst, was mir geschehen könnte, wenn ich mich zu weit auf die anderen einließe. Ich steckte in einem Doppelkerker.

Kapitel 18

Das Verlies

Dass ich etwas anstellen würde, was ich irgendwann bereuen würde, war nur eine Frage der Zeit, doch »das später einmal« kam deutlich früher als angenommen.

Nach drei Monaten im *CCR* schmolz meine Entschlossenheit, Distanz zu meinen Mithäftlingen zu halten, wie Wachs in der Sonne. Ich befreundete mich mit einem Typen namens Tran, der aus Vietnam stammte und etwas älter war als ich. Natürlich wusste ich, dass ich dabei so vorsichtig wie möglich vorgehen musste und die Verhaltensmaßregeln nicht außer Acht lassen durfte, die ich im *Hunts* bekommen hatte. Doch der verzweifelte Wunsch, ein Mittel gegen das Gefühl völliger Vereinsamung zu finden, das sich wie Blei auf mein Herz legte, wurde mit der Zeit übermächtig.

Tran lebte auf meiner Etage, ein paar Zellen weiter, und er fuhr – so wie ich – total ab auf gute Musik. Ab und zu verbrachte ich einen Teil meiner freien Stunde an seiner Gittertür. Wir verglichen unsere Lieblingsbands und fachsimpelten über alte Songs, die wir liebten.

Nach drei oder vier Wochen erzählte mir Tran, er habe ein leistungsstarkes Radio, mit dem er sogar den einen oder anderen Sender aus New Orleans reinkriegen könne, wenn er die Antenne in eine ganz bestimmte Richtung drehe.

»Wenn du willst, kannst du es dir mal ausleihen«, bot er an.

»Echt jetzt?«

Er nickte. »Echt jetzt!«

Ich hatte den Apparat kaum auf meinen Lieblingssender eingeschaltet, da schwebte ich auch schon auf Wolke sieben. Selig schloss ich meine Augen, schwebte aus der Zelle, über Zäune und Mauern hinweg und den weiten Weg nach Hause, nach New Orleans. Im Geiste durchstreifte ich die angesagten Clubs - *Club Discovery* und *Club Sensations* - und genehmigte mir ein Glas *Olde English Malt Liquor*. Als sie dann auch noch *»Do Whatcha Wanna«* von der *Rebirth Brass Band* auflegten, war es endgültig um mich geschehen und ich sank immer tiefer hinab in meine Erinnerungen.

»Olivier!«

Ich riss meine Augen auf und sah einen Aufseher, der vor meiner Tür stand und mich anfunkelte. »Das Hören von Musik ist hier nur über Kopfhörer erlaubt«, rief er und streckte seine Hand aus.

»Gib mir den Apparat!«

»Was? Das hab ich nicht gewusst«, sagte ich ehrlich betroffen. »Ich bin noch nicht lange hier. Bitte Sir, Sie werden keinen Pieps mehr hören, ich verspreche es.«

Der Uniformierte runzelte die Stirn. »Na gut. Wenn das noch einmal passiert, bist du dran.«

Und das war ich dann auch.

Ein paar Monate später ging mein Walkman kaputt, den ich mir in der Kantine gekauft hatte, und ich versuchte, ihn zu reparieren. Um herauszufinden, wo das Problem lag, lieh ich mir von einem anderen Insassen ein kleines Werkzeug aus, mit dem ich die Rückwand des Apparats aufschrauben konnte.

Das hatte ich auch fast schon bewerkstelligt, als wieder der gleiche Aufseher vor meiner Tür aufkreuzte.

»Komm mal hierher, Kleiner«, sagte er. »Streck deine Hände durchs Gitter.«

Ich tat, wie er mir befohlen hatte, und spürte den Biss der Handschellen, die sich um meine Gelenke schlossen. Nachdem er mich so an die Gitterstäbe gefesselt hatte, trat er ein und hob das Metallteil auf, das ich gerade benutzt hatte. Ohne ein Wort zu sagen, ging er wieder hinaus. Seelenruhig schloss er die Tür, nahm mir die Fesseln ab und trat einen Schritt zurück.

Er erinnerte mich an einen Taschenspieler, der auf der Straße seine Zaubertricks vorführt, als er mir eine der beiden Handschellen unter die Nase hielt und mit einer theatralischen Geste zudrückte. »Habe ich nicht gesagt, das nächste Mal wärst du dran?« Dann nahm er meinen vermeintlichen Schraubenzieher, steckte ihn in das Schloss der Handschelle und öffnete sie mit einer schnellen Handbewegung.

Völlig entgeistert glotzte ich ihn an.

»Es ist mir natürlich klar, dass du keinen blassen Schimmer hast, um was es sich bei diesem Stück Blech handelt, deshalb werde ich es dir erklären. Es ist eine Art Schlüssel für Handschellen. Und dieser Stift, mein Kleiner, ist eins von den verbotenen Werkzeugen, das dir einen zehntägigen Urlaub in unserem *Verlies* beschert. Pack deine Sachen zusammen.«

Eine knappe Stunde später wurde ich dann abgeholt. Die Isolierzelle, das sogenannte *Verlies*, war deutlich kleiner als meine bisherige »Wohneinheit« und vor das Gitter hatte man eine Metallwand gesetzt. War meine Zelle vergleichbar mit einem Käfig, dann glich die Isolierzelle einem Sarg. Das Bett bestand nicht aus einem Metallgestell, sondern war aus Beton gegossen. Zwischen 7 und 19 Uhr wurden die Matratzen entfernt. Es gab keinen Fernseher, keine Bücher, keine Decken und keine Kissen. Statt der üblichen Stunde Hofgang waren hier nur fünfzehn pro Tag gestattet und das reichte gerade mal für eine Dusche. Mit anderen Insassen zu sprechen, war streng verboten. Die Jeans und die Unterwäsche, die man mir bei meiner Ankunft ausgehändigt hatte, wurden mir wieder weggenommen. Stattdessen musste ich einen orangefarbenen Overall tragen, der ekelhaft kratzte.

Nach den zehn Tagen, die ich dort verbrachte, war ich am Ende.

Die Einsamkeit, die Furcht, die Platzangst – all das belastete mich enorm. Die Zeit schien stillzustehen und ab einem gewissen Zeitpunkt fürchtete ich um meinen Verstand.

Ich versuchte zu beten, wusste aber nicht, wie man es korrekt anstellte. Deshalb zitierte ich die Teile des Vaterunsers, an die ich mich noch erinnern konnte, doch die Worte blieben mir fremd. Nach dem Tag der Urteilsverkündung, an dem ich mich das erste Mal an Jesus gewandt hatte, fand ich keine Gelegenheit, einen gläubigen Menschen zu fragen, was es heißt, Christ zu sein. Ich hatte davon keine Ahnung.

Und so wandte ich mich einem anderen Thema zu und blätterte in meiner Fantasie ein Buch mit meinen schönsten Erinnerungen durch – Erinnerungen an die Ausflüge mit Dad, an die spaßigen Episoden meiner Zeit mit Leekie und J-Dog, an unbeschwerte Tage mit der Familie. Und ich blätterte langsam, versuchte, mir jedes einzelne Detail ins Gedächtnis zu rufen.

Das funktionierte eine Zeit lang, doch die Wirkung verflog relativ rasch. Früher oder später holte mich immer wieder die Dunkelheit ein.

Kapitel 19

Der allgemeine Bereich

Nach neun Monaten im *CCR* verlegten sie mich in die sogenannten »Feldarbeiter-Zellen« des Hauptgefängnisses. Dieser Teil des *Angola* unterschied sich zwar äußerlich nicht sehr vom *CCR*, die Häftlinge dort gingen aber einer geregelten Arbeit nach und durften deshalb tagsüber ihre Zellen verlassen, um auf den riesigen landwirtschaftlichen Flächen zu arbeiten. Man stattete uns mit den entsprechenden Werkzeugen aus und brachte uns raus auf die Felder, wo wir auf den Getreideäckern Unkraut hacken mussten, während wir von Gefängniswärtern beaufsichtigt wurden, die auf imposanten Pferden saßen. Abgesehen von den modernen Waffen ergab sich exakt das gleiche Bild wie 150 Jahre zuvor, als das *Angola* noch eine gigantische Plantage war und die Arbeit von Sklaven verrichtet wurde. In den ersten Wochen hatte ich nichts einzuwenden gegen diese Art von Beschäftigung, versetzte sie mich doch nach so langer Zeit im *CCR* in einen regelrechten Freiheitsrausch. Doch mit der Zeit wurde mir bewusst, wie entwürdigend es für einen Menschen ist, so behandelt zu werden. Viele andere empfanden ähnlich und als ich ein Vierteljahrhundert später durch das Tor in die Freiheit ging, hatte man längst aufgehört, Sträflinge in der Feldarbeit einzusetzen.

Das Leben im Hauptgefängnis brachte entscheidende Vorteile mit sich, die sich nicht nur auf den Zugang zum Gefängnishof beschränkten, wo ich Basketball spielen konnte. Es war auch möglich, dass meine Leute zu Besuch kamen und wir Kontakt hatten, ohne dass eine Plexiglasscheibe uns trennte. Ich konnte meine Mutter in den Arm nehmen, es wurden viele Fotos geschossen und den Abschluss bildete meist ein gemeinsames Essen. Und dennoch blieb ich meinem Ziel treu, irgendwann in den allgemeinen Bereich versetzt zu werden. Die Häftlinge in den Blocks mit den »Feldarbeiter-Zellen« hatten keinen Zugang zu den Fortbildungsprogrammen oder zur juristischen Abteilung der Anstaltsbibliothek, die ich unbedingt nutzen wollte. Und so kam es, dass ich nach sechs Monaten vorbereitet war, als es wieder mal so weit war und ein Vollzugsbeamter Tisch und Stuhl in unserem Zellentrakt aufstellte und mich fragte, wie ich meine Entwicklung einschätzte. Ich gab ihm unter anderem zu bedenken, dass es in meiner Akte keinen einzigen Eintrag über irgendein Fehlverhalten während meiner zehn Tage in der Isolierzelle gab.

Als er sich von meiner Argumentation nicht sonderlich beeindruckt zeigte, änderte ich meine Strategie.

»Diese Zellen erdrücken mich und nehmen mir die Luft zum Atmen«, klagte ich. »Bitte, Sie müssen mir einfach eine Chance geben – überstellen Sie mich in den allgemeinen Bereich.«

Er runzelte die Stirn. »Du glaubst, du bist in der Lage, dich dort durchzusetzen?«

»Natürlich, ich kann auf mich selbst aufpassen.«

»Und du machst auch keinen Ärger?«

»Ich bin ein guter Junge. Mit mir fängt keiner Streit an und ich lasse die anderen in Ruhe.«

Er schwieg einen Augenblick, dann schrieb er etwas auf ein Blatt Papier. »Jetzt pass mal auf«, sagte er und legte seinen Stift zur Seite. »Der allgemeine Bereich ist kein *Gefängnis* – es ist eine *Gefahrenquelle*. Verstehst du, was ich meine? Bleib stets aufmerksam! Du darfst dort keinem vertrauen. Keinem. Kapiert?«

* * *

Die Zeit im *CCR* hatte ich genutzt, um Verhaltensregeln zu entwickeln, die mir für meine Zeit im allgemeinen Bereich sinnvoll erschienen. Regeln, die auf D-Mans Ratschlägen und den

Erfahrungen beruhten, die ich auf der Straße gesammelt hatte. Während ich plante, nach außen hin selbstbewusst, ruhig und souverän aufzutreten, stellte ich mich darauf ein, innerlich hellwach und auf alles vorbereitet sein zu müssen. Bereit, Gefahren rechtzeitig zu erkennen und zu umgehen. Bereit zu kämpfen und zu beweisen, dass ich mich niemals zum Liebchen eines anderen degradieren ließe. Bereit zu töten, bereit zu sterben. Für einen wie mich stellte jeder andere Häftling ein potenzielles Risiko dar, deshalb nahm ich mir vor, jeden einzelnen Insassen zu beobachten, absolut keinem zu vertrauen und stets abwehrbereit zu sein.

Meine neue Unterkunft war nun also das Hauptgefängnis. Genauer gesagt, ein Schlafsaal mit sechzig Betten, sechs Duschen, sechs Toiletten, sechs Kommoden und null Privatsphäre. Schon nach ein, zwei Tagen war mir klar, dass es genau so war, wie ich es mir vorgestellt hatte – mit einer kleinen Einschränkung.

Das Leben dort war vielleicht noch etwas rauer, als ich es mir vorgestellt hatte, Gefahren lauerten überall. Und ich musste nicht lange suchen, um auf sie zu stoßen. Der westliche Trakt des Hauptgefängnisses war gespickt mit Fallen und man gab sich keine Mühe, sie zu tarnen. Darum nannte man den westlichen Trakt auch den »Wilden Westen«. Und wild war er tatsächlich.

»Hunger, Kleiner?«

Es war meine erste Nacht und der Typ im Bett nebenan meinte mich. Er, ein Hüne fortgeschrittenen Alters, wog schätzungsweise zwei Zentner, bestand nur aus Muskeln und machte den Eindruck, er könne jedem anderen dort im Schlafsaal mühelose sämtliche Zähne einschlagen. Kaum war ich angekommen, hatte er sich mir auch schon vorgestellt. Sein Name, meinte er, sei Delight.

Da ich auf seine Frage nicht reagierte, wiederholte er noch einmal: »Hey Kleiner. Hast du Hunger? Ich hab hier was zu beißen.«

»Nein, ich bin nicht hungrig«, gab ich zurück und mein Herz hämmerte in meiner Brust. »Ich hab was zu essen. Ich brauche nichts.«

Delight schwieg. Mit Sicherheit dachte er nach, ob er es noch einmal versuchen sollte. Die Minuten verstrichen. Ich lauschte angestrengt in die Dunkelheit und versuchte, die Geräusche auszublenden, die die anderen achtundfünfzig Insassen machten, nicht zu vergessen der Aufseher, der rund um die Uhr im Schlafsaal anwesend war. Erst als ich hörte, wie der Atem meines Bettnachbarn in ein leichtes Schnarchen überging, erlaubte ich mir, auch etwas zu entspannen.

In den Tagen und Wochen, die folgten, musste ich weitere Prüfungen dieser Art bestehen. Delight bot mir ein paarmal an, sein Essen mit mir zu teilen, doch ich blieb meiner Linie treu und lehnte jedes Mal ab. Auch andere versuchten, mich auf ihre Seite zu ziehen, hatten aber ebenso wenig Erfolg. Ich war fest entschlossen, sie alle spüren zu lassen, dass jeder Versuch, mich unter ihre Kontrolle zu bringen, zum Scheitern verurteilt war. Umso dankbarer war ich D-Man für seine Ratschläge und meiner Mutter für die Geldbeträge, die sie regelmäßig auf mein Konto einzahlte. Mein Vater weigerte sich zwar weiterhin, ein Gefängnis zu betreten, doch wir telefonierten fast jede Woche. Auch er überwies mir Geld und obwohl ich ihn vermisste, konnte ich sein Verhalten sogar ein Stück weit nachvollziehen. Wenigstens versetzte mich das Geld in die angenehme Lage, mir Süßkram und den einen oder anderen Leckerbissen in der Kantine zu besorgen. Natürlich achtete ich darauf, dass die Jungs in meinem Schlafsaal mitbekamen, dass ich mit Essen bestens versorgt war.

Je länger ich die anderen beobachtete, desto besser verstand ich, wie die Dinge im *Angola* liefen. Die Männer, die zum Teil schon so viele Jahre hinter Gittern verbracht hatten, standen ständig unter Strom und waren immer auf der Suche nach einem Ventil für den psychischen Druck, dem sie täglich ausgesetzt waren. Viele glaubten, im Sex die Erleichterung zu finden, die sie so verzweifelt suchten.

Es gab drei Arten von Männern im Gefängnis. Da waren die, welche – so wie ich – einfach nur in Ruhe gelassen werden wollten und hofften, ihre Tage im Knast unbeschadet überstehen zu können. Dann gab es die »Bosse«, Kerle wie Delight, die Sex mit anderen Häftlingen erzwangen, obwohl sie von sich selbst behaupteten, sie wären alles andere als homosexuell. Die dritte Art waren die Jungs, die diesen Bossen zu Willen sein mussten, ihre sogenannten »Liebchen«. Ein paar von denen waren froh, auf diese Weise überleben zu können, sie hatten sich mit ihrer Rolle sogar ein Stück weit angefreundet. Ich habe männliche Wesen gesehen, die sich ihre Haare bis über die Schultern hinab wachsen ließen, die hautenge Jeans und knappe T-Shirts trugen und sich wie Mädchen verhielten. Sie stolzierten mit schwingenden Hüften durch die Gegend, legten ein Gehabe an den Tag, als seien sie große Stars, und veranstalteten ein Mordsspektakel, wenn sie sich in die Dusche begaben, während ihre »Bosse« sich davor versammelten, pfiffen und sie anfeuerten.

Gelegentlich verursachten diese Typen auch Probleme. Ich erinnere mich da an eine unschöne Geschichte. Einer der »Bosse« hatte es satt, dass seine »Freundin« ständig mit anderen Jungs flirtete. Irgendwann schmuggelte er eine schwere Hantel aus dem Fitnessbereich und versteckte sie in der großen Schublade unter seinem Bett. Nachdem eines Abends die Lichter gelöscht worden waren, trat er ans Bett seines Favoriten und zerschmetterte ihm mit diesem Gewicht das Gesicht. Anschließend begab er sich seelenruhig zum diensthabenden Aufseher, um ihm zu berichten, was soeben passiert war. Das »Liebchen« überlebte, musste aber mehrere kosmetische Operationen über sich ergehen lassen. Eine Zeit lang war dieser Vorfall das Tagesgespräch im Hauptgefängnis, aber nur, weil von diesem Zeitpunkt an die gefährlichen Sportgeräte unter Verschluss gehalten wurden.

Die meisten von den Jungs, die missbraucht wurden, hatten den Gunstbeweisen einfach nicht widerstehen können, die Männer wie Delight einsetzten, um sie anzulocken. Sie waren so lange umschmeichelt und umsorgt worden, bis sie entdeckten, dass sie diese Wohltaten als »Gespielin« eines erfahrenen Häftlings auf Heller und Pfennig zurückzahlen mussten – normalerweise im

Fitnessbereich, der von den Patrouillen der Wärter ausgenommen war. Sie waren schwach und wurden zum Besitz der Stärkeren degradiert. Und wenn ihr »Boss« ihrer überdrüssig wurde, konnte es ihnen passieren, dass sie für ein paar Schachteln Zigaretten an einen anderen weiterverkauft wurden.

Mir blieb es erspart, kämpfen zu müssen, um zu beweisen, dass ich keine leichte Beute sei. Delight verlor bald sein Interesse an mir und was die anderen »Bosse« unternahmen, um meine Zuneigung zu gewinnen, ignorierte ich einfach. Andere Neuzugänge hatten weniger Glück. Einmal machte ein Gerücht die Runde, tags zuvor habe einer von den Frischlingen gerade die Dusche betreten, als einer der »Bosse« ihm mit eindeutigen Absichten gefolgt sei. Eigentlich hätte der Neue in einer solchen Situation sofort reagieren und regelrecht ausrasten müssen, doch statt hochzugehen wie eine Rakete, suchte er nur schnell das Weite. Jetzt wurde es gefährlich für ihn. Wenn er es einfach auf sich beruhen ließ und so tat, als ob nichts passiert sei, würde er als die schwächlichste Person im ganzen Bereich gelten. Er musste nun unbedingt beweisen, dass es nicht ratsam war, sich mit ihm anzulegen.

Als er seinen Schachzug machte, herrschte Ruhe im Schlafsaal, doch es gab damals wenig, was meiner Aufmerksamkeit entging. Ich verfolgte mit, wie er zum Mikrowellenapparat ging und einen Behälter erhitzte, den er vorher mit Wasser, Rasierpulver und Sirup gefüllt hatte. Dann zog er einen Arbeitshandschuh an und trug die Brühe zurück zu den Betten.

Der Kerl, der ihn in der Dusche bedrängt hatte, döste gerade vor sich hin und merkte nichts von dem, was da auf ihn zukam. Doch er bekam es zu spüren. Die siedend heiße, zuckrige Mischung klebte wie Leim auf der Haut und fraß sich tief in sein Fleisch.

Im Gegensatz zu dem Vorfall mit der Hantel war dieser Übergriff kein Gesprächsthema unter den Häftlingen im *Angola*. Gewaltausbrüche dieser Art schockierten hier keinen. So war das eben im allgemeinen Bereich. Das war der »Wilde Westen«.

Wir durften sogar die Mikrowelle behalten.

Teil 4

Die Trendwende

Kapitel 20

Sackgassen und wie man herauskommt

Schon nach kürzester Zeit hatte ich kapiert, dass Gewalt ein fester Bestandteil des Lebens in meinem Schlafsaal war und dass es sich in den anderen Bereichen des *Angola* auch nicht anders verhielt. Ich brauchte auch nicht lange, um zu begreifen, dass das Hauptgefängnis im Vergleich zu den anderen sechs *Camps* am besten abschnitt. Mag sein, dass es dort von Zeit zu Zeit etwas wild zuging, doch die Vorteile, die das Leben dort mit sich brachte, wogen das alles auf.

Eine gute Seite waren die Bildungseinrichtungen, die es dort gab. Im Hauptgefängnis befand sich die Anstaltsbibliothek und das »Schulgebäude« mit den Räumlichkeiten der Berufsschule. Darüber hinaus gab es verschiedene Kirchengemeinden, man konnte sein Abitur nachmachen, Rhetorikkurse belegen oder sich in der Lebensrechtsbewegung engagieren. Oder man machte bei den *Maleachi Dads* mit, einer christlichen Initiative, die das Ziel hat, männliche Strafgefangene in die Lage zu versetzen, ihre Rolle als Ehemann und Vater auf biblischer Grundlage ganz neu anzunehmen und zu leben. Es gab Programme, die sich mit den Folgen des Drogenmissbrauchs auseinandersetzten, ein Bewusstsein für die besonderen Bedürfnisse von Heranwachsenden weckten oder eine Vielzahl weiterer Themen aufgriffen. Die *Camps C, D* und *F* lagen so weit entfernt, dass ihren Insassen die Teilnahme an diesen Programmen verwehrt war.

Doch das Beste war, dass das Hauptgefängnis die juristische Bibliothek beherbergte. Schon im *CCR* bekam ich mit, wie meine Zellennachbarn von ihren Besuchen in der Bibliothek erzählten und von ihren Treffen mit einem Mann namens Stanislaus Roberts, der die Häftlinge in juristischen Fragen beriet. Er konnte kein Jurastudium aufweisen, war aber täglich in der Welt der Gerichtsprotokolle und Richtersprüche unterwegs und hatte sich ein enormes Wissen auf diesem Feld angeeignet. In der juristischen Bibliothek konnten die Gefangenen ihren Fall mit ähnlich gelagerten Strafsachen vergleichen und nach Möglichkeiten suchen, ihre Sache zu ihren Gunsten voranzutreiben. Ich nahm mir vor, diesem Mann eines Tages auch einen Besuch abzustatten.

Zunächst jedoch hatte ich noch keinen Blick für die Möglichkeiten, die sich daraus ergaben. Meine Aufmerksamkeit galt anfangs nur meiner Sicherheit und dem Bestreben, in eine tägliche Routine hineinzufinden, die den Rest meines Lebens bestimmen würde.

5:30 Uhr: Aufstehen
6:00 Uhr: Frühstück
7:00–11:00 Uhr: Arbeit
12:00 Uhr: Mittagessen
13:00–16:00 Uhr: Arbeit
16:30 Uhr: Abendessen
22:30 Uhr: Fernseher aus. Licht aus.

Ich wurde bei der Feldarbeit eingesetzt. Das bedeutete, dass ich Gras mähte, Unkraut hackte und verschiedene Gemüsesorten ernten musste. Es war noch gar nicht lange her – in den 80er-Jahren –, dass man den Einsatz von Strafgefangenen in der Baumwollernte beendet hatte. Doch als ich mich so unter der sengenden Sonne Louisianas durch die Ackerfurchen arbeitete, an meiner Seite bewaffnete Wächter, die mir auf die Finger sahen, ging mir die Frage durch den Kopf, ob sich im Lauf der letzten hundert Jahre überhaupt etwas verändert hatte.

So hart sie auch war – die Arbeit war nicht die größte Herausforderung, die ein Tag im Hauptgefängnis mit sich brachte. Die kam erst mit den langen Stunden im Schlafsaal. Die Langeweile und die Belastung, ständig auf der Hut sein zu müssen, zerrten an meinen Nerven. Sie ermüdeten und stressten mich mehr als jeder noch so schwere Arbeitseinsatz.

Um dem entgegenzuwirken, versuchte ich mich auf die gleiche Art und Weise abzulenken, die ich auch während meiner zehn Tage im *Verlies* angewendet hatte. Ich wühlte in meinen Erinnerungen und bemühte mich nach Kräften, so vollständig darin abzutauchen, als sähe ich einen 3-D-Film mit Dolby Surround. Manchmal funktionierte das, doch häufig fiel es mir schwer, die nötige Konzentration aufzubringen.

Eines Nachts lag ich wach und versuchte, mich zurückzuversetzen in meine schönsten Karnevalserlebnisse. Da drängte sich ein eher unbedeutender Vorfall in den Vordergrund, der sich ereignet hatte, nachdem ich von meinem ausgedehnten Floridaurlaub bei Dad zurückgekehrt war. Ich war wie üblich auf der Straße unterwegs, als mir ein Junge, den ich kaum kannte, über den Weg lief und mich fragte, wo ich die ganze Zeit über gewesen war.

»Sie haben mich weggesperrt«, log ich spontan. »In den Jugendknast.«

Das war alles, woran ich mich erinnerte, doch die Szene ging mir wieder und wieder durch den Kopf. Je mehr ich darüber nachdachte, desto mieser fühlte ich mich. Und nach ein, zwei Tagen war ich fest überzeugt davon, dass mich dieses dumme Gerede auf irgendeine geheimnisvolle Weise ins Gefängnis gebracht hatte. Ich hatte gelogen, weil ich der Meinung war, dass ich mit »Jugendknast« mehr Eindruck schinden konnte als mit »Ferien bei Papa«. Und jetzt bekam ich die Quittung.

Das alles fand in einer Zeit statt, in der mein Glaube noch jung und ungefestigt war. Ihm fehlte eine Grundlage – ich hatte weder Erfahrung noch Anleitung noch Struktur. Auch wusste ich nicht, wie man betet oder die Bibel liest. Es war mir nicht bewusst, wie wichtig es ist, die Begleitung und den Rat erfahrener Menschen zu suchen. Und so irrlichterte ich unstet durch meine Tage, war führungs- und richtungslos.

Gott aber nicht. Er wusste genau, was ich brauchte. Und er wusste, wann ich es brauchte.

Kurz nachdem ich mich in die Idee verrannt hatte, dass mich meine Lüge von damals ins Gefängnis gebracht hatte, fielen mir andere Szenen ein, die eine ganz andere Wirkung entfalteten. Ich wurde an Menschen erinnert, die mich ermutigt hatten. Da war der Richter, der mir prophezeite, alles werde gut. Da war der Justizbeamte im Gericht, der mich aufforderte, die Hoffnung nicht aufzugeben. Und da war der alte Mann im *Hunts*, der mir riet, an allen Fortbildungsmaßnahmen teilzunehmen, die man mir anbot.

Und dann traf mich ein Gedanke mit voller Wucht.

Wenn ich mich schon mit meinem dummen Gerede ins Gefängnis gebracht hatte, warum sollte mir das nicht auch umgekehrt gelingen? Was hinderte mich daran, jeden Kurs zu belegen, den ich kriegen konnte? Was wäre, wenn ich mein Abitur nachholte? Was wäre möglich, wenn ich regelmäßig die juristische Abteilung der Gefängnisbibliothek aufsuchte, mich in die Materie einarbeitete und mir ein umfassendes Wissen über die Gesetzeslage rund um meinen Fall aneignete? Würde ich es schaffen, einen Weg zurück in die Freiheit zu finden?

Zweifellos hatte ich nun einen neuen Wahlspruch.

Angola kann mich nicht halten. Eines Tages gehe ich heim.

Kapitel 21

Die Besucherbaracke

Gott lässt sich finden, auch an den unmöglichsten Orten. Das merkst du erst recht, wenn du hinter Gittern sitzt.

Jedem Insassen von *Angola* war es gestattet, maximal zehn Personen zu benennen, die Besuchsrecht erhalten sollten. Meine Mutter stand auf meiner Liste ganz oben und sie besuchte mich zuverlässig zweimal im Monat. Häufig wurde sie von einer meiner Tanten, von meinen Geschwistern oder Cousins und Cousinen begleitet. Ich genoss die Zeit mit ihr und sparte nicht mit Umarmungen und Streicheleinheiten, doch nicht immer verliefen ihre Besuche in perfekter Harmonie. Es ist eben nicht leicht, einen geliebten Menschen im Gefängnis aufzusuchen, wo einen alles daran erinnert, was er für einen Mist gebaut hat, und gleichzeitig zu wissen, dass man ihn nur eine sehr begrenzte Zeit sehen darf.

Dementsprechend herrschte bei einem ihrer Besuche von Anfang an eine derartig gereizte Stimmung, dass es nicht lange dauerte, bis sie sich mit ihrer Schwester in die Haare kriegte. Kaum war ich kurz auf der Toilette verschwunden, fingen sie auch schon an, herumzubrüllen und sich auf das Heftigste zu beschimpfen. Bevor ich einschreiten konnte, flogen schon Stühle durch den Raum und es setzte Backpfeifen. Das war zwar typisch für die beiden, doch nicht akzeptabel für das staatliche Gefängnis von Louisiana. Und so kam es, dass Mutter und Tante an diesem Tag mit einem ganzjährigen Besuchsverbot belegt wurden.

Es traf mich schon besonders hart, sie zwölf lange Monate nicht sehen zu dürfen.

* * *

Auch Dawn, meine Freundin aus besseren Tagen, besuchte mich fleißig. Seit meiner Zeit im Jugendgefängnis kam sie regelmäßig und ich konnte mitverfolgen, wie ihr Leben eine neue Richtung nahm. Während ich im *Hunts* einsaß, hatte sie ihr erstes Kind bekommen und nach drei oder vier Sommern im *Angola* folgte das zweite. Beide Male beteuerte sie, wie leid es ihr täte, dass sie mich betrogen habe, doch ich versicherte ihr, ich sähe das ganz anders. Ich war eingesperrt, sie aber nicht. Ihr Leben musste weitergehen und ich hatte kein Recht, ihr in ihre Entscheidungen reinzureden.

Und ich fand es besonders schön, wenn sie ihr Töchterchen mitbrachte. Jeanne, die keinen Kontakt zu ihrem Erzeuger hatte, hatte mich bald in ihr Herz geschlossen und als Papa adoptiert. Sie kletterte auf meinen Schoß und kuschelte sich an mich, während ich mich mit Dawn unterhielt. Die Stunden, die wir so verbrachten, waren ein monatliches Highlight für mich.

Doch es sollte noch besser kommen. Ich wurde auf eine Weise beschenkt, die mich zutiefst beschämte.

Wir saßen an einem Sonntagnachmittag in der Besucherbaracke und Jeanne, die zu diesem Zeitpunkt sieben Jahre alt war, kletterte wie gewohnt auf meinen Schoß. Die vierjährige DeJá lag in Dawns Armen und sah mich mit großen Kulleraugen an.

Jeanne bemerkte den Blick ihrer Schwester, wandte sich mir zu und sagte: »Meine Schwester möchte, dass du auch ihr Papa bist.«

»Okay«, erwiderte ich verblüfft und ziemlich überwältigt. »Nun … Meinst du, sie könnte mal rüberkommen und mich das selbst fragen?«

Jeanne nickte und forderte ihre kleine Schwester auf, zu uns zu kommen.

DeJás Augen waren mittlerweile kugelrund, als sie vor mir stand.

»Willst du mein Papa sein?«

Mein Herzschlag legte einen Zahn zu. Die Luft prickelte in meinen Lungen wie Champagner. Ich fühlte mich, als hätte ich soeben entdeckt, dass ein zweiter Mond um die Erde kreiste. Dann beugte ich mich hinab zu DeJá. »Was sagt denn deine Mama dazu?«

Wir drei richteten unsere Blicke auf Dawn. Sie lächelte, nickte und in ihren Augen glitzerten zwei kleine Tränen.

DeJá sah wieder hoch zu mir.

»Dann lautet meine Antwort *Ja*«, sagte ich und scheiterte ebenfalls mit dem Versuch, meine Tränen zurückzuhalten. »Ich bin ab jetzt dein Papa.«

Kapitel 22

Die Geheimnisse der juristischen Bibliothek

Stanislaus Roberts gab eine imponierende Erscheinung ab. Er war 1,90 m groß, sein Haupt krönte ein fünf Zentimeter starker Afro und seine auffallend dunkle Hautfarbe bildete einen beeindruckenden Kontrast zu seinen hell strahlenden Augen. Im *Angola* saß er seit zwanzig Jahren. Nur seinem unbändigen Kampfeswillen hatte er es zu verdanken, dass man im Jahr 1976 seine Todesstrafe in eine lebenslange Haftstrafe umgewandelt hatte. Dass er zwei schwere Jahrzehnte hinter sich hatte, ließ er sich nicht anmerken. Sein Wissensdurst war unstillbar. Er war eine Naturgewalt und wie eine Sturmflut riss er alle mit, die mit ihm zu tun hatten.

Wir nannten ihn Tony. Wie so viele Insassen des *Angola* hatte auch er seine Haftstrafe mit dem dringenden Verdacht angetreten, dass die amerikanische Justiz ihn ungerecht behandelt hatte. Doch anders als viele andere hatte er sich dazu entschieden, etwas dagegen zu unternehmen. Tony hatte sich mit Haut und Haaren dem Studium juristischer Fachliteratur verschrieben und im Laufe der Jahre ein umfassendes Wissen erworben, das dem Kenntnisstand mancher Universitätsabsolventen mindestens ebenbürtig war. Er wurde zu einem gefragten Rechtsberater für die Häftlinge im *Angola* und die juristische Bibliothek, die im Hauptgefängnis lag, wurde zu seinem Büro. Es verging kaum ein Tag, ohne dass einer der Mithäftlinge ihn aufsuchte und um Rat fragte.

Auch mich zog es dorthin. Doch ich war weniger scharf auf Tonys umfänglichen Wissensschatz oder die Aussicht, Gerechtigkeit zu erfahren. Mich reizte etwas, das sehr viel praktischer war. Weil Tony eine besondere Stellung im *Louisiana State Penitentiary* einnahm, erlaubte man ihm, den Computer in der Bibliothek zu benutzen. Es wurde sogar gemunkelt, dass Tony anderen Häftlingen den Gebrauch eines PCs beibrachte.

Mein erster Besuch bei ihm fiel auf einen Tag, an dem dicker Nebel über dem Land lag. Wenn die Sicht derartig eingeschränkt war, fand keine Feldarbeit statt, weil die Gefängnisleitung eventuelle Ausbruchsversuche vermeiden wollte. Doch selbst wenn es ein Gefangener geschafft hätte, sich den Blicken der Wächter zu entziehen, gingen seine Chancen, in die Freiheit zu entkommen, gegen null. *Angola* lag meilenweit von jeder menschlichen Siedlung entfernt, wurde an drei Seiten vom Mississippi umspült und von einem Haufen hungriger Wildtiere belagert, die nur darauf warteten, sich mit Krallen und Zähnen ein frei herumlaufendes Opfer zu packen.

Im Schlafsaal war es mir an diesem Morgen zu unruhig, deshalb beschloss ich herausfinden, ob die Gerüchte, die man sich über die juristische Bibliothek und den langen Lulatsch mit den funkelnden Augen erzählte, der Wahrheit entsprachen.

»Aber sicher«, meinte Tony, als ich ihn fragte, ob er wirklich über einen Computer verfügte. »Schon mal einen benutzt?«

»Nein.«

»Kannst du Schreibmaschine schreiben?«

»Nein.«

»Willst du, dass ich dir beibringe, wie man einen PC benutzt?«

»Ja.«

Mehr war nicht nötig. Von diesem Zeitpunkt an war ich eingetragener Schüler der *Stanislaus-Roberts-Schule-für-alles-und-jeden.*

Ich suchte die Bibliothek so oft wie möglich auf, meistens in den Abendstunden. Zuerst zeigte mir Tony, wie man einen Computer benutzte. Wir fingen an mit der Maus, dann folgte die Tastatur und schließlich wurde ich mit Windows 95 und WordPerfect 6.0 vertraut gemacht. Nach wenigen Wochen war ich schon in der Lage, die Datenbank zu nutzen, die er mit Informationen rund ums Strafrecht gefüllt hatte. Man konnte Tausende von Einträgen lesen, die größtenteils Mitschnitte und Protokolle ganzer Prozesse und zahllose Gerichtsurteile beinhalteten.

Wie bei so vielen Gefangenen hatte meine Verurteilung auch bei mir ein ungeahntes Interesse an juristischen Fragen geweckt. Bald vergrub ich mich nicht mehr nur in die Fakten rund um meinen Fall, mich beschäftigten auch die Schicksale meiner Mithäftlinge.

Was ich dabei herausfand, gab mir zu denken.

Vor mir auf dem Bildschirm löste ein Beispiel für Rassenungerechtigkeit das andere ab. Immer wieder stieß ich auf Fälle, in denen ein Schwarzer und ein Weißer eines auffallend ähnlichen Verbrechens beschuldigt wurden, der Schwarze jedoch deutlich strenger bestraft wurde als der Weiße. Ich las von einem weißen Jugendlichen, der die gleiche Strafe erhalten hatte wie ich. Im Gegensatz zu mir hatte er es aber nicht dabei belassen, sechsmal abzudrücken und dann wegzulaufen – er schoss sein Magazin leer und lud dann nicht nur einmal, sondern zweimal nach. Wir wurden beide schuldig gesprochen, doch wäre er schwarz gewesen, hätte der Richter auf keinen Fall ein Urteil gesprochen, das auf »Totschlag« lautete.

Allerdings wurde mir in den Stunden, die ich vor Tonys Computer verbrachte, klar, dass es einen Bereich gab, in dem weiße Strafgefangene deutlich schlechter wegkamen als schwarze. Im *Angola* wurden Sexualstraftäter nicht vom Rest der Insassen getrennt und die meisten von denen, die wegen Kindesmissbrauchs einsaßen, waren weiß. Ich kann mich noch an den einen oder anderen Namen erinnern, schließlich wurde ich Zeuge, wie schlimm es diesen Häftlingen erging, wenn die anderen herausfanden, welche Art von Verbrechen sie begangen hatten. Man vergewaltigte sie so oft, dass viele nur einen Ausweg sahen. Sie bedrohten einen der Wärter und wurden daraufhin ins *Camp J* strafversetzt. Und der Isolationshaft dort entgingen sie, indem sie sich in ihrer Zelle aufhängten.

Am eigenen Leib habe ich erfahren, welche Auswirkungen das »Drei-Verstöße-Gesetz« hat, das einem Richter vorschreibt, einem Angeklagten, der bereits zweimal verurteilt wurde, bei einem dritten Vergehen eine besonders schwere Strafe aufzubrummen. Mit meinen eigenen Augen habe ich gesehen, dass schwarze Straftäter anders behandelt werden als Weiße. Beispielsweise der junge Afroamerikaner, dessen Geschichte ich an einem Abend durchgelesen habe. Das erste Mal wurde er angeklagt, einen bewaffneten Raubüberfall begangen zu haben, ein paar Jahre später stand er wegen Diebstahls vor Gericht. Als man ihn schließlich mit einem Stück dreckigem Crack von der Größe einer roten Bohne erwischte, galt er als Gewohnheitsverbrecher und wurde zu lebenslanger Haft verurteilt. Am selben Abend las ich einen Bericht über einen weißen Jungen, den man ebenfalls wegen bewaffneten Raubes und Diebstahls schuldig gesprochen hatte. Ihn schnappte man mit einer Tüte voll allerfeinstem Kokain, doch er wanderte nicht lebenslänglich ins Gefängnis, sondern kam mit fünf Jahren davon.

»Das Drei-Verstöße-Gesetz wird selektiv angewendet«, meinte Tony, als ich ihn auf diese ungleiche Behandlung von Gewohnheitsstraftätern ansprach. »Es liegt im Ermessen des Richters oder, besser gesagt, des Staatsanwaltes. Doch keiner zwingt sie, auf ein Instrument zurückzugreifen, das sie in die Lage versetzt, ganz bewusst zu diskriminieren.«

In vielerlei Hinsicht war das keine Überraschung für mich. Die Tatsache, dass das Gesetz den Besitz von Kokain anders ahndete als den Umgang mit Crack, hatte zur Folge, dass schwarze Drogendealer sehr viel länger weggesperrt wurden als weiße. Ich wusste, dass diese ungleiche Behandlung im Gefängnis fortgesetzt wurde. Nachdem sie mich in das Hauptgefängnis verlegt hatten, fiel mir auf, dass die wirklich guten Jobs, in denen man sich im Büro nützlich machte und nicht sieben Stunden am Tag auf den Feldern schuften musste, in der Regel von Weißen besetzt waren.

Als ich meinem Ärger darüber Luft machen wollte und zu Tony ging, blieb er seelenruhig.

»Mann, das ist doch ganz normal. So ist es schon immer gewesen. Und doch – die Dinge ändern sich.«

»Wirklich?«

»Schau mich an. Was meinst du, wie viele Schwarze in der Bibliothek gearbeitet haben, als ich das erste Mal hier aufgetaucht bin? Ja, es kommt etwas in Bewegung.«

Tonys ganze Leidenschaft galt der Juristerei, doch er wusste auch um die Bedeutung von Bildung und Erfahrung. Er machte mir Mut, vom Abitur auf dem zweiten Bildungsweg bis zum Rhetorikkurs alles mitzunehmen, was *Angola* an Fortbildungsmaßnahmen bot. Er überredete mich sogar, für die Gruppe, die sich in der Lebensrechtsbewegung engagierte, den Kassenwart zu spielen – mich, den ehemaligen Crackdealer, der es gewohnt war, in einer einzigen Nacht Tausende von Dollar, einzunehmen.

Ich hörte auf Tony, auch wenn mein erster Einsatz im Rhetorikkurs eher katastrophal verlief. Wie alle Anfänger wurde auch ich nach vorne gebeten, wo man mir ein beliebiges Thema gab, über das ich aus dem Stegreif einen zweiminütigen Vortrag halten musste.

Kein Problem, dachte ich. Ronnie Slim *hat so was drauf.*

Sie drückten mir ein Blatt Papier in die Hand, auf dem folgender Titel und einleitender Abschnitt meiner Rede standen:

ROCKY BALBOA

Im Film »Rocky« muss der Held viele Schwierigkeiten überwinden, um am Ende erfolgreich zu sein. Was musstest du in deinem Leben schon alles überwinden, um Erfolg zu haben?

Ich starrte auf den Zettel. Ließ meine Gehirnzellen warmlaufen. Starrte weiter. Mein Gehirn hatte anscheinend eine Sendepause eingelegt.

Dann wollte ich den Mund aufmachen und loslegen, brachte aber keinen einzigen Ton heraus.

Irgendwo murmelte einer was. Als ich hochsah, blickte ich in zwanzig Augenpaare, die alle auf mich gerichtet waren.

Erneut versuchte ich zu sprechen.

Nichts.

Mein Mund war knochentrocken. Mein Magen krampfte sich zusammen.

Irgendjemand lachte.

Und mir kam immer noch kein Wort über die Lippen.

* * *

Glücklicherweise hatte ich beim nächsten Treffen meine Stimme wiedergefunden. Bald spürte ich, wie mich diese Herausforderung und alle weiteren Aufgaben, die ich übernahm, veränderten. Ich hatte nie gelernt, was es heißt, ein typischer Teenager zu sein – die Straße war nicht der Platz, auf dem man solche Erfahrungen sammeln konnte. In Ruhe heranzuwachsen, war ein Luxus, den sich einer wie ich nicht leisten konnte. Doch hier, weggesperrt hinter Gittern, konnte ich endlich die Dinge tun, für die mir mein Zuhause keine Gelegenheit gegeben hatte. Die Clubs, die Arbeitsgemeinschaften und die Studienkurse – sie alle trugen dazu bei, dass sich mein Horizont erweiterte und mein Denken vertiefte.

Und Tony war eine der Vaterfiguren, die mich durch all das hindurch begleiteten und führten.

Kapitel 23

»Komm in die Gemeinde!«

Gleich zu Beginn meiner Zeit im allgemeinen Bereich führte ich ein Gespräch mit einem Gefangenen, der schon viele Jahre hinter Gittern auf dem Buckel hatte und mich völlig unvermittelt ansprach. Da damals meine Aufmerksamkeit ausschließlich den Gefahren galt, die meine neue Situation mit sich brachte, kümmerte ich mich nur wenig um das, was er sagte, doch vergessen habe ich seine Worte nie.

»Eines Tages wirst du den Menschen das Evangelium predigen. Nein, nein, du solltest nicht den Kopf schütteln. Es ist wahr. Du bist ein Prediger. Ich sehe klar und deutlich, dass du diese Gabe hast.«

Meine Antwort fiel kurz und knapp aus, doch die Worte blieben mir im Gedächtnis hängen, ganz tief drin. In den Monaten und Jahren, die folgten, kamen sie von Zeit zu Zeit an die Oberfläche und gingen mir durch den Kopf. Ich fand irgendwie Gefallen an dem Gedanken und malte mir manchmal eine Traumwelt aus, in der ich das Amt eines wortgewaltigen Predigers ausfüllte. Doch ich war überzeugt, dass das alles ein Produkt meiner Fantasie bleiben würde. Wie sollte es jemals in Erfüllung gehen? Ich hatte keinen blassen Schimmer davon, wie man als Christ lebt, und selbst wenn ich es gewusst hätte, musste ich davon ausgehen, dass ich den Rest meines Lebens im Gefängnis verbringen würde. Was sollte das also für eine Kanzel sein, von der herab ich predigen würde?

* * *

Komm in die Gemeinde, Ronnie.

Ich saß vor Tonys Computer, blickte auf und sah den Mann vor mir, den wir Bischof Tannehill nannten. Er lächelte mich an. Obwohl er eher lang und schlaksig wirkte, verfügte er über eine kraftvolle Stimme, die laut dröhnte, wenn er predigte. Tannehill war Häftling und hatte so einiges mit Tony gemeinsam: Er war eine Naturgewalt, der man einfach nichts abschlagen konnte.

Mir war es allerdings auf meine unnachahmliche Weise gelungen, ihn ein paar Wochen lang zu ignorieren.

Tonys PC stand an einer Plexiglasscheibe, die die Bibliothek von dem Korridor trennte, auf dem man zur Kapelle des Hauptgefängnisses gelangte. Abend für Abend saß ich an diesem Computer und sah Bischof Tannehill, der auf seinem Weg zum Gottesdienst diesen Korridor entlangging. Er hatte es sich angewöhnt, kurz stehen zu bleiben, an mein Fenster zu klopfen und mir zuzuwinken. Meistens nickte ich ihm nur kurz zu und setzte meine Arbeit fort. Doch jedes Mal beschlich mich dabei das seltsame Gefühl, etwas bereuen zu müssen. Aber sooft ich diesen Eindruck auch hatte, so oft überging ich ihn. In einem Gefängnis wie *Angola* konnte man seinen Gefühlen nicht trauen.

Diesmal jedoch ging der Bischof einen Schritt weiter. Er kam früher als gewöhnlich, betrat die Bibliothek und steuerte geradewegs auf mich zu.

Er klopfte der Höflichkeit halber an die Plexiglasscheibe neben mir und winkte nur kurz mit dem Zeigefinger. Obwohl kein einziges Wort fiel, war mir klar, was er wollte – so klar, dass ich meinte, die Aufforderung deutlich hören zu können: *Komm in die Gemeinde, Ronnie. Und zwar jetzt.*

Ich wollte ihm erklären, warum mir das nicht möglich sei, doch ich brachte kein einziges Wort über die Lippen. Stattdessen nickte ich und folgte seiner Einladung.

Diese erste Gemeindestunde hatte auf mich die gleiche Wirkung wie eine Operation am offenen Herzen. Als ich den Raum das erste Mal betrat, fühlte ich mich ausgesprochen unbehaglich, doch als ich ihn nach einer Stunde wieder verließ, erfüllte ein nie gekannter Frieden mein Herz und um mich herum schien alles in helles Licht getaucht.

Es war um mich geschehen. Soweit es mir möglich war, suchte ich Abend für Abend beide Räume auf: erst die juristische Bibliothek und dann die Kapelle. Ich genoss den Luxus, zwei Zufluchtsorte zu haben. Unter Tonys Regie war die Bücherei der Platz, an dem ich meinen Horizont erweitern konnte, während mir die Gläubigen, die sich um Bischof Tannehill versammelten, halfen, geistlich zu wachsen. Die beiden Männer waren gestandene Christen, beide verfolgten mit viel Herzblut das Ziel, meinen Glauben zu festigen. Beide wurden mir zum Segen, mehr als ich es mir anfangs vorstellen konnte.

* * *

Bischof Tannehill war nicht der Einzige, der eine Vision verfolgte und das Leben der Strafgefangenen im *Angola* verbessern wollte. Es gab andere – sowohl Insassen als auch Angestellte –, die entschlossen mutige Schritte unternahmen, um die Zustände dort zu verbessern. Mit den Jahren veränderte sich eine Menge, die Kirche im Hauptgefängnis verzeichnete einen enormen Zulauf und gewann derart an Bedeutung, dass sie ab einem gewissen Zeitpunkt für bestimmte Häftlinge und ihre Besucher Festessen organisierte. Wenn man Mitglied der Gemeinde war und die Kosten von zehn Dollar für das Essen aufbringen konnte, durfte man sich auf seiner Liste eine Person aussuchen, mit der zusammen man zuerst den Gottesdienst besuchte und dann an einem liebevoll gedeckten Tisch in der Besucherbaracke Platz nahm.

Ich nahm jede Gelegenheit wahr, die sich mir bot, war in mehreren Gruppen aktiv und verbrachte so viel Zeit wie möglich mit Männern, von denen ich lernen konnte und zu denen ich aufsah. Was mein Glaubensleben betraf, hatte ich verblüffende Ähnlichkeit mit einem trockenen Schwamm, der alles in sich aufsog, was sich ihm bot. Ich war wie ein Kleinkind, das seine ersten Wörter spricht und seine ersten Schritte macht und lernt, Muskeln zu benutzen, die bis dahin in einer Art Schlummerzustand gewesen waren. Wie ein Klosternovize lernte ich auch aus den Fehlern, die ich machte.

Zumindest eine Zeit lang. Bis ich schrecklich scheiterte.

* * *

Unter anderem war ich Teil eines Teams, das sich in der Prävention von Jugendkriminalität engagierte. Wir hatten wochenlang für ein kleines Theaterstück geprobt, das wir vor einer Jugendgruppe aufführen wollten, die das *Louisiana State Penitentiary* besuchte. Ich hatte mehrere Auftritte in verschiedenen Szenen. In der Nacht vor dem großen Ereignis lag ich auf meinem Bett im Schlafsaal und war ziemlich nervös. Darum ging ich in Gedanken meinen Text durch und versuchte krampfhaft, den Kloß zu ignorieren, der mir die Kehle zuschnürte.

Zu diesem Zeitpunkt war ich einundzwanzig Jahre alt und seit drei Jahren im *Angola.* Lange genug, um mich eingelebt zu haben. Noch immer achtete ich darauf, jede Art von Glücksspiel zu vermeiden und einen großen Bogen um alles zu machen, was mit homosexuellen Beziehungen zu tun hatte. Ich hielt es jedoch nicht mehr für nötig, jeder Blödelei aus dem Weg zu gehen – obwohl man mich auch davor gewarnt hatte. Und so schloss ich Freundschaft mit ein paar Jungs aus dem Schlafsaal. Gemeinsam mit ihnen vertrieb ich mir die Zeit und hatte fast so viel Spaß wie damals in den Straßen von New Orleans. Wir alberten herum und balgten uns auch mal, allerdings nur zum Scherz. Hier und da gab es einen Rippenstoß oder einen Rempler, doch nie entwickelte sich daraus eine ernsthafte Auseinandersetzung. Für uns war das einfach eine harmlose Art und Weise, unsere innere Anspannung abzubauen.

Einer meiner Kumpels stammte aus dem 7. Bezirk. Ausgerechnet am Vorabend meines großen Auftritts, an dem ich krampfhaft versuchte, zur Ruhe zu finden und zu entspannen, hielt er es für eine gute Idee, mich aufzuziehen.

»Lass das«, knurrte ich, als er zum ersten Mal an mir vorbeiging und das Buch zuschlug, das ich gerade las.

Wenige Minuten später tauchte er wieder auf.

Klatsch. Mein Buch rutschte mir über den Schoß.

»Hey Mann, das ist ein ganz schlechter Zeitpunkt für solche Scherze. Lass mich in Ruhe.«

Er starrte mir einige Sekunden lang tief in die Augen, dann lächelte er sarkastisch und ging schulterzuckend seiner Wege.

Natürlich wusste ich, was in diesem Moment die richtige Reaktion gewesen wäre. Ich hätte mich zurücklehnen, tief durchatmen und es auf sich beruhen lassen sollen. Das schaffte ich aber nicht. Dass er keinen Pfifferling auf meine Warnung gegeben hatte – war das nicht ein Zeichen für mangelnden Respekt?

Augenblicklich erwachte der *Ronnie Slim*, der Wüterich, zu neuem Leben.

Ich sprang auf, ging hinüber zu ihm und verpasste ihm einen groben Schubser, gefolgt von zwei schnellen Ohrfeigen.

Er steckte meine Schläge weg, sammelte sich und nahm mich in den Schwitzkasten. Bevor das Handgemenge aber weiter ausarten konnte, ging schon ein Aufseher dazwischen und drückte mich zu Boden.

Dort unten, das Gesicht auf das kalte bunte Linoleum gepresst, wurde mir regelrecht übel. Mit voller Wucht traf mich die Erkenntnis, welche Konsequenzen mein Verhalten nach sich ziehen würde. Regeln wurden gemacht, um befolgt zu werden, und ich hatte soeben einen der wichtigsten Grundsätze gebrochen, die in einem Gefängnis gelten: Jeder, der bei einer Schlägerei erwischt wird, wird aufgeschrieben und bestraft. Und da ich derjenige war, der angegriffen hatte, würden sie mich aus dem Hauptgefängnis in ein anderes *Camp* verlegen. Der lächerliche Schlagabtausch würde mich also alles kosten, was für mich im *Angola* einen

Wert besaß. Keinen Schlafsaal mehr. Keine juristische Bibliothek. Keine täglichen Besuche der Gemeinde. Keine Präventionsarbeit. Keine Lebensrechtsbewegung. Keine kleinen, alltäglichen Wachstumsschritte mehr. Keine Teilnahme mehr an all den Fortbildungsprogrammen, die mir der Alte im *Hunts* so dringend ans Herz gelegt hatte. Keine Hoffnung mehr, dass ich diesen Ort eines Tages hinter mir lassen könnte. Keinen Bischof Tannehill mehr. Keinen Tony.

Kapitel 24

Camp D. Eine Hölle voller Gewalt.

Camp D liegt etwa acht Kilometer vom Hauptgefängnis entfernt. Für mich aber fühlte es sich an, als hätte man mich in eine andere Zeitzone verschleppt. Ausflüge in das Hauptgefängnis waren den Insassen nur gestattet, wenn sie Familienbesuche empfangen und andere genehmigungspflichtige Termine wahrnehmen wollten – zum Beispiel Besuche auf der Krankenstation –, doch der Zugang zu den wöchentlichen Programmen und den verschiedenen Einrichtungen, die mir so wichtig geworden waren, blieb ihnen verwehrt. Wie ich befürchtet hatte, spielten nach dieser Verlegung die juristische Bibliothek, Bischof Tannehills Gemeinde und alles, was mir in den Monaten zuvor so wichtig geworden war, keine Rolle mehr in meinem Leben. Mit blieb nur ein einziger Lichtblick: Ich musste die üblichen neunzig Tage überstehen, bis man mir wieder die Gelegenheit gab, Argumente für meine Rückkehr ins Hauptgefängnis vorzubringen. Wenn ich eins gelernt hatte aus meiner Zeit im *CCR*, dann war es das Wissen, dass mich ein hartes Stück Arbeit erwartete, wenn ich *Camp D* verlassen wollte.

In *Camp D* gab es zwar regelmäßige Veranstaltungen, doch das Angebot war vergleichsweise spärlich. Es gab dort eine Gemeinde, doch sie hatte in meinen Augen nur wenig gemein mit der aufregend dynamischen Gemeinschaft, die Bischof Tannehill geformt hatte. Die eigentliche Schattenseite von *Camp D* bestand aber nicht in der mangelnden Anregung und Abwechslung, es war auch nicht die lähmende Langeweile, die sich wie eine Pilzkrankheit ausbreitete. Es war die Gewalt.

Sie lag in der Luft, man spürte sie schon, wenn man aufwachte. Noch vor dem Frühstück gerieten die ersten Häftlinge so sehr aneinander, dass kurz darauf die Fäuste flogen. Die kleinste Meinungsverschiedenheit schaukelte sich innerhalb von Sekunden hoch und nicht selten landete einer der Kontrahenten mit lebensgefährlichen Verletzungen auf der Krankenstation. Ein Vorfall wie der im Hauptgefängnis, als der »Boss« sein »Liebchen« mit der Hantel attackiert hatte, ereignete sich in meiner neuen Unterkunft mindestens einmal im Monat. Die Männer nutzten jede Art Material, das sie kriegen konnten, um sich Waffen zu basteln, zum Beispiel Socken, die mit schweren Vorhängeschlössern gefüllt waren, oder Messer, für die sie sich Metallstreben zurechtgeschliffen hatten. Keiner traute keinem über den Weg.

Ich war ständig in Alarmbereitschaft. Wieder einmal stand ich ganz am Anfang und beobachtete alles und jeden mit Argusaugen, als hinge mein Leben von meiner Wachsamkeit ab.

Sogar das Personal war Teil des Problems. Im Hauptgefängnis waren es ein paar wenige Wärter, die in dem Ruf standen, etwas härter durchzugreifen als die anderen, doch in *Camp D* gab es einen Haufen von Aufsehern, die einfach nur grausam waren. Einer davon – ein ungewöhnlich dürrer Kerl – setzte seinen ganzen Ehrgeiz darein, die Insassen zu erniedrigen und zu demütigen. Immer wenn wir von einem Arbeitseinsatz oder einem anderen auswärtigen Termin zurückkamen, durchsuchten sie uns, um sicherzustellen, dass wir nicht irgendetwas Verbotenes in den Schlafsaal schmuggelten. Die meisten Beamten tasteten uns einfach nur ab und kontrollierten unsere Taschen, doch das »Skelett« ließ es dabei nicht bewenden. Vor ihm mussten wir uns komplett ausziehen, unsere intimsten Stellen präsentieren, mit den Zehen wackeln, uns vornüberbeugen und husten. Ihm versetzte das anscheinend einen Kick, doch wir – was sollten wir dagegen unternehmen?

Eines Tages, nicht lange, nachdem ich in *Camp D* eingetroffen war, beschloss einer meiner Mithäftlinge, dass es einfach nicht mehr reichte, nichts zu tun. Darum trat einer der Jungs auf das »Skelett« zu und verpasste ihm eine schallende Ohrfeige. Es folgte Hieb auf Hieb, wieder und wieder setzte es Schläge. Im Nu geriet der ganze Schlafsaal in Aufruhr, die Männer brüllten und ihr Gejohle brauste wie ein Feuersturm durch den Raum. Sofort eilten weitere Aufseher herbei, die das Ganze beendeten, doch die Spuren – den blutverschmierten Boden – konnten sie nicht so schnell beseitigen.

»Ich hätte es dir so gerne selbst heimgezahlt«, schrie der Typ neben mir, als sie den verhassten Wärter hinaustrugen, »mir ist nur einer zuvorgekommen.«

Das war einer der ganz seltenen Momente, in denen Einigkeit im *Camp D* herrschte. Am nächsten Tag ging man sich schon wieder gegenseitig an die Kehle.

* * *

Die Gemeinde, in die Bischof Tannehill mich eingeführt hatte, spiegelte die Lebensenergie und die vielfältigen Chancen wider, die für das Leben im Hauptgefängnis typisch waren. Die Gemeinde in *Camp D* dagegen war geprägt von den Gefahren, die den Insassen das tägliche Überleben so schwer machten. Die Brüder dort waren ernste und besonnene Männer, die sich bemühten, ihre Tage in größtmöglicher Stille zu verleben.

Unter ihnen war ein Mann, der mich das erste Mal kurz nach meiner Ankunft in *Camp D* aufsuchte. Ich versuchte gerade, am Ende eines langen Tages zur Ruhe zu kommen und etwas von dem Adrenalin abzubauen, das angesichts der ungewohnten Umgebung permanent durch meine Adern floss und mich in Dauerstress versetzte. Und während ich so auf meiner Pritsche lag und hoffte, endlich den dringend benötigten Schlaf zu bekommen, setzte sich der ältere Bruder auf meine Bettkante. Er hatte eine Bibel bei sich und aus seinem Gesicht sprach tiefe Anteilnahme.

»Mann, ich habe jetzt keinen Bock auf ein Gespräch«, knurrte ich.

Er zog sich zurück, doch gleich am nächsten Abend tauchte er wieder auf. Mit der Bibel in der Hand und einer etwas besorgten Miene ließ er sich neben mir nieder und fragte, wie es mir gehe.

»Ich will nicht mit dir sprechen«, gab ich zurück. »Kein Interesse.«

Er nickte und schlurfte davon.

Am nächsten Abend war er wieder da.

Und am nächsten. Und am nächsten.

Irgendwann ließ ich meinen Widerstand fallen und versprach ihm, in die Kirche zu kommen.

»Das ist gut«, meinte er. »Ich wusste – eines Tages wirst du es tun.«

»Wie das?«

»Der Herr hat mir aufgetragen, für dich zu beten. Und das habe ich getan, seit dem Tag, an dem du hier eingetroffen bist. Jeden Morgen zwischen 4 und 5 Uhr. Darum komme ich auch immer wieder hierher. Weil es der Herr so will.«

Kapitel 25

Geschichten gucken

Es gibt eine Sache, über die sich alle Juristen einig sind: Wenn du im Gefängnis sitzt, solltest du auf keinen Fall mit irgendeiner anderen Person über deinen Fall sprechen. Niemals. Erzähl weder, was du getan hast, noch, wie viele Jahre sie dir aufgebrummt haben, und schon gar nicht, welche Lügen du erzählt hast, um mit einem milderen Strafmaß davonzukommen. Vielleicht glaubst du, du könntest dem einen oder anderen vertrauen, doch wenn es eins gibt, auf das du wirklich zählen kannst, dann ist es die Tatsache, dass dich jeder andere Häftling übers Ohr hauen wird, wenn er glaubt, dass er dadurch seiner Freiheit ein Stück näher kommt. Das macht jede Art von Austausch so riskant.

Das Problem für mich bestand darin, dass ich kaum Gelegenheit hatte, mit anderen Menschen zu sprechen als mit denen, die in *Camp D* einsaßen. Eine sinnvolle Beschäftigung zu finden in den sechs Stunden zwischen dem Ende der täglichen Arbeit und dem Löschen des Lichts, war eine tägliche Herausforderung. Der Fernsehraum war der Ort, an dem sich die meisten Schlägereien ereigneten, deshalb blieb mir nichts anderes übrig, als zusammen mit den Jungs, die ebenfalls ein relativ ruhiges Leben führen wollten, im Schlafsaal abzuhängen. Für uns bestand eine Lösung darin, dass wir uns erzählten, wie unser Leben damals auf der Straße ausgesehen hatte. Oft machten auch Fotos die Runde. Wir nannten das Ganze »Geschichten gucken« und wir konzentrierten uns nur auf unsere schönen Erlebnisse. Erlebnisse, über die wir lachen konnten. Und natürlich sprachen wir auch ausführlich über Mädchen.

Ich bewahrte meine Erinnerungen in einem Album auf, blätterte fröhlich durch die Seiten und zeigte den anderen Fotos aus meiner Vergangenheit. Schnappschüsse von den Ausflügen mit meinem Vater, von den Grillpartys, an denen ganze Straßenzüge teilnahmen, von den schönen Zeiten, die ich mit Dawn verlebt hatte, und sogar ein paar Aufnahmen von J-Dog, Leekie und mir. Sie zeigten uns drei, wie wir da mit unseren Basecaps herumstanden und allen zeigten, dass wir die *Four Horsemen* waren, die Herren der Welt.

Und immer wieder zauberten mir diese Fotos ein Lächeln ins Gesicht. Sie hielten die Erinnerung wach, dass ich auch gute Dinge in meinem Leben erlebt hatte, und nährten die Hoffnung, dass mein Leben doch noch nicht so ganz vorüber war. Wann immer ich in diese vergangenen Zeiten zurückkehrte, verschwanden die Gitter von *Camp D* um mich herum.

Es gab aber auch Erinnerungen, die nicht nur angenehme Gefühle wachriefen. Wie die, die meine Mutter bei einem Besuch weckte. Nachdem wir uns umarmt und an dem Besuchertisch Platz genommen hatten, sagte sie: »Ich habe eine schlechte Nachricht für dich. Sie haben einen deiner Jungs getötet.«

»Wen?«

Sie schob mir eine Seite aus einer Zeitung zu, auf der eine Todesanzeige abgedruckt war. Es war J-Dog. Er hatte sich zu einem einflussreichen Drogendealer hochgearbeitet und irgendein Konkurrent hatte beschlossen, ihn aus dem Weg zu räumen. Ein paar Typen hatten sein Haus umstellt und in einen Kugelhagel getaucht, als er mit seiner Freundin und dem gemeinsamen Töchterchen zu Hause war. Die Polizei fand ihn auf dem Rücken liegend, eine klaffende Wunde in der Brust und die Maschinenpistole noch in der Hand. Erstaunlicherweise überlebten sowohl seine schwangere Partnerin als auch das ungeborene Baby mit einer Schussverletzung, während das drei Jahre alte Mädchen völlig unverletzt blieb. Ich war schockiert. Zum ersten Mal sah ich mein altes Leben so, wie es wirklich gewesen war. Nichtsdestoweniger wollte ich nur noch eins – raus aus dem *Angola*. Ich dürstete nach Rache. Sollte ich es einfach so hinnehmen, dass man J-Dog abgeknallt hatte?

* * *

In *Camp D* war ich nicht der einzige Gefangene, der aus meinem Viertel in New Orleans stammte. Eric Matthews war etwas älter als ich, dennoch hatten wir den einen oder anderen gemeinsamen Bekannten. Es gab einige schräge Erinnerungen, die wir teilten. Wir erzählten uns Geschichten über die Typen, die wir kannten, und fachsimpelten darüber, welche Mädchen die nettesten gewesen waren. Doch Eric hatte es in den Straßen meiner Heimatstadt nie so toll getrieben wie ich. Er war ein talentierter Taekwondo-Kämpfer und hatte sich der Armee angeschlossen. Eine Zeit lang sah es so aus, als ob er einer der wenigen wäre, die es geschafft hatten, den 9. Bezirk hinter sich zu lassen und ein normales Leben in Freiheit zu führen. Doch dann kam eine Nacht, in der er alles über den Haufen warf. Es reichte ein kurzer Augenblick, in dem er die Beherrschung verlor. Und er wurde dazu verurteilt, den Rest seines Lebens hinter Gittern zu verbringen. So wie ich.

Schon als Eric und ich noch im Hauptgefängnis waren, trafen wir uns entweder in der Gemeinde oder in der Bibliothek und es war klar, dass wir beide einen enormen Hunger auf Anregung und Bildung teilten und so viele Angebote wie möglich wahrnahmen. Das spiegelte sich auch in den Gesprächen wider, die wir führten. Wir sprachen immer offener über die Probleme, mit denen wir zu kämpfen hatten, und wiesen uns gegenseitig auf Lösungen hin, die sich in unseren Augen bewährt hatten.

Je mehr wir redeten, desto tiefer und persönlicher wurde unser Austausch. Und eines Tages geschah es, ohne dass wir es geplant hatten, ohne zu begreifen, was vor sich ging. Wir brachen die wichtigste Regel, die uns unsere Anwälte gegeben hatten. Wir sprachen über die Straftaten, die wir begangen hatten.

Ein ganz normaler Tag lag hinter uns. Die Arbeit war getan, wir saßen allein in einem Klassenzimmer in der kleinen Schulungsbaracke von *Camp D* und vertrieben uns die Zeit. Irgendwann aber nahm unsere lockere Plauderei eine ungewohnte Wendung und einer von uns beiden begann, über den Abend zu reden, an dem er zum Mörder geworden war.

Wir sprachen fast im Flüsterton und die Worte kamen uns nur mühsam über die Lippen. Das waren keine lustigen Geschichtchen mehr, die wir zum Besten gaben, um uns zu amüsieren. Je mehr ich von jenem Weihnachtsabend auf der Canal Street erzählte und das Gefühl schilderte, das mich überkam, als ich die Hand des Jungen auf meiner Schulter spürte, desto klarer wurde, dass ich da ein umfassendes Geständnis ablegte.

Sicher, meiner Anwältin und dem Onkel meiner Schwester, dem Polizisten, hatte ich irgendetwas über den Vorfall berichtet, doch wie die Sache wirklich abgelaufen war, das hatte ich verschwiegen. War ich nicht stets bemüht gewesen, bestimmte Einzelheiten herauszufiltern und Vorgänge so zu verschleiern, dass sich meine Manipulationen zu meinem Vorteil auswirkten? Ich hatte mich selbst als Leidtragenden dargestellt und aus meinen Opfern Angreifer gemacht. Doch in meinem Gespräch mit Eric ließ ich diese Filter weg. Da galt nur die Wahrheit. Vor ihm breitete ich alles aus, auch wenn das eine oder andere Wort sich wie bittere Galle anfühlte, die mir den Hals verätzte.

Als ich durch war, war Eric mit seiner Geschichte dran. Er redete ruhig und langsam und ein paarmal brach ihm die Stimme. Über das alles zu sprechen, kostete ihn genauso viel Überwindung wie mich.

Bald darauf hatten wir alles gesagt und saßen eine Weile schweigend beieinander. Doch das war noch nicht das Ende, wir brauchten nur eine Pause. Irgendwann verwandelten sich unsere Worte und sie klangen nicht mehr nach einem Bekenntnis, sondern sie waren ein Gebet.

Wir flehten Gott um Vergebung an, baten ihn, uns barmherzig

zu sein und uns in seine Liebe einzuhüllen. Wir bestürmten ihn, unsere Verzweiflung in Hoffnung zu verwandeln, wir wünschten uns, dass Friede in unsere Herzen einziehen möge, wo Scham und Reue so übermächtig geworden waren. Und wir versicherten ihm, dass wir bereit seien für einen Neuanfang, dass wir beide bereit seien, das zu lernen, was wichtig war, um Jesus ernsthaft nachzufolgen.

Wir beide vergossen eine Menge Tränen an jenem Tag.

Da war so viel Bedauern. Schmerz. Reue. Wir weinten es uns alles von der Seele.

Doch nach den reinigenden Tränen erfüllte uns auch so viel Gutes.

Hoffnung. Vergebungsgewissheit. Dankbarkeit.

Kapitel 26

Flüche

Auch wenn es mich nicht gerade mit Stolz erfüllt – ich konnte fürchterlich fluchen. Mir kamen weitaus mehr Schimpfwörter über die Lippen als jedem anderen, den ich kannte. Ich war in der Lage, ganze Satzketten aneinanderzureihen, die nichts anderes enthielten als Verwünschungen und Obszönitäten. Diese kombinierte ich zum Teil derartig raffiniert, dass Umstehende, die Derartiges noch nie gehört hatten, verblüfft lauschten. Häufig fiel mir schon gar nicht mehr auf, dass ich so daherredete.

Auch durch den Prozess änderte sich nichts an meiner Wortwahl. Es gab diesen Augenblick in der Arrestzelle, als ich Jesus versprach, ihm nachzufolgen, wenn er mich vor der Todesstrafe bewahrte – was ich ja auch so meinte, wie ich es sagte –, doch an dem Drang, vom Leder zu ziehen, änderte dieses Gelübde anscheinend nichts. Es sah so aus, als wären die Kraftausdrücke ein Teil meiner Persönlichkeit geworden, als wären sie fester Bestandteil meiner Muttersprache. Zu lange hatte ich mich an diesen Sprachstil gewöhnt. Doch nach und nach, je mehr Zeit ich in der Kapelle verbrachte und zu Christen Kontakt pflegte, fiel mir auf, was ich da von mir gab. Ich war Christ und Lästermaul zugleich und das passte einfach nicht zusammen.

Bald, nachdem ich ins *Camp D* verlegt worden war, hatte ich genug von diesem Doppelleben. Ich war entschlossen, dieses Thema energisch anzugehen und meine Art zu reden von Grund auf zu ändern. Und damit war ich nicht allein: Einige meiner Mithäftlinge, die sich zur Gemeinde in *Camp D* hielten, empfanden so wie ich.

Unser erster Plan klang eigentlich ganz einfach.

»Jeder Kerl, der beim Fluchen erwischt wird, macht auf der Stelle zehn Liegestützen.«

Ich muss zugeben, dass ich ganze Tage auf dem Boden verbracht habe. Obwohl meine Arme müde waren und meine Brustmuskeln schmerzten, blubberten die vulgären Satzfetzen noch immer durch meinen Mund wie durch ein Abflussrohr.

»Na gut, wie wäre es damit?«, fragte ein Typ namens Steve, als wir uns die Köpfe zerbrachen auf der Suche nach einer erfolgversprechenderen Lösung. »Jeder, der sich nicht beherrschen kann, kriegt vom nächstbesten Kumpel einen Klaps auf den Hinterkopf.«

Diese Methode verfolgten wir nicht mal eine Stunde lang. Es fehlte nicht viel zu einer Massenkeilerei und um Haaresbreite entgingen wir der Isolierzelle.

Wir verfolgten noch einige weitere Lösungsansätze, doch nichts schien zu funktionieren.

Dann versuchte ich es mit Gebet.

»Herr, ich brauche dich. Ich dachte, ich könne einfach aufhören damit, doch ich schaffe das nicht. Oh Mann, ohne deine Hilfe läuft es einfach nicht.«

Als ich diese Worte sprach, lag ich auf meinem Bett und suchte noch etwas Entspannung, so wie ich es immer zu tun pflegte, bevor die Lichter gelöscht wurden. Auf meiner Brust lag mein Walkman und in meinen Ohren steckten die kleinen Kunststoffhörer. Ich wollte gerade den Startknopf betätigen, um mir die MC von *Master P* anzuhören, einem Rapper aus New Orleans, dessen Bruder einige Jahre später wegen Totschlags in *Camp J* landete.

Da geschah es.

Was machst du da? Die Stimme kam aus dem Nichts. Ich hörte die Worte so laut und deutlich, als hätte *Master P* sie gerappt. Doch ich hatte noch gar nicht auf *Play* gedrückt. Und selbst wenn ich das getan hätte – *Master P* sprach keine vier Worte, ohne nicht mindestens ein Schimpfwort einzubauen.

Verwirrt zog ich mir die Kopfhörer aus den Ohren und sah mich um. Wahrscheinlich hatte ich den Typ einfach nicht bemerkt, der da irgendwo am Kopfende meines Bettes stand. Doch da war niemand.

Nun ja. Ich ließ mich auf die Matratze zurückfallen und stopfte mir die Plastikstecker wieder in die Ohren. *Master P* sollte nun endlich loslegen und mir was von irgendwelchen Gettohelden vorsingen.

Was machst du da?

Diesmal war die Stimme noch lauter und es bestand kein Zweifel an dem kritischen Unterton, der in ihr mitschwang. Wer auch immer da mit mir redete – er war nicht gerade zufrieden mit mir.

Wieder setzte ich mich auf. Blickte um mich. Und sah niemanden.

Ich lehnte mich zurück und überlegte, ob ich mich wieder an den Walkman anstöpseln sollte, doch in diesem Moment durchfuhr mich wie ein Blitz die Erkenntnis dessen, was da vor sich ging. Plötzlich wusste ich ganz genau, wessen Stimme ich gehört hatte. Und mir wurde schlagartig klar, dass ich diese Art von Musik zum letzten Mal gehört hatte.

Ein Schwager von mir, der im *»Peaches Record«*-Plattengeschäft im Herzen von New Orleans arbeitete, wusste, welche Art von Musik ich bevorzugte, und schickte mir regelmäßig MCs mit den neuesten Rap Songs. Die Kassetten füllten bereits eine ganze Schachtel und ich lieh sie von Zeit zu Zeit auch an Mithäftlinge aus.

Ich katapultierte *Master P* aus meinem Walkman, schnappte mir den Karton mit meiner umfangreichen Musikbibliothek und zerbrach mir den Kopf darüber, was ich damit anstellen sollte. Was wäre besser – verkaufen oder verschenken?

Wieder meldete sich die Stimme.

Du meinst, dass dir das nicht mehr guttut. Warum glaubst du dann, dass es für andere gut ist?

Ich wusste, was zu tun war, und ging zum Mülleimer. Dort nahm ich mir Kassette für Kassette vor, zog die Magnetbänder heraus und füllte den Kübel mit einem Knäuel schwarzer Schlangen.

»Ronnie?« Einer meiner Freunde hatte mitbekommen, was ich tat, und starrte mich völlig verdattert an. »Spinnst du?«

»Mir geht's gut«, gab ich zurück. »Mir ging's noch nie besser.«

Nachdem ich alle Kassetten abgespult und entsorgt hatte, ging ich zurück zu meinem Bett und griff in meinen Spind. Wenige Sekunden später stand ich wieder am Abfalleimer und zerriss meine Pornohefte. Diesmal fiel das Protestgeheul deutlich lauter aus, doch ich ignorierte alle Einsprüche. Es gab nur noch eine Stimme, auf die ich hören wollte.

Noch bevor an diesem Abend die Lampen ausgingen und der Schlafsaal im Dunkel versank, schlief ich tief und fest, so tief, als hätte ich viele schlaflose Nächte hinter mir.

Und als ich am nächsten Morgen aufwachte, fühlte ich mich prächtig. Ich fühlte mich lebendig. Ich fühlte mich, als wäre ich ein neuer Mensch.

Dieses Gefühl hielt den ganzen Tag über an. Auch am nächsten Tag. Danach forderte der graue Alltag zwar wieder seinen Tribut und die vielen kleinen Herausforderungen und Ablenkungen dämpften meine Euphorie etwas, doch es fühlte sich immer noch so an, als hätte sich in meinem Leben etwas Grundlegendes geändert.

Es fällt einem schwer, den Überblick über das große Ganze zu erhalten, wenn man ein Teil davon ist. Deshalb brauchte ich etwa drei Wochen, um mir der Veränderung annährend bewusst zu werden, die ich durchlief. Drei Wochen und ein langes Gespräch mit Steve und Z-Man, zwei Brüdern im Herrn, die in die gleiche Gemeinde gingen wie ich.

»Hey Mann, du bist nicht mehr der Gleiche wie vor einem Monat«, sagte Steve. »Du hast dich verändert.«

Er hatte recht und mir wurde bewusst, dass ich seit dem Tag, an dem ich die MCs und die Hefte weggeworfen hatte, kein einziges Mal mehr geflucht hatte.

Und das ist so geblieben, bis zum heutigen Tag.

Kapitel 27

Kann sie mir vergeben?

Die radikale Kehrtwendung, die mein Wortschatz durchmachte, war schon enorm, doch das, was mich diese Erfahrung über Gott lehrte, war noch viel beeindruckender. Zum ersten Mal in meinem Leben begriff ich, dass all meine Willenskraft und meine eigenen Anstrengungen nicht ausreichten, um aus mir einen neuen Menschen zu machen. Die Veränderung, die ich anstrebte und die von Dauer sein sollte, konnte nur Gott bewirken. Ich brauchte ihn, um loszukommen von diesem zwanghaften Drang, ständig vor mich hin zu fluchen. Ich brauchte ihn, um frei zu werden von all meinen Macken und Lastern, um das rabiate Verhalten ablegen zu können, das mich bisher so sehr geprägt hatte. Ich brauchte ihn, Punkt. Und es war klar – aus eigener Kraft würde ich es nicht schaffen.

Ganz allmählich konnte ich mich als den Menschen sehen, der ich nun war: ein neugeborener Christ. Und wie allen Neugeborenen sah man auch mir noch an, aus was für einem Hintergrund ich stammte. Auch wenn es schon drei Jahre her war, dass ich in jener Arrestzelle gesessen und Jesus mein Leben anvertraut hatte, so war ich die meiste Zeit davon mit dem Kampf ums Überleben beschäftigt gewesen. Doch jetzt standen die Dinge anders. Im *Angola* war ich so sicher, wie es nur ging, und ich entwickelte einen regelrechten Hunger nach Läuterung; nach einer Lebensveränderung, die nur Gott schenken konnte. In meinem Herzen gab es immer noch eine Menge Durcheinander, das aufgeräumt werden musste, üble Gewohnheiten vergangener Tage, doch der Glaube, dass Gott eingreifen und einen neuen Menschen aus mir machen würde, wuchs mit jedem Tag.

Ich achtete darauf, die Orte aufzusuchen, an denen ich wachsen konnte. Bald schloss ich mich einem Team an, das sich ganz der Fürbitte verschrieben hatte. Dann verbrachte ich so viel Zeit wie möglich in der Bibliothek des Hauptgefängnisses und vertiefte mich in die geistliche Literatur. Nebenher baute ich mir eine neue Musikbibliothek auf, die ausschließlich Gospel- und Lobpreismusik enthielt. In die Gemeinde nahm ich stets ein Notizheft mit, in das ich wichtige Gedanken aus der Predigt eintrug, um sie in den darauffolgenden Tagen zu vertiefen. Mein Ziel war es, mich nur noch mit den Dingen zu beschäftigen, die mir guttaten. Darum schrieb ich mich bei allen Bibel- oder Glaubenskursen ein, die angeboten wurden, löcherte die Prediger mit Fragen und saugte ihre Antworten auf wie ein Schwamm.

Je mehr ich mein Augenmerk auf das lenkte, was im Reich Gottes zählt, desto intensiver richtete ich mein Leben auf diese Dinge aus. Es war eine ungewohnte Art von Hunger, nicht vergleichbar mit der verzweifelten Suche nach dem ultimativen Kick, die mich als Teenager auf die Straße getrieben hatte. Sosehr auch die Gier nach Alkohol, Frauen und Adrenalin seinerzeit mein Handeln bestimmte, so wenig hatte ich sie befriedigen können. Jetzt aber erlebte ich, wie gut es sich anfühlte, tiefen Frieden zu spüren angesichts dessen, was Gott in meinem Leben tat, und gleichzeitig immer mehr davon zu wollen.

* * *

Nach vier Jahren im *Angola*, von denen ich bereits zwei im *Camp D* verbracht hatte, machte ich meinen Frieden mit der Tatsache, dass ich in diesem Außenlager saß und nicht mehr im Hauptgefängnis. Es gelang mir sogar, die Vorteile zu erkennen, die dieser Umstand mit sich brachte. Der Mangel an Fortbildungsprogrammen und Beschäftigungsmöglichkeiten ließ kaum einen Spielraum für Ablenkungsmanöver. Und die vielfältigen

Gefahren, die einen permanent umgaben, erinnerten mich an meine völlige Abhängigkeit von Gott.

Nachdem ich ein für alle Mal akzeptiert hatte, dass *Camp D* über einen sehr langen Zeitraum mein Aufenthaltsort bleiben würde, tat ich etwas, das noch weit außerhalb meines Horizonts lag, als ich dort eintraf. Ich bewarb mich um einen Job.

Eine feste Arbeitsstelle zu haben, bedeutete, dass man auf unabsehbare Zeit an das Camp gebunden war, von dem aus man diesen Posten angetreten hatte, und dass man sich dadurch eine Verlegung erschwerte. Andererseits bewies man dadurch der Gefängnisleitung, dass man kluge Entscheidungen traf und bereit war, seine Zeit hinter Gittern sinnvoll auszufüllen. Außerdem wurde die Tätigkeit bezahlt. Obwohl der Stundenlohn 4 Cent nicht überstieg, freute ich mich über das Zubrot. Als man meiner Mutter die Besuche bei mir untersagte, entfiel damit auch der monatliche Zufluss von zweihundert Dollar auf mein »Konto«. Irgendwann wurde der Bann aufgehoben und sie durfte mich wieder sehen, doch der Geldstrom erreichte nie wieder das gleiche Level wie zuvor. Ich war zwar zufrieden, dennoch war mir jeder finanzielle Zuverdienst hochwillkommen.

Darum nahm ich die Gelegenheit wahr, an dem Ort zu arbeiten, an dem vier Jahre zuvor meine Reise durch das *Angola* begonnen hatte – im *CCR*. Ich gehörte zur Putztruppe und machte allmorgendlich mit Wischmopp und Reinigungsmitteln bewaffnet meine Runde durch die Zellen. Außerdem brachte ich den Insassen, die – wie ich damals – um ihrer eigenen Sicherheit willen dort eingesperrt waren, die Tabletts mit dem Essen.

Ich hatte diesen Job noch nicht lange gemacht, da passierte mir ein folgenreiches Missgeschick. Es ereignete sich an einem Spätnachmittag, als ich das Abendessen austeilte. Als ich wie üblich mit den speziellen Diätgetränken begann, auf die bestimmte Häftlinge angewiesen waren, verschüttete ich aus Versehen etwas Tomatensaft.

»Tut mir leid«, sagte ich und wischte die Gitterstäbe ab. Der

Zellenbewohner war nicht gerade begeistert. Er saß da, funkelte mich genervt an und wandte sich dann wieder seinem Buch zu.

Am darauffolgenden Tag stand ich erneut vor der Aufgabe, die randvoll gefüllten Trinkbecher durch die Gitterstäbe auf das dahinterliegende Tablett zu bugsieren. Da ich aber diesmal nicht ganz bei der Sache war, passierte mir dummerweise das gleiche Missgeschick – mit dem Unterschied, dass sich die rote Soße diesmal auch noch über den Zellenboden ergoss. Und diesmal war es mit der Geduld des Empfängers vorbei.

»Du machst das doch mit Absicht, oder?«

»Nein«, erwiderte ich und versuchte, so viel wie möglich von dem Saft aufzuwischen, bevor sich die Pfütze weiter ausbreiten konnte. »Es tut mir echt leid. Wirklich.«

Er nahm meine Entschuldigung nicht an. Im Gegenteil, er fing auf einmal an herumzubrüllen und mich mit den unflätigsten Schimpfwörtern zu belegen.

Ich unterbrach mein hektisches Gefummel, trat einen Schritt zurück und sah ihm direkt in die Augen. Innerlich war ich relativ ruhig, auf jeden Fall sehr viel ruhiger als mein Gegenüber. »Dir ist doch wohl klar, dass du so nicht mit mir reden könntest, wenn du nicht in dieser Zelle stündest und mir Auge in Auge gegenüberstehen müsstest. Aber warum sollten wir es so weit kommen lassen?«

Plötzlich fuhr er mit den Fäusten durch die Gitterstäbe und versuchte mir ins Gesicht zu schlagen. Reflexartig wich ich seiner Attacke aus und als seine Fingerknöchel meine Backe streiften, packte ich seinen Arm.

Nun, ich kann damit leben, wenn mich jemand beschimpft, und ich schere mich wenig um die Worte, die er dabei benutzt. Versucht man aber, Hand an mich zu legen, dann werde ich sauer. Da ist etwas in mir, das wie ein Zündmechanismus funktioniert und mir in Sekundenbruchteilen den Puls nach oben jagt. So wie ich es damals sah, hatte ich jedes Recht, mit voller Wucht zurückzuschlagen, wenn man es wagte, mich anzutasten. Und zwar so heftig, dass mein Gegner danach keinerlei Lust mehr verspürte, ein weiteres Mal handgreiflich zu werden.

Ich stand also da vor seiner Zelle, meine Rechte umklammerte seinen ausgestreckten Arm und mein Instinkt bestürmte mich, das zu tun, was ich gelernt hatte. Ein kurzer Ruck mit beiden Händen und sein Armknochen würde an den eisernen Gitterstäben brechen wie ein dürrer Ast.

Er war nicht zu überhören, mein Instinkt. So wie die Stimme, die mir etwas ganz anderes riet.

Lass ihn los.

So wie seinerzeit, als ich *Master P* auf meinem Walkman hören wollte. Und wieder hörte ich sie laut und deutlich.

Lass. Ihn. Los.

Und das tat ich. Ich trat zurück, drehte mich um und setzte meinen Rundgang fort.

Innerlich aber jubilierte ich. Ich war in Hochstimmung und freute mich, als stünde ich kurz vor meiner Entlassung. Eine tiefe Dankbarkeit Gott gegenüber erfüllte mein Herz.

Eine Woche später teilte man mir mit, man wolle mich auf einen anderen Arbeitsplatz versetzen. Auch wenn ich nie darum gebeten hatte, so war doch die Gefängnisverwaltung zu dem Schluss gekommen, dass meine kurze Zeit im *CCR* bereits abgelaufen war. Warum diese Entscheidung so gefallen war und ob sie etwas zu tun hatte mit dem besagten Vorfall, habe ich nie erfahren. Doch als ich erfuhr, wo man mich künftig einsetzen wollte, erübrigten sich alle weiteren Grübeleien.

Sie schickten mich in die Bibliothek. Wo ich ein eigenes Büro bezog. Mit einem Schreibtisch und einem verstellbaren Schreibtischsessel. Und einer Klimaanlage.

Oh Mann, ich sang tagelang Lobpreissongs.

* * *

Das *Angola* ist so groß, dass man dort jahrelang herumwandern kann, ohne der gleichen Person zweimal zu begegnen. Dennoch ging mir der Kerl mit dem Tomatensaft lange Zeit nicht aus dem Kopf. Dass ich es geschafft hatte, seinen Arm loszulassen und meiner Wege zu gehen, war ein weiteres Zeichen dafür, dass mein Leben eine neue Richtung eingeschlagen hatte.

Jahre später begegnete ich diesem Mann wieder. Er las, so wie immer, doch diesmal keinen Krimi. Er las in der Bibel.

Ich sagte: »Hi!« Er blickte auf und sah mich an.

»Du erinnerst dich nicht an mich, oder?«, fragte ich.

Es dauerte einen Moment, doch dann breitete sich ein fröhliches Lächeln über sein Gesicht aus.

»Oh Mann«, rief er. »Du hättest mir damals ohne Weiteres den Arm brechen können, aber du hast es nicht getan. Das hat mein Leben verändert. Du hast deinen Zorn besiegt und mir war instinktiv klar, dass das irgendetwas mit Gott zu tun haben musste. Noch am gleichen Tag habe ich mich auf die Suche nach ihm gemacht. Und jetzt bin ich ein wiedergeborener Christ.«

Ein Teil von mir war einfach nur platt und konnte es kaum glauben. Der andere Teil lächelte. War es typisch für Gott, einen Vorfall wie diesen zu nutzen, um unser beider Leben von Grund auf zu verändern?

An diesem Tag wählte ich einen neuen Wahlspruch:

Behaupte nie, es gäbe etwas, das Gott nicht schafft.

* * *

Je stärker mir bewusst wurde, wie konsequent Gott an meinem Charakter arbeitete, desto sehnsüchtiger hoffte ich, dass es in einem ganz bestimmten Bereich meines Lebens einen entscheidenden Durchbruch gäbe. Ich wünschte es mir seit Jahren, genauer gesagt, seit meinem Prozess. Seit dem Tag, an dem ich in dem Gerichtssaal auf der Anklagebank gesessen und zur Mutter meines

Opfers hinübergeschaut hatte. Mit den Jahren verblichen die Szenen in meinen Kopf, ich konnte mich irgendwann nur noch vage an die freundliche Stimme des Richters, das Wüten des Staatsanwalts und die Teilnahmslosigkeit meiner Anwältin erinnern, doch das Bild der Mutter hatte sich für immer messerscharf in mein Gedächtnis eingebrannt. Den Anblick der weinenden Frau wurde ich einfach nicht los. Nie zuvor hatte ich eine Frau gesehen, die so überwältigt wurde von ihrem Schmerz. Nie hätte ich es für möglich gehalten, dass ich imstande war, einem Menschen solches Leid zuzufügen.

Gleich nach meiner Einlieferung ins *Angola* hatte ich angefangen, für sie zu beten. Je mehr ich spürte, wie mein Glaube Wurzeln schlug, desto länger und öfter widmete ich mich dem Gebet für diese Frau. Doch irgendwann hatte ich das Gefühl, dass auch das nicht mehr ausreichte. Gebete waren gut und wichtig, aber ich wünschte mir, so bald wie möglich einen entscheidenden Schritt der Wiedergutmachung tun zu können. Allerdings hatte ich noch keine Ahnung, wie der aussehen sollte.

Der Durchbruch kam eines Tages in der christlichen Abteilung der Bücherei. Ich saß dort zusammen mit ein paar Jungs aus meiner Gemeinde und wir sahen uns einen Film über Vergebung und Aussöhnung an. Da fiel es mir wie Schuppen von den Augen. Was ich mir mehr als alles andere wünschte – sogar noch sehnsüchtiger erwartete als meine Entlassung aus dem *Angola* –, war die Möglichkeit, mit der Mutter des Opfers zu sprechen und sie um Vergebung zu bitten.

Von da ab hatten meine Gebete einen festen Schwerpunkt: Ich bestürmte Gott, mir den Kontakt zu der Frau zu ermöglichen. Eigentlich war es mir gerichtlich untersagt, Kontakt zu den Mitgliedern der Opferfamilie aufzunehmen, weder direkt noch über einen Dritten. Es gab nur einen Weg, wie ich das erreichen konnte, und das war über eine Organisation wie die Kirche. Hätte ich es auf eigene Faust versucht, wäre ich im günstigsten Fall zu einem extralangen Aufenthalt im *Verlies* verdonnert worden. Deshalb bat ich den Herrn, er möge doch eine Tür öffnen, wohl wissend, dass nur er dazu imstande war.

Eric war der Erste, dem ich davon erzählte. Er machte mir Mut, fest an Gottes Hilfe zu glauben und unbeirrt weiterzubeten.

Der zweite Mensch, der von meinem Plan erfuhr, war ein Pfarrer aus New Orleans, der in unserer Kapelle predigte.

»Nun«, meinte er, nachdem er den Gottesdienst beendet hatte. »wann geht's nach Hause, mein Sohn?«

»Das weiß ich nicht. Aber es ist auch nicht so wichtig für mich.«

»Ach was?«

»Nein. Es gibt etwas, das für mich größere Bedeutung hat als die Möglichkeit, nach Hause zu kommen.«

Er blickte verwirrt drein, als ob er ernsthaft in Erwägung zog, einem komischen Vogel wie mir mit größerer Vorsicht zu begegnen.

»Ich würde so gern die Mutter des Jungen treffen, den ich getötet habe« erklärte ich. »Ein Gespräch mit ihr wäre mir unglaublich wichtig. Ich möchte sie um Vergebung bitten.«

Keine Ahnung, was ich von ihm erwartete, aber er gab mir eine Antwort, mit der ich so nicht gerechnet hatte. »So, so, aha. Nun, da kann ich dir helfen.«

»Im Ernst?«

»Aber sicher.«

»Sie wissen aber schon …«

»Bescheid über das Kontaktverbot? Jaja. Sag mir ihren Namen und wo sie wohnt. Ich werde mein Pfarramtsbüro beauftragen, sich mit ihr in Verbindung zu setzen.«

Genau das tat er dann auch.

Einen Monat später war er wieder bei uns in *Camp D*. Er hatte einen Zeitungsartikel über meinen Prozess ausfindig gemacht und den zweiten Sohn der Frau angeschrieben, der ihm ihre Telefonnummer gegeben hatte.

»Ich habe ihr gesagt, dass du sie unbedingt treffen möchtest.«

»Was hat sie geantwortet?«

»Zuerst war sie einverstanden, doch dann hat sie ihre Meinung geändert. Sie meinte, sie sei im Moment noch nicht bereit dazu. Es tut mir leid, Ronnie.«

Jahrelang hatte ich im Stillen für sie gebetet und nichts wünschte ich mir mehr, als eine Begegnung mit ihr. Dennoch war ich nicht enttäuscht oder niedergeschlagen, als ich diese Nachricht erhielt. Ganz im Gegenteil. Ich fühlte mich ermutigt, als habe ich soeben die Bestätigung erhalten, dass ich auf dem richtigen Weg sei. Eines Tages würde ich ihr begegnen, da war ich mir ganz sicher. Und bis dahin wollte ich für sie beten, und zwar noch intensiver als bisher. Alles andere konnte ich getrost Gott überlassen.

Kapitel 28

Das Bibelseminar

Ich war nicht der Einzige, der in diesen Tagen eine tiefgreifende Veränderung durchmachte. Ganz *Angola* verwandelte sich. Mehr und mehr Häftlinge kamen zum Glauben und fanden neue Hoffnung und einen Sinn für ihr Leben. Wir waren wie Asche, die von Neuem zu glühen beginnt, und das Feuer, das sich daraus entwickelte, strahlte hell hinein in die Dunkelheit *Angolas*.

Viel davon ist auf einen ganz bestimmten Mann zurückzuführen – den Gefängnisdirektor Burl Cain. Er hatte diese verantwortungsvolle Stelle im Jahr 1995 angetreten, zwei Jahre, nachdem ich im *Angola* eingetroffen war. Direktor Cain war ein Mann des Glaubens, ein Mann mit Weitblick und ein Mann der Tat. Er zögerte nicht einen Augenblick, diese drei Eigenschaften in den Dienst seiner Strafanstalt zu stellen. Die Zahl der Interessensgruppen, Fortbildungsprogramme und Gemeinden, in denen sich die Häftlinge engagieren durften, stieg sprunghaft an. Und das war erst der Anfang.

Kurz nach seinem Amtsantritt wurde bekannt gegeben, dass man plante, eine Bibelschule ins Leben zu rufen. Ich hatte noch nie von der Existenz einer solchen Institution hinter Gefängnismauern gehört. Doch je mehr Informationen die Gefangenen über dieses Projekt erhielten, desto stärker wurde es zum Gesprächsthema. Die Leitung wurde der theologischen Hochschule der Baptistengemeinde von New Orleans übertragen. Die Dozenten pendelten regelmäßig ins *Angola* und führten die teilnehmenden Häftlinge durch die vier- bis sechsjährigen Kurse. Die Studenten machten zum Abschluss sogar einen Bachelor und erwarben den Status eines voll ausgebildeten Gemeindemitarbeiters. Das Lehrprogramm bot das komplette theologische Rüstzeug – von Altgriechisch bis Hermeneutik – und es bestand kein Unterschied zu dem Stoff, den sich die Studenten in New Orleans aneigneten. Und das Beste an dem Ganzen war, dass die Teilnehmer von der Arbeit in anderen Bereichen der Haftanstalt befreit waren, ja sogar eine finanzielle Unterstützung erhielten, die für den Erwerb von Arbeitsmaterial und Lehrbüchern gedacht war.

Von Anfang an bestand großes Interesse an diesem Programm, aber ich konnte mich noch nicht damit anfreunden. Als das Projekt im Jahr 1995 startete, flackerte das Flämmchen meines Glaubens noch sehr schwach vor sich hin. Zu der Zeit funktionierte ich ausschließlich im Überlebensmodus. Doch dann schaffte es Bischof Tannehill, mich für die Gemeinde zu begeistern, und »Tony« Roberts, der Bibliothekar, wurde nicht müde, mich zu ermutigen und mein Vertrauen auf Gott zu stärken. Das waren völlig neue Voraussetzungen und bald schien mir die Idee gar nicht mehr so abwegig, mich bei der Bibelschule anzumelden. So entwickelte sich das Seminar zu einem willkommenen Zufluchtsort für mich, als ich meinen Gang ins *Camp D* antreten musste.

Alle, die so wie ich in der Gemeinde von *Camp D* mitarbeiteten, bewarben sich um einen Platz in dem Bibelseminar. Da die Zahl der Studenten aber begrenzt war, gab ich mir besonders viel Mühe mit meiner Bewerbung. So viel, dass ich es übertrieb und darüber den Abgabetermin versäumte. Das war besonders ärgerlich, da sämtliche anderen Bewerber aus *Camp D* angenommen wurden, darunter auch Steve und Z-Man. Noch mehr ärgerte ich mich, als die Kurse begannen, meine Mithäftlinge ganze Tage in ihren Seminaren verschwanden und mir bewusst wurde, dass ich das einzige Mitglied des Gemeindeleitungskreises war, das nicht teilnehmen durfte. Es kam mir so vor, als habe man mich in geistliche Isolationshaft genommen.

* * *

Camp D war ein Ort, wo die Gewalt herrschte. *Camp D* war ein weitgehend isolierter Ort. *Camp D* stand auf meiner Liste bevorzugter Aufenthaltsorte ganz unten. Und trotzdem stellte sich mit der Zeit heraus, dass *Camp D* genau der richtige Ort für mich war. Da fast alle meine Freunde allmorgendlich in Richtung Hauptgefängnis verschwanden, wo ihre Kurse stattfanden, musste ich mich der neuen Situation stellen und war gezwungen, mich weiterzuentwickeln. Ich übernahm hier und da die Leitung einer Kleingruppe und schloss mich verschiedenen Teams an. Einen großen Teil meiner Zeit verbrachte ich an der Seite des Gemeindeleiters, eines großartigen Mannes, den wir nur »Pastor Joe« nannten. Es war auch für mich eine wichtige Zeit des geistlichen Wachstums.

Ja, ich lernte, meinen Alltag zu gestalten, ohne zu fluchen und ohne sofort zuzuschlagen, wenn man mich auch nur schief ansah. Und was noch viel wichtiger war – ich lernte das, was Pastor Joe den Dienst des »Da-Seins« nannte.

Er war ein weiser Mann.

»Es ist besser, ein hörendes Ohr als einen plappernden Mund zu haben«, sagte er häufig.

»Die meisten Leute werden nicht durch meine Hände geheilt, die ich ihnen auflege. Sie erfahren Heilung durch meine Ohren, die ich ihnen öffne.«

»Wenn du mit einem andern zusammensitzt, hör ihm einfach zu. Dann hör ihm noch weiter zu. Und wenn du mit dem Zuhören fertig bist, dann mach weiter damit.«

»Kann sein, dass du die Antwort auf die Frage eines anderen Menschen weißt. Bedenke aber, dass es besser für ihn ist, wenn du ihm hilfst, von selbst auf diese Antwort zu kommen, als wenn du sie ihm an den Kopf wirfst.«

Ich hatte jede Menge Gelegenheit, seine klugen Ratschläge einem Test zu unterziehen. Zum Beispiel an dem Tag, an dem der Sohn eines Mitgefangenen den Tod gefunden hatte. Todesnachrichten zu überbringen, war grundsätzlich die Aufgabe des Gefängnisgeistlichen. An dem besagten Tag aber war ich das einzige verfügbare Mitglied der Gemeindeleitung. Nachdem ich dem Vater die traurige Nachricht überbracht hatte, wusste ich instinktiv, was nun meine Aufgabe war: einfach nur bei dem Mann zu sitzen und zuzuhören.

Stunden vergingen.

Wenn er nur still dasaß, tat ich das Gleiche. Wenn er weinte, weinte ich mit ihm. Wenn er lachend von den fröhlichen Zeiten erzählte, die er viele Jahre zuvor mit seinem Jungen erlebt hatte, lachte auch ich.

Vom späten Abend bis zu dem Augenblick, als das erste Morgenlicht durch die Fenster strahlte, saßen wir zusammen auf seinem Bett in seinem Schlafsaal. Ich tat nichts anderes, als ihm zuzuhören, und das war alles, was nötig war.

Bei Pastor Joe lernte ich auch, dass es nahezu unmöglich ist, hinter Gefängnismauern den Scheinheiligen zu geben. Man kann nicht im Gottesdienst den Leuten was von Liebe und Glauben erzählen und sie danach im Schlafsaal fertigmachen. Gespräche über den Glauben führt man im Gefängnis auch nicht in irgendwelchen Gemeindesälen. Sie ergeben sich wie von selbst, wenn man unter der Dusche steht, von Kabine zu Kabine in der Toilette oder von Bett zu Bett kurz bevor man nach einem langen Arbeitstag einschläft. Hinter Gittern kann man seine Fehler nicht kaschieren, man kann nicht vorgeben, etwas zu sein, was man einfach nicht ist. Und es gibt auf der ganzen Welt keine bessere Lehranstalt als ein Gefängnis, wenn man Pastor werden will.

* * *

Während ich mich nach und nach in die Aufgaben eines Gemeindeleiters einarbeitete, geschah etwas, das eine meiner tiefsten Wunden heilte. Mein Vater telefonierte zwar jeden Samstagabend mit mir, aber mich im Gefängnis zu besuchen, dazu sah er sich nicht in der Lage. Seit meiner Verhaftung war mittlerweile ein ganzes Jahrzehnt vergangen – zehn Jahre war es her, dass er mich das letzte Mal in seine starken Arme genommen hatte. Ich hatte gelernt, das zu akzeptieren, und versuchte nicht mehr, ihn umzustimmen, doch der Schmerz darüber saß nach wie vor sehr tief.

Doch dann passierte es, ganz ohne Vorwarnung.

Lil Mama, meine Stiefmutter, rief mich eines Tages an und meinte, sie würden mich besuchen kommen.

»Wer? Du und Penny?«

»Ja, deine Schwester und ich. Und dein Vater.«

Ich war wie vom Donner gerührt.

Auch zwei Wochen später noch glaubte ich, meinen Augen nicht zu trauen, als ich die Besucherbaracke betrat und ihn da sitzen sah – einen der ganz wenigen Väter, die ihre Söhne im Gefängnis besuchten. Wir sprachen miteinander, weinten viel und ich genoss das Wissen, das mir seine starken Arme vermittelten – egal, was ich getan hatte, ich würde immer sein Sohn sein, sein Junge, den er liebte.

* * *

Nach dem Wiedersehen mit meinem Vater hatte Gott noch eine weitere Überraschung für mich bereit. Eine neue Gefängnispfarrerin trat ihre Arbeit im *Louisiana State Penitentiary* an, in deren Dienstbereich auch unser *Camp D* fiel. Sie hieß Bernadine St. Cyr, war eine Afroamerikanerin mittleren Alters und hatte sich lange Zeit in der Bürgerrechtsbewegung engagiert. Mrs St. Cyr war sehr klug, verfolgte beharrlich ihre Ziele und hatte ein großes Herz. Uns betrachtete sie nicht als Strafgefangene, sondern als Menschen. Als Männer, die es verdienten, dass man mit ihnen ihrer Menschenwürde entsprechend umging. Und ich wurde zu ihrem Assistenten ernannt.

Jeden Morgen, bevor sie eintraf, kochte ich ihr einen Kaffee. Es machte mir Spaß, sie zu umsorgen, und ich freute mich, wenn sie mich mit einem Lächeln, einem Nicken oder einem fröhlichen

»Guten Morgen, Mr Ronald« bedachte, sobald sie den Raum betrat.

Obwohl ich mittlerweile ein erwachsener Mann war, der damit rechnen musste, den Rest seines Lebens hinter Gittern zu verbringen, hatte ich den Eindruck, dass Gott mir die Gelegenheit gab, mich wieder wie ein kleiner Junge zu fühlen, der es einfach nur genoss, gelobt zu werden.

Das wirkte auf mich wie eine kraftvolle Medizin.

* * *

Drei Jahre in *Camp D* hatte ich hinter mir, als ich erneut die Chance bekam, mich um einen Platz im Bibelseminar zu bewerben. Diesmal achtete ich darauf, die Bewerbungsfrist einzuhalten und nicht wieder zu spät zu sein.

Ich belegte zwei Kurse. Einen, der sich der Apostelgeschichte widmete, und einen, der die Studenten in die Lage versetzte, das Neue Testament in der Originalsprache zu lesen – auf Griechisch. Im ersten Kurs kam ich gut mit, doch die griechische Sprache bereitete mir so viele Probleme, dass ich bald frustriert aufgeben wollte. Ich hatte noch nie eine Fremdsprache gelernt und es kam mir so vor, als wäre mein Gehirn außerstande, eine solche Herausforderung zu bewältigen, die auch noch mit einem völlig unverständlichen Alphabet im Gepäck daherkam. Ich stand kurz davor, diesen Kurs aufzugeben, als man mir anbot, in eine Klasse zu wechseln, die einer meiner Pastoren leitete. Dieser mir vertraute Mann verstand es, den Stoff so zu präsentieren, dass er mir verständlicher wurde. So dauerte es nicht lange und ich folgte dem Unterricht wieder mit der gewohnten Begeisterung.

Der Umstand, dass ich von da ab wenigstens ein bisschen vom Originaltext verstand, erlaubte es mir, die Bibel in einem völlig neuen Licht zu sehen. Es steigerte mein Selbstvertrauen und entfachte mein Interesse an der Heiligen Schrift ganz neu. Als das Fach Hermeneutik auf dem Lehrplan stand, widmete ich mich mit großem Interesse der Frage, inwieweit ich es schaffen würde, den modernen westlichen Lebensstil unserer Tage auszublenden, um die antike Kultur des Mittleren Ostens verstehen zu können, aus der heraus die Bibel geschrieben worden war. Je mehr ich über den Kontext erfuhr, in dem sie entstand, desto lebendiger wurde mir ihr Inhalt. Ich lernte, hinter die Kulissen zu blicken und das Alte Testament als das zu schätzen, was es wirklich ist, nämlich sehr viel mehr als nur eine Heldenstory über Krieger, Schlachten und zahllose Tote. Und ich entdeckte ganz neu das Neue Testament für mich und seine Botschaft von der Erlösung.

Als mir der Vollzugsbeamte Jahre zuvor grünes Licht gegeben hatte, in den allgemeinen Bereich umzuziehen, verband er seine Erlaubnis mit dem Hinweis: »Der allgemeine Bereich ist kein *Gefängnis* – es ist eine *Gefahrenquelle*. Verstehst du, was ich meine? Bleib stets aufmerksam!« Das war eine gut gemeinte Warnung, ständig auf der Hut zu sein und keinem anderen Insassen zu vertrauen. Ich hatte diesen Rat sorgfältig befolgt. Doch je fester mein Glaube wurde, desto dringender drängte sich mir eine völlig neue Interpretation seiner Worte auf: Gott wirkte im *Louisiana State Penitentiary* an vielen verschiedenen Orten. Meine Aufgabe war es, aufmerksam zu sein. Ich sollte meine Augen offen halten und erkennen, wo er gerade am Werk war.

Um dann mit anzupacken.

Teil 5

»Gott weiß, wo du bist.«

Kapitel 29

Der Zettel

Es war kurz nach meinem dreißigsten Geburtstag, als ich in die Kamera des Fotografen lächelte. Um mich herum hatte sich meine Familie versammelt, auf meinem Kopf saß der eckige Absolventenhut und über meine Schultern hing der schwarze Talar. Man schrieb das Jahr 2005 und ich hatte das Bibelseminar mit einem Bachelor in Theologie abgeschlossen. Wie für all die anderen Absolventen so markierte die Zeremonie auch für mich nicht nur das glückliche Ende jahrelanger intensiver Lernarbeit, sie eröffnete uns auch eine Vielzahl neuer Möglichkeiten. Zum Beispiel stand es mir frei, mich auf die Stelle eines missionarischen Mitarbeiters zu bewerben, der seinen Dienst natürlich nur innerhalb des Strafvollzugssystems von Louisiana versehen konnte. Unter anderem war das der Passierschein, mit dem man die Mauern des *Angola* hinter sich lassen konnte, und wenn es auch nur für ein paar Jahre war.

Grundsätzlich fand ich die Vorstellung, das *Louisiana State Penitentiary* verlassen zu können und in ein anderes Gefängnis umzuziehen, sehr verlockend. Denn das *Angola*, die bekannteste Strafanstalt des Landes, war ein Moloch, in dem Tausende von Gefangenen lebten, die die schlimmsten Verbrechen begangen hatten. Doch nachdem ich dort zwölf Jahre meines Lebens verbracht hatte, war mir dieser Ort mittlerweile ziemlich vertraut. Ich hatte Freunde gefunden im *Angola* und musste keinem mehr beweisen, was für ein harter Bursche ich war. Auf eine seltsame Weise fühlte sich dieser Knast für mich wie meine Heimat an.

Andererseits war mir klar, dass Gott mich zum Evangelisten

berufen hatte. Ich wusste, dass er mich eines Tages aussenden würde, um Menschen für ihn zu gewinnen. Für mich war das schon seit Jahren beschlossene Sache, und zwar seitdem ich von Bill Yount gehört hatte.

Er hatte von Gott einen besonderen Auftrag, eine Art Vision erhalten und sie schriftlich festgehalten. Dabei handelte es sich um ein paar Schreibmaschinenzeilen, die auf einem Blatt Papier standen. Ich habe keine Ahnung, wer es als Erster in Umlauf brachte, aber ich erinnere mich, dass es seinen Weg durch die Gefängnisgemeinden etwa Ende 1998 antrat. Zu der Zeit machte ich gerade meine ersten zaghaften Schritte im Glauben und hungerte nach weiteren Zeichen für Gottes Wirken in meinem Leben. Als ich das Papier zum ersten Mal in den Händen hielt, war ich wie elektrisiert.

Bill beschrieb darin, wie Gott ihn einmal mitten in der Nacht aufweckte. Zunächst fand er es absonderlich, dass das zu so später Stunde geschah, bis ihm klar wurde, dass es für Gott keine Nachtruhe gab, da der Schöpfer ja nicht schläft.

Dann stellte ihm Gott eine Frage.

Wo verwahren die Leute ihren kostbarsten Besitz?

Sie bringen ihn zu einer Bank und deponieren ihn in einem Safe, überlegte Bill. *Und den schließen sie dann ab.*

An genau so einem Ort, antwortete Gott, *hebe auch ich meine Reichtümer auf. Auch sie sind eingeschlossen. In Gefängnissen.*

Nun sah Bill vor seinem inneren Auge eine unübersehbare Menge von Häftlingen. Manche umgab ein goldener Schimmer, manche ein bronzener und alle überwanden mühelos die Mauern ihrer Gefängnisse. Sie gingen hinaus in die Dörfer und Städte – Orte, in denen die Großkirchen versagt hatten –, predigten den Menschen das Evangelium und übernahmen die Aufgaben von Pastoren.

Ich liebte jedes einzelne Wort auf diesem Zettel. Wieder und wieder las ich ihn durch, mindestens hundert Mal pro Jahr. Wo immer es möglich war, gab ich Kopien weiter, egal, ob der Empfänger an Gott glaubte oder nicht. In den Gottesdiensten, die ich leitete, sprach ich davon und die anderen Gemeinden im *Louisiana State Penitentiary* versorgte ich ebenfalls mit Kopien dieses Zettels. Alle sollten diese Botschaft hören. Sogar den DJ, der das Radioprogramm im *Angola* zusammenstellte, überredete ich, den Text in einer seiner Sendungen vorzulesen. Zumindest was mich betraf, hatte sich diese Vision erfüllt und ich sah es mit eigenen Augen.

Aber auch das Bibelseminar war ein Beweis dafür. Seit seiner Gründung verzeichnete es einen ständig wachsenden Zulauf. Als ich meinen Abschluss machte, legten jährlich über hundert Studenten erfolgreich ihre Prüfungen ab und gesellten sich zu den Absolventen der vorhergegangenen Jahrgänge, die nach wie vor im *Angola* einsaßen. Diese Männer, die in ihre Gemeinden zurückgingen, glichen Automechanikern, die dazu ausgebildet worden waren, Autos zu reparieren. Sie hatten weitaus mehr als nur grobe Kenntnisse vom Aufbau eines Motors und einen Hang zum Schrauben – sie brachten die Werkzeuge mit, die nötig waren, um die Maschine wieder in Gang zu bringen.

Nachdem ich also meinen Bachelor in Theologie in der Tasche hatte und mich mit der Perspektive auseinandersetzte, Missionar zu werden, verliefen meine Gedankengänge ungefähr so:

Wenn sich mir eines Tages die Möglichkeit bietet, als Missionar tätig zu sein, will ich vorbereitet sein.

Wenn ich vorbereit sein will, dann auf alles. Ich kann dem Plan, den Gott mit mir hat, keine Grenzen setzen.

Wenn ich Gott uneingeschränkt zur Verfügung stehen will, dann muss ich bereit sein, auch an Orte zu gehen, die weniger gemütlich sind.

Mit diesem Entschluss hatte ich die wichtigste Hürde geschafft, der Rest war um einiges einfacher. Ich musste nur warten, beten und Ausschau halten nach dem Boten, den Gott senden würde, um mir zu zeigen, wohin meine Reise gehen sollte.

* * *

Direktor Cain hatte ich noch nie persönlich gesprochen, doch ich wusste, wer das war und wie er aussah. So wie jeder andere Insasse des *Angola*. Ein paarmal hatte ich ihn gesehen, als er seinen Rundgang machte. Er war nicht sehr groß, hatte einen enormen Brustkorb und schlohweiße Haare. Außerdem sprach er das breiteste Louisiana-Englisch, das man sich vorstellen kann, und das machte ihn unverwechselbar. Innerhalb der Mauern des *Louisiana State Penitentiary* war das, was er sagte, Gesetz. Er hatte mehr Macht als der Präsident der Vereinigten Staaten und musste sich vor niemandem rechtfertigen. Doch mit seinem Glauben hielt er nicht hinter dem Berg und wir alle wussten, dass er die Verantwortung, die mit seiner Berufung zum Direktor einherging, überaus ernst nahm.

Als man mir mitteilte, er wolle mit mir reden, wurde ich unglaublich nervös. Ich hatte nicht damit gerechnet, dass der Herr ausgerechnet diesen Mann in seinen Plan mit mir einbauen würde, doch als ich hörte, worum er mich bat, wusste ich, dass es Gottes Auftrag für mich war. Er fragte, ob ich mir vorstellen könne, einen Dienst als Evangelist in *Camp J* zu übernehmen.

Camp J war der schlimmste Ort, den man sich vorstellen konnte. Ein Kerker innerhalb einer Strafanstalt. Vielleicht stand der Name nicht so sehr für Gewalt wie es bei *Camp D* der Fall war, doch die schrecklichen Lebensumstände in diesem Trakt und seine Insassen machten diesen üblen Ruf mehr als wett. Die meisten Männer in *Camp J* waren dort gelandet, weil man in ihnen eine akute Gefahr für ihre Mitgefangenen sah. Es gab aber auch ein paar Typen, die »draußen« einen gewissen Promistatus hatten und deswegen im Hauptgefängnis ein bevorzugtes Opfer von Übergriffen geworden wären. Darunter waren ein paar berühmt-berüchtigte Rapper, unter anderem der bekannte »C-Murder«. Doch die Popularität, die sie jenseits der Mauern des *Angola* genossen, nützte ihnen in *Camp J* gar nichts, wo man sie jeden Tag dreiundzwanzig Stunden lang in Einzelzellen einschloss – so wie alle anderen.

So deprimierend wie *Camp J* war kein anderer Bereich im *Angola*. Viele Häftlinge wurden dort psychisch krank. Sie saßen in ihren Zellen wie Hamster in ihren Käfigen. Sie waren voller Wut. Sie hatten Angst. Die Selbstmordrate kletterte in bedenkliche Höhen. Einen dunkleren Ort gab es nicht.

Es gab zwar einen kleinen Schlafsaal, doch der war für die Männer reserviert, die als Köche oder Helfer im Krankenbereich arbeiteten oder ähnliche wichtige Aufgaben erfüllten. Da aber *Camp J* weit weg von allen anderen Gebäuden lag, hatten auch sie keinen Zugang zu irgendwelchen Programmen oder Veranstaltungen. Es war klar, dass kein Mann, der halbwegs bei Verstand war, freiwillig dorthin gehen würde. Kein normaler Mensch würde sich bereit erklären, in eine derart widerwärtige Umgebung zu ziehen.

Abgesehen von mir.

Kapitel 30

Der Besuch

Die Zustände in *Camp J* überstiegen meine schlimmsten Befürchtungen. Angesichts der vierhundert hasserfüllten, verängstigten Männer, die dort in ihren Zellen dahinvegetierten, meinte man die Verzweiflung zu spüren, die alles durchdrang und erfüllte, selbst das Mauerwerk. Es dauerte nicht lange, bis ich erkannt hatte, wo der Schwerpunkt meiner Aufgabe lag. Ich war vor Ort, um den Gefangenen zu dienen, ihnen etwas Menschlichkeit entgegenzubringen und dafür jede Möglichkeit wahrzunehmen, die Gott mir eröffnete. Mehr nicht. Das genügte.

Nach ein paar Monaten allerdings machte sich auch bei mir der ungeheure Druck bemerkbar, der dort herrschte. Die tiefe Resignation, die die Atmosphäre dort prägte, war hochansteckend und ich kam mir bald schrecklich abgeschnitten vor in *Camp J*. Wegen all der Sicherheitsrisiken war ich extrem eingeschränkt in meiner Arbeit und ich begann, die Angebote und Anregungen schmerzlich zu vermissen, zu denen die Insassen der anderen Camps Zugang hatten. Mehr und mehr wuchs eine heimtückische Sorge: Ich war Gottes Wink zwar bereitwillig gefolgt, doch war es möglich, dass er mich nun vergessen hatte, hier draußen an diesem einsamen Ort?

Ein fester Punkt in meinem Wochenablauf war wie ein Rettungsanker für mich und er wurde mir noch wichtiger, als er in *Camp D* gewesen war: der Gottesdienst. Ich verbrachte nicht annähernd so viel Zeit in der Gemeinde wie zuvor, doch ich nahm jeden Termin wahr, den ich kriegen konnte. In Ergänzung zum Sonntagsgottesdienst betreute ich eine Gruppe, die sich »Gott erfahren« nannte und einmal in der Woche im Hauptgefängnis zusammenkam. Wir lasen in der Bibel, arbeiteten ein gleichnamiges Begleitbuch durch und ich ließ den Jungs jede Menge Raum, um sich mit dem Thema auseinanderzusetzen. Es war nicht die erste Bibelstudiengruppe, die ich leitete, und es begeisterte mich immer wieder aufs Neue, wenn ich miterleben konnte, wie Gott nach und nach in das Sichtfeld der Männer trat. Bei einem dieser Treffen wurde auch ich gepackt, und zwar spektakulär.

Thematisch ging es darum, wie viele verschiedene Möglichkeiten Gott hat, Menschen zu gebrauchen, und ich stellte zum Abschluss die gleichen Fragen wie immer: »Was ist dir wichtig geworden? Welcher Gedanke hat dich besonders angesprochen?«

Da beugte sich einer der Männer in seinem Stuhl nach vorn. Seine Augen hielt er halb geschlossen, als sei er soeben aus dem Schlaf erwacht und versuche nun, sich an seinen Traum zu erinnern.

»Gott weiß, wo du bist«, sagte er und im Raum wurde es mucksmäuschenstill. »Und er sorgt dafür, dass dich auch die anderen nicht einfach vergessen. Das ist mir wichtig geworden.«

Das war genau die richtige Botschaft für mich. Mich quälte das Gefühl, vollkommen isoliert zu sein, und ich hatte zugelassen, dass die Angst, vollkommen vergessen zu werden, mein Denken immer mehr in Anspruch nahm. Umso dringender hatte ich es nötig, an diese Wahrheit über Gott erinnert zu werden: *Er wird dich nicht verlassen noch versäumen.* Er wird dir nie den Rücken zuwenden. Keiner von uns ist von seiner liebevollen Zuwendung ausgeschlossen.

* * *

»Das ist er. Das ist Ronnie.«

Es war an dem Tag, der auf unsere Gruppenstunde folgte, und ich bereitete mich gerade darauf vor, meine Runde durch

Camp J zu machen, um den einen oder anderen Häftling zu besuchen. Ich war so sehr in Gedanken, dass ich die näher kommenden Schritte nicht gehört hatte.

Überrascht blickte ich auf, um zu sehen, wer da über mich sprach. Ein Aufseher führte zwei junge Männer zu mir, die anscheinend Besucher waren und eine Videokamera bei sich trugen. Sie hatten den leicht naiven Gesichtsausdruck von Männern, die vom Leben hinter Gittern keinen blassen Schimmer hatten.

»Ronald Olivier? Wir gehören zur *Brooklyn Tabernacle Church* und drehen einen kurzen Film über das, was hier im *Angola* gerade passiert – die Erweckung, die Gott schenkt. Pastor Gary Norris meinte, wir sollten unbedingt hierherkommen und Sie interviewen. Hätten Sie Zeit für ein Gespräch?«

Ich war so perplex, dass ich nicht wusste, was ich sagen sollte. Vor nicht einmal vierundzwanzig Stunden hatte Gott mich daran erinnert, dass er sehr wohl wusste, wo ich mich aufhielt – und dass er durchaus in der Lage war, mir jederzeit die Menschen ins Haus zu schicken, die mich unbedingt finden sollten. Diese beiden Besucher, die mich namentlich suchten, waren mir Beweis genug.

Es dauerte einen Moment, bis ich mich wieder gefangen hatte und auf ihre Bitte eingehen konnte. Wir saßen ein oder zwei Stunden zusammen und ich erzählte ihnen meine Geschichte. Ich schilderte, wie die Menschen dort lebten, wo ich aufgewachsen war, beschrieb den Unfrieden, der mein ständiger Begleiter gewesen war, und erklärte, warum ich so fest davon überzeugt war, dass ich längst nicht mehr am Leben wäre, wenn sie mich nicht ins Gefängnis gesteckt hätten. Dann erzählte ich, wie ich Jesus in der Arrestzelle begegnet war, während nebenan zwölf Männer und Frauen darüber entschieden, ob ich sterben müsste oder weiterleben durfte. Und ich schwärmte von dem Frieden, der alles Verstehen übersteigt und nun mein Herz erfüllte, die Art Frieden, die einem auch in den dunkelsten Momenten ein Gefühl von Geborgenheit vermittelt.

Da ich keine Zeit hatte, mir einen ausgeklügelten Vortrag zurechtzulegen, sagte ich einfach das, was mir auf dem Herzen lag und was ich für wahrhaftig hielt.

»Ich würde all diese Erfahrungen nicht missen wollen«, meinte ich. »So wie es in Prediger 7, Vers 8 steht: Der Ausgang einer Sache ist besser als ihr Anfang. *Angola* ist nicht das Ende für mich.«

Als wir fertig waren und die Jungs von der New Yorker Gemeinde sich verabschiedet hatten, ging mir das, was ich gesagt hatte, noch lange durch den Kopf. Tagelang. Sogar wochenlang.

Ich staunte darüber, wie schnell Gott das bekräftigt hatte, was er mir tags zuvor in der Gruppenstunde zugesprochen hatte. Dass er das konnte, stand für mich außer Frage, aber dass er es in meinem Fall tatsächlich getan hatte, faszinierte mich.

Und dann war da dieser Film. Meine beiden Interviewer hatten mir von Jim Cymbala, ihrem Pastor, erzählt. Nach ihren Worten war er ein Mann, der nichts lieber tat, als Gott bei der Arbeit zuzusehen und Menschen dahin zu bringen, dass sich ihr Leben von Grund auf änderte. Je mehr sie davon erzählten, was er in seiner *Brooklyn Tabernacle Church* alles bewegte, desto intensiver wurde ich an die Gedanken von Bill Yount erinnert, die er schriftlich festgehalten hatte. Vielleicht bestand ja zwischen den beiden Männern eine geheimnisvolle geistliche Verbindung.

Mich ließ das Gefühl nicht los, dass Gott mit dieser Sache einen besonderen Plan verfolgte. Es kam mir so vor, als gebrauchte er dieses Filmprojekt unter anderem dafür, mich in Kontakt mit Leuten zu bringen, die eines Tages große Bedeutung für mich erlangen könnten. Da ich aber wusste, dass das Gelingen dieser Angelegenheit allein von seiner Güte und Gnade abhing und ich keinen Deut dazu beitragen konnte, sosehr ich mich auch anstrengte, wurde mir bewusst, dass nichts von alledem ins Rollen gekommen wäre, wenn ich mich geweigert hätte, ins *Camp J* zu gehen. Wäre ich dort geblieben, wo es mir relativ gut ging, an dem Platz, wo ich nicht so radikal abhängig gewesen wäre von Gott, dann hätte er mich diese entscheidende Lektion nicht lehren können. Diese Erkenntnis veranlasste mich, ein feierliches Gelöbnis zu formulieren: Ab sofort wollte ich in meinem Glauben keine Kompromisse mehr eingehen. Egal, wie hoch die Kosten waren, ich würde mich in jedem Fall gegen den Mehltau der Bequemlichkeit entscheiden. Denn letzten Endes geht es Gott weniger darum, uns ein behagliches Dasein zu bereiten, viel wichtiger ist es ihm, dass wir uns in das Abbild seines Sohnes Jesus Christus verwandeln.

Auch Monate später ging mir der Film immer noch durch den Kopf. Doch nun spekulierte ich nicht mehr darüber, was der Herr damit alles erreichen könnte – ich staunte darüber, was bereits dadurch erreicht worden war. Man hatte ihn längst in eine Vielzahl anderer Sprachen übersetzt und es gab Berichte, dass er bereits in der Untergrundkirche Chinas kursierte. Der eine Teil von mir konnte es kaum glauben, doch der andere freute sich über meinen Wahlspruch, der mich begleitete:

Mir kann keiner erzählen, es gäbe etwas, das Gott nicht schaffen kann.

Kapitel 31

Die Berufung

Wenn man das fünfunddreißigste Lebensjahr überschritten hat, mindestens zwanzig Jahre seiner Strafe abgesessen hat und eine blitzsaubere Akte aufweisen kann, dann hat man im *Angola* das Anrecht auf den Status eines »Trusty«, eines vertrauenswürdigen Häftlings. Ein solcher Strafgefangener genießt zahlreiche Privilegien. Das beginnt mit der Erlaubnis, bestimmte Jobs auszufüllen, die den Umgang mit gefährlichen Geräten erfordern – Koch zum Beispiel, auch Gärtner oder Elektriker –, und gipfelt in der Möglichkeit, die Anstaltsmauern für eine bestimmte Zeit und ohne Überwachung hinter sich zu lassen. »Trusties« bewohnen in der Regel ein eigenes Camp innerhalb der Strafanstalt, wo ihr Leben nicht so stark reglementiert wird und der Fernseher ununterbrochen laufen darf. Müssen sie irgendwo auf dem Anstaltsgelände einen Termin wahrnehmen oder möchten sie einen Besuch im Klinikflügel machen, dann brauchen sie nicht erst zu warten, bis sich fahrplanmäßig eine Gelegenheit bietet, ins nächste Camp zu kommen. Sie halten einfach per Handzeichen das nächste geeignete Transportmittel an, das des Weges kommt. Es ist ihnen sogar gestattet, neben dem Fahrer zu sitzen. »Trusty« zu sein, macht einem die Tage etwas erträglicher, wenn man als Lebenslänglicher weitere Jahrzehnte hinter Gittern vor der Brust hat.

Bald nachdem ich ins *Camp J* übergesiedelt war, empfahl mir Sam Smith, der Vizedirektor, ich solle die Aufnahme in die Riege der »Trusties« anstreben. Die Voraussetzung dafür war ein sauberes Führungszeugnis, und die erfüllte ich. Doch es war noch keine zwanzig Jahre her, dass man mich ins *Angola* eingeliefert hatte. Und ich lag auch noch unter der Altersgrenze von fünfunddreißig Jahren. Der stellvertretende Direktor riet mir, mich dennoch zu melden. Ich überlegte hin und her und bewarb mich dann für den Status eines »Trusty 2. Klasse«. Die 2. Klasse genießt fast die gleichen Sonderrechte wie Klasse 1, nur der unbegleitete Freigang bleibt ihr verwehrt.

Die Antwort kam prompt. Man ernannte mich zum »Trusty 1. Klasse«.

Ob es der Film der *Brooklyn Tabernacle Church* war oder mein Dienst als Gefangenenseelsorger – alles trug dazu bei, dass ich mich ziemlich wohlfühlte in meiner Haut. Ich wusste Gott an meiner Seite, wusste, dass er auf mich aufpasste, sodass es mir ein Leichtes sein sollte, meine Aufgaben mit seiner Hilfe zu bewältigen.

Dennoch war mir eins klar: Das konnte nicht bedeuten, dass ich mich zurücklehnte, um mir selbst für meine Erfolge zu gratulieren und meine Aufgaben fortan auf die leichte Schulter zu nehmen. Es wäre ein Fehler gewesen, all das Gute, das Gott mir tat, als eine Art Belohnung anzusehen. Ich sah es als das, was es wirklich war – es war eine Art Ausrüstung, eine Vorbereitung auf die neuen Aufgaben, die mich erwarteten.

Nichts hätte mich auf das vorbereiten können, was dann kam. Es ereignete sich an einem Sonntag, an dem meine Gemeinde etwa zwanzig Häftlinge und ihre Angehörigen zu einem Picknick versammelt hatte. Außer meiner Mutter und ein paar weiteren Mitgliedern meiner Familie waren auch Dawn und ihre Mädchen gekommen. Zu Beginn bildeten die Gefangenen und ihre Besucher einen großen Kreis. Wir beteten. Es war einer jener besonderen Momente, in dem man meint, die Gefängnismauern, die einen umgaben, hätten sich ein Stück weit in Luft aufgelöst.

Nach dem Gebet wurde gegrillt. Es duftete köstlich und ich wollte mich gerade in die Schlange einreihen, um meinen Teller zu füllen, als Dawn sich plötzlich vor mich hinkniete.

»Willst du mich heiraten?«

Fassungslos starrte ich sie an. Das traf mich völlig unvorbereitet. Ich wusste augenblicklich, wie meine Antwort lauten musste, fand aber nicht den Mut, sie auszusprechen. Nicht dort, nicht vor all den Leuten. Sie sollte sich nicht zurückgestoßen fühlen, ich wollte sie nicht kränken, immerhin empfand ich auch eine große Zuneigung zu ihr. Sie hatte immer zu mir gehalten, hatte mich regelmäßig besucht und in mir den idealen Vater für ihre Mädchen gefunden. Mich überrollte regelrecht das Gefühl, tief in ihrer Schuld zu stehen. Darum sah ich ihr in die Augen und sagte: »Ja. Ich will dich heiraten, Dawn.«

Aber es half alles nichts – ich fühlte mich nicht wohl dabei. Andererseits meldeten sich bereits erste Zweifel, ob diese Hochzeit jemals stattfinden würde. Dawns chaotische Lebensumstände und meine Zukunftsaussichten hinter Gittern sprachen jedenfalls nicht dafür.

Es stellte sich heraus, dass ich mit dieser Einschätzung falschlag.

Ein halbes Jahr später waren alle bürokratischen Hürden überwunden, die die Gefängnisleitung in einem solchen Fall beachten musste, wir hatten eine Reihe von Gesprächen hinter uns gebracht und hielten ein Genehmigungsschreiben in Händen, das Direktor Cain persönlich verfasst hatte. Der Hochzeit stand nichts mehr im Wege. In meinem Kopf wirbelten die Gedanken durcheinander. Meiner Meinung nach hätte ich die ganze Sache durchaus noch abblasen können, doch das Bewusstsein, zu meinem Versprechen stehen zu müssen, war zu stark. Ich war zutiefst überzeugt, ihr verpflichtet zu sein. Und ein Teil von mir wollte diese Ehe ja auch. Immerhin kann einem Mann, der zu lebenslänglicher Haft verurteilt wurde, nichts Besseres passieren, als zu wissen, dass es da eine Frau gibt, die ihn liebt, obwohl nur wenig Aussicht darauf besteht, dass er jemals wieder freikommt.

Es wurde uns erlaubt, zehn Gäste zu unserer Hochzeit einzuladen. Die Trauzeremonie fand in unserer Kapelle statt und der Empfang in der Besucherbaracke. Man hatte den Raum wunderschön geschmückt, Kaffee und Kuchen standen schon bereit und danach gab es sogar ein paar Takte Tanzmusik. Meine Freunde hatten die Feier so arrangiert, dass Dawn und ich noch etwas Zeit zu zweit verbringen konnten – ungestört. Da das aber nicht den Regularien entsprach, die im *Angola* galten, verbrachte ich diese Stunde in ständiger Furcht, jeden Moment könne die Tür auffliegen und das Ganze würde mit einem Eintrag in meine makellose Akte enden. Das war wohl etwas zu viel Druck für mich und so endete dieses Tête-à-Tête nicht ganz so, wie wir es erwartet hatten …

* * *

Am 12. Februar 2007 erwartete mich meine nächste geistliche Herausforderung. Nachdem ich dreizehn Jahre im *Louisiana State Penitentiary* verbracht hatte, war es für mich an der Zeit, diesen Ort zu verlassen und in einer anderen Strafanstalt als Seelsorger und Evangelist zu arbeiten. Die Justizbehörde überwies mich in das *Avoyelles*-Gefängnis in Cottonport, Louisiana. Dort sollte ich das Pastorenteam bei der Betreuung der Sträflingsgemeinde unterstützen.

Als sich die Tore des *Angola* hinter mir schlossen, war ich ziemlich nervös. Es war das erste Mal seit meiner Ankunft im Jahr 1993, dass ich die Mauern dieser Strafanstalt von außen sah. Und obwohl damit die Gewalt, die Gefahren und all die Selbstmorde hinter mir lagen, blickte ich etwas beklommen in die Zukunft. Interessanterweise gab es einen Bereich, in dem das *Angola* einen weitaus besseren Ruf hatte als die kleineren Haftanstalten im Land. Weil sich das Strafmaß der Insassen des *Angola* grundsätzlich zwischen fünfzig Jahren und lebenslänglich bewegte, vermied es Direktor Cain, mit unsinnigen Regeln die Stimmung unter den Gefangenen zusätzlich zu drücken. Statt sie in groteske Uniformen zu stecken oder im Gänsemarsch herumlaufen zu lassen, richteten er und seine Leute ihr Augenmerk auf wichtigere Themen wie Drogen- und Gewaltprävention. Die anderen Gefängnisse verfolgten in der Mehrzahl einen anderen Ansatz. Dort wurden die kleinsten Regelverstöße mit unerbittlicher Härte geahndet. Unter diesen Vorzeichen bedrückte mich die Aussicht, dass ich mich nicht nur in den Kreis der Mitgefangenen von *Avoyelles* integrieren sollte, sondern auch mit übernervösen, pedantischen Wärtern zurechtkommen musste.

* * *

An Händen und Füßen gefesselt stieg ich aus dem Bus und stand vor dem Tor von *Avoyelles.* Hundegebell begrüßte mich, als sie mich in das Torhaus brachten und einer gründlichen Leibesvisitation unterzogen. Falls es ihre Absicht gewesen war, mich zu beeindrucken, dann war ihnen das gelungen.

Ich hatte die Prozedur schon fast überstanden, als Pastor White, der leitende Gefängnisgeistliche, erschien, der die vorbereitenden Gespräche mit mir geführt hatte. Er bat mich, ihn in der Kapelle aufzusuchen, nachdem ich mein Gepäck im Schlafsaal verstaut hätte.

Es fällt mir manchmal schwer, alte Gewohnheiten abzulegen. Dementsprechend spürte ich, wie meine Anspannung mit jeder Sekunde stieg, als ich den Schlafsaal betrat, in dem vierzig Betten standen. Da von meinen Mithäftlingen nichts zu sehen war, räumte ich meine Siebensachen in den Spind und beschloss, mich erst nach dem Abendessen meinen Bettnachbarn vorzustellen.

Pastor White hatte eine herzliche und Mut machende Art. Er stellte mich dem Hilfspastor und den anderen Mitgliedern des Leitungskreises vor, der sich ausschließlich aus Gefangenen zusammensetzte.

»Das ist ein großer Tag für Prediger Clouser«, seufzte er.

»Wie meinen Sie das?«

»Seine Haft endet heute Abend und er beendet damit auch seinen Dienst in dieser Gemeinde. Nach fünfzehn Jahren. Nun ja, alles hat einmal ein Ende.«

Ich schüttelte dem scheidenden Prediger kurz die Hand und suchte mir einen Sitzplatz. Da wenige Minuten später ein Gottesdienst gefeiert werden sollte, füllte sich der Raum nach und nach mit Männern. Vielleicht würde sich mir ja die Gelegenheit bieten, zum Einstand ein paar Mut machende Worte an die Gemeinde zu richten oder ein Gebet zu sprechen.

»Kommen Sie hoch, Olivier«, rief der Pastor und zeigte auf einen leeren Stuhl, der hinter dem Lesepult auf der Bühne stand. Das war allerdings nicht der Platz, der mir meiner Meinung nach zustand.

Dann begann der Gottesdienst. Pastor White sprach zunächst über das Ausscheiden von Prediger Clouser und betonte, wie schön er es fand, diesen besonderen Augenblick mit ihm teilen zu können. Sosehr ich mich sonst mit den Menschen freute, die ein Gefängnis verlassen durften, so überfordert war ich diesmal von dem Tempo, mit dem mich die neuen Eindrücke überrollten.

»So«, sagte Pastor White, als Prediger Clouser sich gesetzt hatte, »jetzt ist es höchste Zeit, euch den neuen Prediger der Gnadenkapelle vorzustellen.

Ich sah mich um. White hatte mir mindestens zehn weitere Häftlinge vorgestellt, die verschiedene Ämter in der Gemeinde ausfüllten, und ich fragte mich, wer von ihnen der Glückliche sein würde.

»Bitte kommen Sie einmal zu mir, Ronald Olivier.«

Mein Blick wanderte zurück zu Pastor White. Einen Augenblick lang glaubte ich, er habe sich einen Scherz erlaubt, doch als ich sein erwartungsfrohes Lächeln sah und die finsteren Mienen der anderen Mitarbeiter bemerkte, dämmerte mir, dass er es ernst meinte.

Da ich aber keine große Szene machen wollte, tat ich, wie mir geheißen wurde, trat an das Pult und richtete ein paar spontane Grußworte an die Zuhörer. Dann eilte ich so schnell wie möglich wieder zurück an meinen Platz und bestürmte Gott, er möge mir zeigen, worauf das alles hinauslaufen sollte.

Nachdem Pastor White abschließend den Segen gesprochen hatte, fragte ich ihn, ob er noch Zeit hätte für ein kurzes Gespräch in seinem Büro.

»Bitte«, meinte ich, nachdem ich die Tür hinter mir geschlossen hatte. »Ich bin nicht hierhergekommen, um Pastorenaufgaben zu übernehmen. Ich wollte Sie nur im missionarischen Bereich und in Ihren seelsorgerlichen Aufgaben unterstützen.«

»Das weiß ich, Pastor Ronald.«

»Als ich mich gerade in der Gnadenkapelle umgesehen habe, ist mir aufgefallen, dass es da eine ganze Reihe von Leuten gibt, die für diese Aufgabe viel besser geeignet wären. Der Lektor zum Beispiel oder die Mitglieder des Chores oder all die anderen engagierten Männer. Sie brauchen doch keinen Außenseiter in dieser Funktion, und schon gar keinen, der fünf Minuten zuvor noch im Bus saß.«

»Ich habe verstanden«, erwiderte er, dann nickte er und sah mir mit einem entwaffnenden Lächeln in die Augen. »Sie sind aber nach wie vor Pastor.«

* * *

Wie sich bald herausstellte, waren meine Bauchschmerzen unbegründet gewesen, was meine Mithäftlinge in *Avoyelles* anging. Die Jungs im Schlafsaal waren schwer in Ordnung und ich genoss den entspannten Umgang mit ihnen. Die Gemeindemitarbeiter allerdings waren ein Kapitel für sich.

Von Beginn an nahmen sie mir gegenüber eine feindselige Haltung ein. Pastor White meinte auch gleich, den Grund dafür zu wissen. Ich war beileibe nicht der erste missionarische Mitarbeiter, der in der Gnadenkapelle seinen Dienst tat. Die meisten meiner Vorgänger hatten einen höheren Abschluss an einem Bibelseminar gemacht und erwarteten dementsprechend von den anderen Mitarbeitern, dass sie ihnen mit dem nötigen Respekt begegneten und ihre Anweisungen haargenau befolgten.

»Ich denke, das hat bei ihnen einen bitteren Beigeschmack hinterlassen«, meinte er abschließend.

Das war eine schamlose Untertreibung. Diese Burschen sträubten sich gegen jeden einzelnen Vorschlag, den ich machte, egal, ob es um neue Impulse in der Anbetungsmusik ging oder einfach nur um die Erstellung eines Dienstplans. Ich hatte zwar etwas Erfahrung gesammelt als Mitarbeiter bei einem Leiterschaftskurs in meiner Gemeinde im *Angola*, doch nie zuvor war ich mit derartig weitreichenden Führungsaufgaben betraut worden. Und nie zuvor hatte ich in den Gemeinschaften, zu denen ich mich bisher gehalten hatte, einen ernst zu nehmenden Konflikt erlebt. Das war alles Neuland für mich. Für den Moment fehlte es mir an Weisheit im Umgang mit dieser Situation.

Die Weisheit, die ich so dringend benötigte, bekam ich direkt von der Quelle aller Weisheit. Gott legte mir aufs Herz, dass ich nur eines im Umgang mit diesen Männern brauchte, nämlich Agape – selbstlose Liebe. Und er schenkte mir auch die Kraft, die ich brauchte, um diese aufzubringen. Je mehr sie sich mir widersetzten, desto leichter fiel es mir, sie gut zu behandeln. Ich ging auf ihre Wünsche ein, zog ihre Lösungen den meinen vor und versicherte ihnen, dass ich es absolut in Ordnung fände, wenn sie auf meine Ideen nicht eingehen wollten. Das bedeutete nicht, dass ich darauf verzichtete, weiterhin Ratschläge zu geben, doch ich stellte klar, dass ich nicht die Absicht hatte, im Zweifelsfall meinen Kopf durchzusetzen, sondern mich stets dem Mehrheitsbeschluss anschließen würde.

Es dauerte nicht lange und sie hörten auf, gegen jede Initiative, die ich startete, zu opponieren. Stattdessen stimmten sie mehr und mehr meinen behutsamen Änderungsvorschlägen zu. Und ich entdeckte eine fundamentale Wahrheit: Es gibt keinen Widerstand, den man nicht mit reiner, ungeheuchelter Liebe – *Agape* – überwinden könnte. Selbstlose Liebe – so wie Jesus sie uns vorgelebt hat – ist zweifellos die stärkste Macht, die es auf diesem Planeten gibt.

Nach einem halben Jahr in *Avoyelles* fühlte ich mich, als habe ich mehr Erfahrungen gesammelt als jeder normale Pfarrer in einem ganzen Jahrzehnt. Sechs Jahre Bibelseminar hatten mir zwar das theologische und seelsorgerliche Rüstzeug für meinen Dienst vermittelt, doch ich brauchte das ganz alltägliche Gemeindeleben mit all seinen empfindlichen, kantigen, gewöhnlichen Schäfchen, um zu begreifen, dass ich auf dem besten Weg war, Pastor zu werden.

* * *

Agape ist eine mächtige Kraft, aber sie ist kein Zauberstab. Mit ihr kann man Herzen erweichen, aber nicht kontrollieren. Sie ist eine Brücke, die es den Menschen möglich macht, aus dem Reich der Angst hinüberzuwechseln in das Land der Hoffnung, aber sie zwingt keinen, diesen Schritt zu gehen. *Agape* lädt ein und die Antwort darauf kann *Ja*, aber auch *Nein* lauten.

Da viele meiner Anstrengungen nicht fruchteten, obwohl die Mitarbeiter ihr Verhalten mir gegenüber geändert hatten und immer aufgeschlossener reagierten, wurde klar, dass es eine andere Person war, die meine Arbeit untergrub. Und das war Pastor White. Da er mein Vorgesetzter war, traf ich mich regelmäßig mit ihm, um mich mit ihm abzustimmen. Ich kam zu ihm, wenn ich sein Einverständnis brauchte, um Kurse zu starten oder bestimmte Abläufe im Gottesdienst zu ändern. Doch jedes Mal bekam ich die gleiche Antwort: *Nein*.

»Das ist hier so nicht möglich.«

»In der Gnadenkapelle funktioniert so etwas nicht.«

»Eine derartige Veränderung wird einige Gemeindeglieder verärgern.«

Vielleicht lag es daran, dass Pastor White zu sehr in der Tradition der Baptistenkirche verhaftet war oder dass die Chemie zwischen uns grundsätzlich nicht stimmte oder dass wir in manchen Dingen einfach nur unterschiedlicher Meinung waren – jedenfalls hatte ich des Öfteren heftig zu knabbern an seinem Starrsinn. Alles, was ich zu diesem Zeitpunkt über das Leben als Christ wusste, hatte ich im *Louisiana State Penitentiary* gelernt, wo man in einer Gemeinde die Möglichkeit sah, dem Leben eines Gefangenen eine positive Wendung zu geben. Das *Angola* diente als Vorlage für Filme wie »Dead Man Walking« oder »Monster's Ball«, Filme, die der Welt das ganze Ausmaß der Verzweiflung vor Augen führten, die in dieser Strafanstalt herrschte. In einem Gefängnis wie diesem wirkte die Gemeinde wie ein Leuchtfeuer, das den Insassen Licht und neues Leben verhieß. Dort setzte man große Hoffnungen auf die Veränderungen, die nur Gott schenken kann, und man förderte alles, was dazu beitrug: Veranstaltungen, Kurse, Mitarbeiter und Pastoren.

Vor diesem Hintergrund ist auch zu erklären, warum ich so frustriert darauf reagierte, dass White sich kategorisch weigerte, irgendwas anders zu machen als nach der alten Leier. Dieser Umstand trieb mich täglich ins Gebet und ich legte Gott die eine wichtige Frage vor, die mir auf dem Herzen brannte: *Was tun?*

Die Antwort kam leise, wie eine vage Vermutung, die einen manchmal beschleicht: Man glaubt zu wissen, was als Nächstes dran ist, hat aber keine Ahnung, worauf das Ganze hinausläuft. Es war ein Glaubensschritt für mich, nicht mehr und nicht weniger.

»Wie wäre es«, fragte ich, als wir uns das nächste Mal trafen, »wenn wir ein Gebetsteam zusammenstellen, das sich der Fürbitte widmet?«

Als er zustimmte, konnte ich nur mit Mühe meine Überraschung verbergen. Umso eiliger suchte ich die Jungs auf, die bereit waren, ernsthaft zu beten. Wenige Tage später hatten wir ein Kästchen in der Gnadenkapelle installiert, das Gebetsanliegen sammelte, und eine Gruppe zusammengestellt, die darauf brannte, am darauffolgenden Sonntag zwei Stunden lang mit ihren Bitten vor Gott zu treten, und das noch vor dem Gottesdienst.

»Passt mal auf«, sagte ich, bevor wir anfingen. »Ihr könnt für alle Anliegen beten, die sich in dem Kästchen angesammelt haben, ihr dürft auch eure eigenen Wünsche vorbringen. Eins aber ist mir besonders wichtig: Ich möchte, dass wir Pastor White vor Gott bringen und darum bitten, dass er ihm entweder sein Herz öffnet oder ihn abberuft.«

Es fiel mir nicht leicht, das zu sagen, doch ich war überzeugt davon, dass ich mit dieser Bitte richtiglag.

Drei Wochen später wusste ich, dass ich richtig vermutet hatte.

»Ich habe eine schlechte Nachricht für Sie, Pastor Ronald«, eröffnete mir Pastor White, als ich sein Büro betrat, um eines unserer regelmäßigen Treffen zu absolvieren.

Ich spürte, wie sich mein Herzschlag beschleunigte. »Was gibt's, Pastor White?«

»In zwei Wochen werde ich diese Anstalt verlassen.«

Kapitel 32

Big Ru und ich

Big Ru war ein Koloss. Ein hundertvierzig Kilo schwerer Koloss. Ein fast zwei Meter großer Koloss. Ein Koloss wie er war wie geschaffen dafür, in den Straßen von New Orleans das Amt eines Geldeintreibers auszufüllen. Und wo ein Koloss wie Big Ru auftrat, ließ die Gewalt nicht lange auf sich warten.

Ich begegnete diesem Mann zum ersten Mal in der Gemeinde im *Angola*. So wie wir alle anfangs den harten Kerl raushängen ließen, spielte er erst mal das ausgemachte Raubein. Doch bald zeigte er einen geradezu unstillbaren Hunger nach dem Evangelium. Bereitwilliger als jeder andere, den ich jemals begleitet habe, akzeptierte er Korrektur. Wie ein Kind vertraute er sich mir an, als er seine ersten Schritte im Glauben machte, und es war ein besonderer Segen für mich, ihn in seinem Gottvertrauen und in der Nachfolge wachsen zu sehen.

Als ich in *Avoyelles* war, schrieb mir Big Ru einen Brief, und zwar genau zu der Zeit, als meine Probleme mit Pastor White ihren Höhepunkt erreichten. Er berichtete mir, dass er soeben seinen Abschluss am Bibelseminar gemacht habe und nun plante, als Evangelist unter Gefangenen zu arbeiten. Und dann wollte er wissen, was ich davon hielte, wenn er sich nach *Avoyelles* versetzen ließe, um mich in meiner Arbeit dort zu unterstützen. Ich antwortete ihm, dass das eine großartige Idee sei.

Nun, wenn man längere Zeit mit Big Ru zu tun hat, dann lernt man einen Mann kennen, der den Platz, den Gott in seinem Leben einnimmt, ständig erweitert. Man erlebt einen Menschen, der offen ist für immer neue Veränderungen, obwohl er bereits einen sehr langen Weg zurückgelegt hat. Man sieht sein großes Herz und sein Potenzial. Wenn man ihm aber das erste Mal begegnet, kann es sein, dass einem diese guten Eigenschaften verborgen bleiben. Man nimmt nur seine bedrohliche Körpergröße und die dunklen Glupschaugen wahr, die einen bedrohlich zu mustern scheinen. Es fällt einem schwer, seine Muskeln an den baumstammdicken Armen zu übersehen, die er über der Brust verschränkt hat, während er breitbeinig mitten im Raum steht wie ein Grizzly, der überlegt, welche Beute er sich zuerst schnappt.

Jedenfalls habe ich es einzig und allein Gott zu verdanken, dass Pastor White sein Einverständnis dazu gab, Big Ru als zweiten Pastor in die Gnadenkapelle zu holen. Kurz bevor der Geistliche sein Amt niederlegte, traf mein alter Freund aus *Angola*-Zeiten in *Avoyelles* ein. Er lebte sich schnell ein – nicht zuletzt deshalb, weil keiner es wagte, sich mit ihm anzulegen – und unsere Zusammenarbeit funktionierte reibungslos. Big Ru begleitete mich, wenn ich meine Besuche machte. Er zog mit mir von Schlafsaal zu Schlafsaal und entwickelte sich zu einem geschätzten Ansprechpartner für jeden, der etwas auf dem Herzen hatte.

Aber Big Ru wäre nicht Big Ru gewesen, wenn er für seine Rolle als Pastor nicht eine ganz eigene, ungewöhnliche Auffassung entwickelt hätte. Er sah seine wichtigste Aufgabe als mein Assistent darin, für meine Sicherheit zu sorgen und unseren Mithäftlingen klarzumachen, dass sie sich mir gegenüber zu benehmen hatten. Obwohl ich seine Fürsorge zu schätzen wusste, musste ich ihn angesichts der Probleme, die sie mit sich brachte, ins Gebet nehmen.

»Big Ru, wenn du dich am Eingang der Kapelle postierst wie ein Türsteher vor einem Club in der Bourbon Street, dann fühlen sich die Gemeindeglieder eingeschüchtert. Wir wollen sie aber nicht davon abschrecken, den Gottesdienst zu besuchen. Sie sollen wissen, dass sie willkommen sind, oder?«

Big Ru nahm meinen Hinweis ernst und postierte sich daraufhin etwas unauffälliger im Raum.

Vier Monate nach seinem Eintreffen in *Avoyelles* leistete sich

Big Ru in einem Bereich, der mit der Gemeinde nichts zu tun hatte, einen ziemlich groben Schnitzer. Es war einer jener Fehler, an die man sich Jahre später kaum noch erinnern kann; einerseits, weil seitdem viel zu viel Zeit vergangen ist, andererseits, weil die Konsequenzen, die sich daraus ergaben, viel stärker im Gedächtnis haften blieben. Denn das, was mich wirklich beeindruckte, war nicht die Verfehlung selbst – es war die Reue, die sie auslöste.

Jedenfalls hatte das, was Big Ru sich zuschulden kommen ließ, zur Folge, dass ich ihn bitten musste, bestimmte Bereiche seines Amtes als Co-Pastor ruhen zu lassen. Das betraf unter anderem seinen Predigtdienst und damit auch das Recht, oben auf der Bühne neben dem Rednerpult zu sitzen. Die Einschränkungen trafen ihn sehr hart und als ich ihm eröffnete, dass ich ihn für einige Wochen hinunter in die Bankreihen verbannen müsse, reagierte er genau so, wie ich es befürchtet hatte. Er flippte aus.

Ich muss zugeben, dass ich beim Anblick des zornigen Kolosses und unter dem Eindruck der damit verbundenen Lautstärke mehr als nur ein bisschen besorgt war. Er brüllte herum und funkelte mich an und ich merkte, wie es ihn in seinen riesigen Pranken juckte, irgendetwas in Stücke zu reißen. Allerdings – so schnell wie er auf 180 war, so schnell war sein Zorn auch wieder verraucht und er erklärte sich damit einverstanden, eine Weile in der Versenkung zu verschwinden.

Natürlich hätte er sich daraufhin zurückziehen und mir und der Gnadenkapelle den Rücken zuwenden können. Ich hätte es sogar verstanden. Denn es ist doch eine große Versuchung, einfach wegzulaufen vor dem Schmerz, statt sich ihm auszusetzen.

Aber in den Wochen, die folgten, kam Big Ru zu jedem Treffen, das in den Gemeinderäumen stattfand. Er saß am Sonntag unten in der ersten Reihe, schloss beim Lobpreis die Augen und riss sie umso weiter auf, als er der Predigt folgte. Ich hatte nie zuvor einen derartigen Hunger nach dem Wort Gottes bei ihm erlebt.

Eines Tages stand er nach dem Gottesdienst vor mir und heulte Rotz und Wasser.

»Darf ich dich mal was fragen?«, meinte er und sein wohltönender Bass hatte sich in ein zittriges Krächzen verwandelt.

»Alles, was du willst, Big Ru.«

»Ich wollte dich fragen, ob du mir vergeben kannst.«

Ich schwieg einen Moment lang, aber nicht, weil mir die Antwort so schwerfiel. Es lag daran, dass ich so überwältigt war und zuallererst Gott danken wollte für das, was er im Leben meines Bruders getan hatte.

Big Ru merkte, dass ich zögerte. »Es geht mir nicht darum, dass ich wieder da hochwill, um zu predigen. Ich will einfach nur bekennen, dass ich einen Riesenmist gebaut habe. Du kannst mich rausschmeißen, wenn du möchtest, und dir einen anderen Hilfspastor holen. Mir ist nur wichtig, dass du weißt, wie leid es mir tut.«

Je mehr Zeit ich mit Big Ru verbrachte, desto überzeugter war ich, dass die Worte auf dem Zettel von Bill Yount tatsächlich in Erfüllung gingen. Auch wenn es für andere nicht immer leicht zu erkennen war – Big Rus Leben hatte so etwas wie einen goldenen Kern. An seiner Entwicklung konnte ich praktisch live miterleben, wie Gott wirkt. Er war ein Häftling, dem die anderen Insassen möglichst aus dem Weg gingen, dennoch war es unübersehbar für sie, wie sehr ihn sein Schöpfer liebte. Ich kenne keinen, der mehr dem Bild von einem Schatz Gottes entspricht als Big Ru.

Je mehr ich darüber nachdachte, desto klarer wurde mir, wie intensiv Gott daran arbeitete, das Leben von Menschen wie Big Ru zu verändern. Er goss diese Agape-Liebe mit vollen Händen aus über diesem Mann, sozusagen in einem Ausmaß, das seiner Körperfülle entsprach. Und wenn man sich Big Rus Verhalten vor Augen führte, als er sich verzweifelt und reumütig Gott zuwandte und ihn um Vergebung bat, dann verstand man, dass Gott seine wertvollsten Schätze nicht einfach in einer Art Tresor versteckte. Er holte sie heraus, reinigte sie, gab ihnen den letzten Schliff und bereitete sie darauf vor, irgendwann dort eingesetzt zu werden, wo man sie benötigte.

Kapitel 33

Dr. Draper nimmt uns mit raus

Als ich Dr. Leslie Draper das erste Mal traf – einen ehemaligen Marinesoldaten, der den Pastorenberuf ergriffen hatte und Pastor White nachfolgte –, hatte ich keine Ahnung, welch enormen Einfluss er auf mein weiteres Leben haben würde. Diese Ahnungslosigkeit hatte jedoch bald ein Ende. Es dauerte gerade mal einen Monat, bis ich feststellte, dass es keine Mauer auf dieser Welt gab, die Dr. Draper nicht niedertreten konnte, wenn es nötig war, einen Auftrag Gottes in die Tat umzusetzen. Dabei verfügte er nur über halb so viel Körpermasse wie Big Ru.

»Ich möchte euch gerne in die Gemeinde mitnehmen«, sagte er eines Tages zu Big Ru und mir.

»Hier? In die Gnadenkapelle?«

»Nein, in meine Heimatgemeinde in Simmesport. Am besten gleich nächsten Sonntag. Da gibt es einen besonderen Gottesdienst und im Anschluss ein gemeinsames Essen. Wollt ihr mitkommen? Falls ja, würde ich gleich mit dem Direktor sprechen.«

Natürlich bekam er von uns beiden nichts anderes zu hören als ein begeistertes »Ja!«, allerdings waren wir überzeugt davon, dass er dieses Vorhaben unmöglich in die Tat umsetzen konnte. Nur den »Trusties« war ein Aufenthalt außerhalb der Gefängnismauern gestattet, doch diesen Status hatten wir mit unserem Auszug aus dem *Angola* vorerst verloren. Im *Avoyelles* kamen für diese Vergünstigungen nur Häftlinge infrage, deren restliche Haftzeit weniger als sieben Jahre betrug. Da aber Big Ru und ich Lebenslängliche waren, waren wir überzeugt, dass der Direktor diesem Plan nie und nimmer zustimmen würde.

»Der Direktor ist einverstanden!«, begrüßte uns Dr. Draper tags darauf.

»Wahrhaftig?«

Dr. Draper sah mich an. »Wahrhaftig. Er meinte zwar, ich hätte meinen Verstand verloren, doch ihm fiel kein vernünftiger Grund ein, das Ganze abzulehnen. Also, am Sonntag findet es statt. Um 9.30 Uhr geht's los, die Sicherheitsleute fahren euch rüber.«

Der Sonntag kam und wir beide standen gestiefelt und gespornt vor den Justizbeamten. Sie waren zu zweit; ein älterer, ziemlich korpulenter Weißer und ein junger Schwarzer. Der Ältere machte den Eindruck, als habe er Jahrzehnte seines Lebens im *Avoyelles* verbracht und in dieser Zeit so ziemlich alles erlebt, was man erleben konnte. Das heißt, abgesehen von dem, was ihn nun, an diesem Sonntag um 9.30 Uhr erwartete.

In der Hand hielt er ein Klemmbrett, auf dem eine Liste mit Instruktionen befestigt war. Stirnrunzelnd starrte er auf den Zettel. Über seinen Augenbrauen glitzerten die ersten Schweißtropfen.

»Kann doch nicht sein…« murmelte er. »Das ist doch sicher ein Irrtum.«

»Was stimmt denn nicht?«, fragte der Jüngere.

»Hier steht ›Keine Einschränkungen‹. Gibt's doch gar nicht. Das sind zwei Lebenslängliche.«

Sie starrten zu zweit auf das Blatt, dann nahmen sie wieder uns beide ins Visier. Big Ru musterten sie besonders lang.

»Ich rufe den Chef vom Dienst an«, murmelte der Senior und stampfte in das nächste Büro.

Wir hörten, wie er immer wieder nachbohrte, »Im Ernst? Sind Sie sich da ganz sicher? Tatsächlich?«

Als er zurückkam, schimmerten schon mehr als nur ein paar Schweißtropfen auf seiner Stirn. Er hatte eine rosarote Gesichtsfarbe angenommen und sein Blick irrte hin und her zwischen seinem Kollegen und uns beiden.

Big Ru und ich trugen weder Handschellen noch Fußfesseln, lächelten um die Wette und saßen zu beiden Seiten des jüngeren Wachmanns auf dem Rücksitz des Streifenwagens. Der junge Mann war bewaffnet, so wie der Fahrer, und es wäre uns ein Leichtes gewesen, in den Besitz des Revolvers zu kommen, um auf Nimmerwiedersehen zu verschwinden. Mir war klar, dass uns der Ältere mithilfe des Rückspiegels keine Sekunde aus den Augen ließ, doch eine Flucht war das Letzte, was mir in diesen Minuten in den Sinn gekommen wäre. Es war das erste Mal, dass Big Ru und ich das Gefängnis verließen, ohne gefesselt zu sein, und ich wollte jeden Moment auskosten.

Nach einer neunzigminütigen Fahrt erreichten wir die *Tree of Calvary Baptist Church*. Das Gefühl, das mich überkam, als wir über den Rasen zur Kirchentür gingen, kann ich nicht ansatzweise beschreiben. Ich beugte mich kurz hinab und pflügte mit meiner Hand so intensiv durch diesen freien Boden, dass Gras und Erde meine Fingernägel schwarz färbten. Nach fünfzehn langen Jahren hinter Gittern fühlte sich sogar die Luft in dieser Welt der Freien anders an. Sie war irgendwie lebendiger. So lebendig, dass mir fast schwindelig wurde.

Dr. Draper begrüßte uns und führte uns zu unseren Sitzplätzen auf der Bühne, gleich neben dem Rednerpult. Unseren Bewachern wies er Stühle im hinteren Bereich des Saales an. Schweigend saßen wir beide dort oben und saugten förmlich die Geräusche auf, die die hereinströmenden Gottesdienstbesucher machten. Zu Beginn des Gottesdienstes stellte uns Dr. Draper vor, er hieß uns willkommen und betonte, wie sehr er sich freue, dass wir an dieser besonderen Feier – seinem zwanzigjährigen Dienstjubiläum als Pastor – teilnehmen konnten. Im *Louisiana State Penitentiary* hatte ich an vielen Gottesdiensten teilgenommen, bei denen auch Familienangehörige anwesend waren, doch diese Feier war etwas ganz Besonderes. Im *Angola* hatten wir die

Freien gebeten, in unsere Welt zu kommen, doch hier in Simmesport waren wir diejenigen, die in ihre Welt eingeladen wurden. Ich empfand von Anfang ein Gefühl der Zugehörigkeit zu den wundervollen Menschen in dieser Gemeinde, doch ich wusste auch, dass mein Aufenthalt nur von kurzer Dauer sein würde. Ein Blick hinüber zu den bewaffneten Justizbeamten beseitigte jeglichen Zweifel an dieser harten Realität. Ihre Arbeitsplätze hingen von unserem Wohlverhalten ab, davon, dass es ihnen gelang, Big Ru und mich spätnachmittags im Gefängnis von *Avoyelles* wieder abzuliefern.

Auch wenn ich von all den Eindrücken etwas benommen war, genoss ich doch jede einzelne Minute der Feier. Sie erfrischte mich wie ein kühler Wind an einem heißen Sommertag und ich kam langsam zur Ruhe. Der Gesang so vieler Menschen, die Stimme der Betenden und die Stille, die darauf folgte – all das erfüllte mich mit tiefer Ehrfurcht.

Nach dem Schlusssegen lud uns Dr. Draper ein, an dem anschließenden Festessen teilzunehmen. Nun änderte sich die Szenerie. Big Ru und ich saßen vor riesigen Tellern, auf denen sich die Leckereien türmten, und unterhielten uns mit den Leuten, die Dr. Draper uns vorstellte. Wir lauschten den Geschichten unserer Gastgeber, die uns unter anderem von Dr. Drapers Familie erzählten. In dritter Generation bekleidete dieser Mann ein wichtiges Amt in Simmesport. Sein Großvater war der erste Bürgermeister dieser Stadt gewesen, die auf dem Grundriss einer Baumwollplantage errichtet worden war, auf der er kurz zuvor noch geschuftet hatte. Während wir zuhörten, verputzten wir gegrillte Hähnchenschenkel und Gumbo, das traditionellen Eintopfgericht aus der Südstaatenküche, nur um danach haufenweise Makkaroni zu verdrücken. Wir lachten mit den anderen Gästen über ihre harmlosen Scherze und waren einfach nur glücklich. Ich meinte förmlich zu spüren, wie mich die Güte Gottes von Kopf bis Fuß durchströmte.

Als wir uns den Bauch vollgeschlagen hatten, waren immer

noch Pasteten, Torten und Desserts übrig. Irgendwann schloss ich meine Augen, um diese Eindrücke ganz tief in mich aufzunehmen – den köstlichen Geschmack des Essens und die fröhlichen und interessanten Gespräche. Für ein paar Stunden ging ich vollkommen auf in dieser Gemeinschaft von Christen und das war eine wunderbare Erfahrung für mich.

Kapitel 34

Leben im Überfluss

Während meiner Zeit in *Avoyelles* bemühte ich mich, den Kontakt zu meinen Leuten nicht abreißen zu lassen. Meine Mutter besuchte mich, wann immer sie konnte, und sogar mein Vater machte sich zusammen mit Lil Mama auf den weiten Weg zu mir, ins Herz von Louisiana. Dawn sah ich weitaus weniger, doch das bereitete mir kein Kopfzerbrechen, denn ich wollte ihr auf keinen Fall das Gefühl vermitteln, sie sei durch unsere Ehe in eine Sackgasse geraten. Ich war derjenige, der zu einer lebenslänglichen Haftstrafe verurteilt worden war, nicht sie.

Ich telefonierte auch regelmäßig mit meinem alten Freund Eric, der nach wie vor im *Angola* saß. Wir hielten uns auf dem Laufenden über das, was in unserem Leben passierte. Häufig ertappte ich mich selbst dabei, wie ich ihm ausführlich auseinanderlegte, was Dr. Draper mir über Leiterschaft und die Pflichten eines Pastors beigebracht hatte.

Einmal berichtete ich ihm von einem Insassen, mit dem ich kurz zuvor zu tun gehabt hatte. Innerhalb weniger Wochen hatte dieser seine beiden erwachsenen Kinder durch zwei schreckliche Unfälle verloren. Beide Male übernahm ich die Aufgabe, ihm die Todesnachricht zu überbringen, und beide Male bot ich ihm an, eine Weile bei ihm zu bleiben. Und so saß ich neben ihm auf seinem Bett, sprach kaum ein Wort und praktizierte das, was Dr. Draper den Dienst des »Da-Seins« nannte, den ich ja schon durch Pastor Joe in *Camp D* kennengelernt hatte. Ich saß einfach nur an seiner Seite, hörte zu und betete. Mehr konnte ich nicht tun.

»Wenn du mich fragst«, sagte Eric, nachdem ich mit meinem

Bericht fertig war, »dann hört sich das an, als ob du genau an dem Ort bist, an dem Gott dich haben will.«

»Ich glaube, du hast recht. Zwar wünsche ich mir immer noch von ganzem Herzen, eines Tages nach Hause gehen zu dürfen, doch ich möchte *jetzt* mein Leben leben und nicht damit warten, bis man mich freilässt. Nur weil ich im Gefängnis sitze, muss ich nicht darauf verzichten, Leben im Überfluss zu haben.«

Kapitel 35

Der Lügendetektor

Zwei Jahre verbrachte ich in *Avoyelles*, dann war meine Zeit als Gemeindemitarbeiter in dieser Haftanstalt auch schon wieder vorbei. Ich verabschiedete mich von meinen Freunden dort, dankte Dr. Draper für alles, was er für mich getan hatte, und kehrte ins *Angola* zurück. Man brachte mich im Hauptgefängnis unter und ich war bereit, die nächste Aufgabe anzugehen, die Gott für mich bereithielt.

Es tat richtig gut, die alten Freunde wiederzusehen. Eric war in bester Verfassung, so wie viele von denen, die ich im Lauf der Jahre kennengelernt hatte. Ich bekam ein Bett in dem Schlafsaal zugeteilt, in dem auch Pastor Norris untergebracht war, der Strafgefangene und Prediger, der die zwei Filmemacher der *Brooklyn Tabernacle Church* auf mich aufmerksam gemacht hatte, als ich in *Camp J* war. Wir verstanden uns gut und es freute mich, dass er mit seiner Situation zufrieden war. Als wir jedoch auf unsere Familien zu sprechen kamen und die Tatsache, dass wieder einmal Weihnachten vor der Tür stand, wirkte er etwas bedrückt.

Während eines gemeinsamen Mittagessens im Gemeindebüro des Hauptgefängnisses schnitt er das Thema erneut an. »Ich würde eine Menge darum geben, wenn ich meiner kleinen Tochter endlich mal ein wirklich schönes Weihnachtsgeschenk machen könnte. Einmal nur möchte ich, dass sie das Gefühl hat, etwas ganz Besonderes zu besitzen.«

»Ich weiß, was Sie meinen, Pastor.«

Pastor Norris lehnte sich in seinem Stuhl zurück und schwang seine Füße auf den Schreibtisch. Mir entfuhr ein anerkennender

Pfiff. Er trug ein paar nagelneue *Nike*-Schuhe in den Farben der *New Orleans Saints* – Schwarz und Gold. Sie gefielen mir unglaublich gut und da ich mit ihm schon mehrfach kleine Geschäfte abgewickelt hatte, wusste ich, dass wir die gleiche Schuhgröße hatten. »Okay«, meinte ich. »Hättest du was dagegen, wenn ich dir diese Schuhe abkaufe? Was willst du dafür haben?«

Er überlegte einen Moment. »Wie wäre es mit hundertzehn Dollar?«

»Kein Problem«, erwiderte ich. »Überhaupt kein Problem. Soll ich dir was aus der Kantine besorgen?«

Er zuckte mit den Schultern. Schließlich einigten wir uns darauf, dass ich jemanden aus meiner Familie beauftragen würde, einem Mitglied seiner Familie das Geld zu schicken. Damit war der Handel für uns perfekt und wir machten uns wieder an unsere Arbeit.

* * *

Während meines Aufenthalts in *Avoyelles* bekam ich Dawn kaum zu Gesicht. Sie meinte, die vierstündige Fahrt dorthin ginge über ihre Kräfte, weshalb sie mich nur gelegentlich besuchen könne. Mein Verdacht, dass sie mir damit nicht die ganze Wahrheit erzählte, bestätigte sich, als sie mir bald darauf gestand, sie habe soeben ein Verhältnis mit einem anderen Mann beendet. So niederschmetternd diese Nachricht für mich auch war – ich entschied mich bewusst, ihr zu vergeben. Sie war meine Frau und sie hatte all die Jahre an meiner Seite ausgeharrt. Ich konnte nachvollziehen, wie sehr sie unter Druck stand, und ich kannte den Schmerz, den die Einsamkeit verursacht. Der Gedanke jedoch, dass sich so etwas wiederholen könnte, war mir unerträglich. Deshalb machte ich ihr klar, wie ernst ich es meinte mit meiner Vergebung, erklärte ihr aber auch, dass es aus wäre zwischen uns, sollte sie mich erneut betrügen.

Dawns Liebessprache war »Zärtliche Berührungen«. Vor meinem Umzug nach *Avoyelles* saß sie während unserer Treffen in der Besucherbaracke immer ganz dicht neben mir, hielt meine Hand oder drückte mich an sich. Nachdem ich zurückgekehrt war und sie nur noch zwei Stunden für die Fahrt ins *Angola* benötigte, hielten wir bei ihrem ersten Besuch zwar noch Händchen, doch ich spürte, dass sich etwas verändert hatte.

Da ich diesen Eindruck aber nicht zum Gegenstand einer Diskussion machen wollte, sprachen wir nur über die Mädchen und andere unverfängliche Dinge. Ich gab ihr Kontaktdaten, die Pastor Norris mir aufgeschrieben hatte, und bat sie, das Geld für die Turnschuhe an diese Adresse zu schicken. Sie meinte, sie würde das gerne für mich erledigen, und verabschiedete sich.

In den darauffolgenden Tagen kreisten meine Gedanken immer wieder um Dawn, doch als mich die Nachricht erreichte, Pastor Norris habe eine Beziehung zu einer Angehörigen des Wachpersonals, verblassten ihre Bilder in meinem Kopf.

Es überraschte mich nicht, dass ein Häftling eine Affäre mit einer Aufseherin hatte. Schließlich arbeiteten im *Angola* mehr weibliche Justizbeamte als männliche und im Verlauf der Jahre hatte ich immer wieder von solchen Romanzen gehört. Was mich allerdings irritierte, war die Tatsache, dass ausgerechnet Pastor Norris in diesen »Skandal« verwickelt war. Als »Trusty« hatte er sehr viel mehr zu verlieren als ein gewöhnlicher Insasse. Außerdem hatte ich von ihm, einem Bruder in Christus, weitaus mehr Widerstand gegen eine solche Versuchung erwartet. Den größten Schock versetzte mir aber die Erkenntnis, dass die betreffende Beamtin identisch war mit der Frau, an die Dawn das Geld schicken sollte. Obwohl es den Insassen des *Angola* durchaus erlaubt war, ihren Mithäftlingen ein Paar Schuhe abzukaufen, wurde ich den Verdacht nicht los, dass diese Aktion noch ein übles Nachspiel für mich haben würde.

Zwei Wochen später wurde Pastor Norris aus dem Hauptgefängnis in eine der Isolierzellen in *Camp J* verlegt. Bald darauf erhielt ich die Nachricht, dass ich in Kürze durch den internen Ermittlungsdienst befragt werden würde.

Diese Institution – eine Art FBI innerhalb der Mauern des *Angola* – residierte in einem Gebäude, das ich bis dahin noch nie betreten hatte. Ich wusste also nicht, was mich dort erwartete. Umso überraschter war ich, als ich eintrat und Direktor Cain gegenüberstand, der hinter einem großen Schreibtisch saß und mich musterte. Es war lange her, dass ich ein längeres Gespräch mit ihm geführt hatte, und ich war dementsprechend nervös.

»Setz dich«, sagte er, »und hör mir zu. Ich habe mir deine Akte genau durchgesehen und weiß, dass du ein guter Mann bist. Du weißt etwas anzufangen mit deinem Leben und hast hier ein paar wirklich gute Dinge getan, deshalb ist es mir so wichtig, dass du mir jetzt die Wahrheit sagst. Hast du das verstanden?«

»Ja«, erwiderte ich und versuchte, nicht nach den anderen Sicherheitsbeamten zu schielen, doch aus den Augenwinkeln nahm ich ihre feindseligen Blicke wahr. »Natürlich, Direktor Cain. Kein Problem.«

»Okay, das ist gut. Also – wo ist die SIM-Karte für das Handy?«

Ich hatte keine Ahnung, wovon er sprach, deshalb bat ich ihn, die Frage zu wiederholen.

»Die SIM-Karte des Handys. Wo ist sie?«

Man schrieb das Jahr 2011. Ich hatte noch nie etwas von einer SIM-Karte gehört, geschweige denn eine gesehen, und über ihre Funktion wusste ich schon gar nicht Bescheid. Erst bei meinem Ausflug nach Simmesport in die Gemeinde von Dr. Draper hatte ich das erste Mal ein Handy gesehen. Aber in die Hand genommen hatte ich es nicht. »Es tut mir leid, Direktor Cain. Ich weiß nicht einmal, was ein SIM ist.«

Er lehnte sich zurück und runzelte die Stirn. Nun riskierte ich einen Blick auf die anderen Beamten und bemerkte auch auf ihren Stirnen steile Falten.

»Gut. Dann will ich dir mal klarmachen, was für dich auf dem Spiel steht«, seufzte Direktor Cain. Er berichtete von Pastor Norris und der Aufseherin und erwähnte, dass die Tochter von Norris bereits bei dieser Frau wohnte. Im Zuge der Ermittlungen hatte man die Bibliothek durchsucht, in der Pastor Norris arbeitete, und zwei Mobiltelefone sowie einige an ihn adressierte Briefe seiner Freundin entdeckt.

»Und in einem dieser Briefe steht dein Name«, sagte Direktor Cain. »Willst du wissen, in welchem Zusammenhang?«

Der ganze Raum begann, sich um mich zu drehen.

»Sie schreibt: ›Das Geld von Oliviers Frau habe ich immer noch nicht bekommen.‹«

Mein Mund war staubtrocken, als ich antwortete. »Direktor Cain, über Pastor Norris weiß ich nicht mehr, als dass er mir ein Paar Schuhe verkauft hat. Er hatte nur eine Bitte – eine meiner Verwandten sollte das Geld an eines seiner Familienmitglieder schicken. Daraufhin habe ich die ganze Angelegenheit meiner Frau übergeben. Das ist alles. Von Mobiltelefonen ist mir nichts bekannt und ich bin auch nicht informiert über die Beziehungen, die er zu irgendwelchen Frauen pflegt.«

»Und das ist die Wahrheit?«

»Ja, Direktor Cain. Das ist die Wahrheit.«

Er schwieg einen Augenblick und sah mir tief in die Augen. »Na gut. Dann dürftest du auch nichts dagegen haben, wenn wir auf Nummer sicher gehen und dich an den Lügendetektor anschließen, oder?«

Ich versicherte ihm, dass ich damit einverstanden sei.

»Aber denk dran«, fügte er hinzu, während einer seiner Mitarbeiter eine Kiste aus dem Schrank an der Rückwand des Zimmers holte, einen Apparat herausnahm sich daran zu schaffen machte, »wenn du den Test nicht bestehst, mache ich dich fertig.«

Als ich meinen Mund öffnete, um etwas zu erwidern, brachte ich kein Wort heraus. Stattdessen beschloss ich, den Detektor für mich sprechen zu lassen.

* * *

Es dauerte ein paar Minuten, bis die Maschine einsatzbereit und ich ausreichend verdrahtet war. Nie zuvor hatte ich einen derartigen Test durchlaufen und ich war überrascht, wie nervös mich das Ganze machte. Als alles fertig war, verließ der Direktor mit all seinen Leuten den Raum, sodass nur ein Mitarbeiter des Ermittlungsdienstes zurückblieb, der dann auch gleich den entscheidenden Knopf am Apparat drückte. Mein Pulsschlag beschleunigte sich.

»Ist Ihr Name Ronald Olivier?«

»Ja.«

»Ist heute der 17. März 2011?«

»Ja.«

Es folgten ein paar weitere allgemeine Fragen, doch bald kam der Beamte auf das Thema »Mobiltelefone« zu sprechen. Ich beteuerte, dass ich noch nie ein Handy in der Hand gehabt, geschweige denn benutzt hatte. Genauso stritt ich ab, dass ich informiert war über die Vorgänge rund um Pastor Norris und darüber Bescheid wusste, dass seine Geliebte Handys in die Strafanstalt schmuggelte.

Die Prüfung war erstaunlich schnell zu Ende. Ich lehnte mich zurück und atmete erstmals tief durch. Die Fragen waren leichter zu beantworten gewesen, als ich befürchtet hatte und es war mir an keiner Stelle schwergefallen, sie wahrheitsgemäß zu beantworten.

Nachdem er mir die Kabel abgenommen hatte, verließ der Justizbeamte den Raum und kam eine Weile später zusammen mit Direktor Cain zurück. Dieser hielt einen Ausdruck in der Hand, auf dem man das Ergebnis des Tests ablesen konnte. In seinen Augen lag eine erschreckende Kälte, als er mich ansah und sein Urteil verkündete.

»Nicht bestanden.«

Kapitel 36

Wieder im Verlies

Der Direktor ordnete an, mich unverzüglich ins *Camp J* zu bringen. Man steckte mich in eines jener Verliese, die ich aus meiner Zeit als Seelsorger noch kannte. Es war eine »Suizid-Präventions-Zelle«, ausgestattet mit einer Überwachungskamera und in direkter Nachbarschaft zum Büro des Aufsehers.

Kaum hatte sich die Tür hinter mir geschlossen, machte ich mich daran, den Raum zu reinigen. Einerseits brauchte ich die Ablenkung, andererseits wollte ich sichergehen, dass dort keine kompromittierenden Dinge versteckt waren, aus denen man mir einen Strick hätte drehen können. Und so untersuchte ich den Stahlrahmen des Bettes, die Lampen und das Waschbecken. Ich tastete sogar die Wände ab, um lockere Backsteine zu finden, hinter denen sich möglicherweise selbst gebaute Messer, Handschellenschlüssel oder Zigaretten verbargen. Auf keinen Fall wollte ich ihnen einen Grund dafür liefern, mich länger als unbedingt nötig dort festzuhalten.

Während ich putzte und räumte, betete ich unablässig, doch es kam mir bald leichter vor, mit den äußerlichen Gegebenheiten dieser Zelle zurechtzukommen als mit der geistlichen Atmosphäre, die dort herrschte. Es schien dort etwas Böses in der Luft zu liegen und als ich mich am Abend dieses ersten Tages zum Schlafen hinlegte, empfand ich diese beklemmende Stimmung so intensiv, dass es mich förmlich ins Bett hineindrückte.

* * *

Am nächsten Tag verlegte man mich in eine andere Zelle. Auch diesen Raum unterzog ich der gleichen Prozedur, reinigte und untersuchte jeden Zentimeter und betete ununterbrochen. Doch auch in dieser neuen Umgebung spürte ich die Kraft des Bösen, hier sogar noch um ein Mehrfaches deutlicher als zuvor. Zum ersten Mal in meinem Leben befielen mich unvorstellbar schwarze Gedanken.

Hier kommst du nie wieder raus.

Am besten machst du gleich Schluss.

Ich hatte lange genug in *Camp J* gearbeitet, um zu wissen, dass die Selbstmordrate unter den Insassen sehr hoch war. Dennoch hatte ich mich nicht besonders eingehend mit den Gründen befasst, die sie dazu trieben. Nun glaubte ich sie zu kennen. Ich fühlte mich wie ein Mensch, der auf einer Klippe über einem Abgrund steht. Eine falsche Bewegung und ich würde abstürzen.

Wenige Tage später hörte ich die Stimme eines Mithäftlings, der ein paar Zellen weiter untergebracht war, und ich erkannte sie sofort. Natürlich war ich froh und dankbar für die Abwechslung und die Chance, abgelenkt zu werden von der widerwärtigen Todessehnsucht, die mich verfolgte.

»Pastor Norris? Sind Sie das? Ich bin's, Ronnie. Ein paar Zellen weiter nach links, den Gang runter.«

»Ronnie, ist das die Möglichkeit? Was machst du denn hier?«

»Na ja, eigentlich sind Sie schuld daran, dass ich hier gelandet bin. Direktor Cain ist überzeugt davon, dass ich in Ihren Fall verwickelt bin.«

»Was? Im Ernst? Ich werde ihm sofort einen Brief schreiben und erklären, wie es sich wirklich verhalten hat.«

»Dafür wäre ich Ihnen sehr dankbar. Ich hätte aber noch eine andere Bitte an Sie.«

»Worum geht es, Ronnie?«

»Ich kämpfe permanent gegen die Finsternis an, die diesen Trakt erfüllt, und bräuchte Ihre Unterstützung. Würden Sie mit mir beten?«

Die gemeinsamen Gebete halfen und die schlimmsten Gedanken verblassten, doch gleich am nächsten Tag wurde ich mit der brutalen Realität konfrontiert, die einem das Überleben in *Camp J* so schwer machte. Es passierte einfach nichts. Stunde um Stunde stand ich in meiner Zelle, starrte vor mich hin und wartete. Doch es passierte einfach nichts.

Ich hatte keinen Zugang zu Büchern und auch keine Aussicht, irgendwann Lesestoff zu bekommen. Es gab kein Fernsehen, keinen Hofgang. Ich bekam nichts anderes zu sehen als die nackten Wände dieser 1,90 x 2,70 m großen Zelle, die dicken Gitterstäbe an einem Ende und den dunklen Korridor dahinter.

Die Stunden dehnten sich, bis sie sich anfühlten wie ganze Tage.

Wann immer es mir möglich war, suchte ich das Gespräch mit Pastor Norris, doch die Verzweiflung lastete so schwer auf mir, dass es mir nur von Zeit zu Zeit gelang, dieses Gefühl abzuschütteln.

Die meiste Zeit lag ich auf meinem Bett, starrte die Wände an und versuchte mir einzureden, dass ich sie jederzeit verlassen konnte.

* * *

Die erste Woche in *Camp J* lag bereits hinter mir, als ich hörte, wie Pastor Norris meinen Namen rief. Er teilte mir mit, dass Direktor Cain ihm auf seinen Brief geantwortet habe und ihm mitteilte, dass er seine Meinung über mich nicht geändert habe.

Das überraschte mich nicht. Als der Leiter der Strafanstalt mir drohte, er würde mich fertigmachen, wenn ich den Test mit dem Lügendetektor nicht bestünde, bestand für mich kein Zweifel, dass er es absolut ernst meinte. Und er würde dafür sorgen, dass ich erst mal dort blieb, wo ich war.

Trotzdem zerbrach ich mir den Kopf über die Frage, wie lange ich wohl in der Isolierzelle bleiben müsste. So wie ich die Lage einschätzte, herrschten in *Camp J* noch die gleichen Bedingungen wie zu der Zeit, als ich dort arbeitete. Die Häftlinge blieben in der Regel ein halbes Jahr in den Zellen. Anfangs waren sie den härtesten Regeln und Einschränkungen unterworfen, nach den ersten anderthalb Monaten aber verbesserte sich ihre Lage. Zeigte man beispielweise das entsprechende Wohlverhalten, dann durfte man sich schon mal ein paar Leckerbissen aus der Kantine bestellen. Nach weiteren neunzig Tagen mit guter Führung konnte es durchaus passieren, dass man zurückverlegt wurde ins Hauptgefängnis.

Sechs Monate. Man hätte mich auch zu sechs Jahren *Camp J* verurteilen können. Es fühlte sich nicht anders an – wie eine Ewigkeit, eine endlose, tägliche Qual, vor leeren Wänden sitzen zu müssen und den eigenen Gedanken ausgeliefert zu sein. Umso dankbarer war ich, dass es mir gelang, mit meinen Gedanken einen ausreichend weiten Bogen um das Thema »Selbstmord« zu schlagen. Dafür arbeitete ich mich jeden Tag an der Frage ab, warum Gott es zuließ, dass sie mich hier einsperrten.

Er wusste doch, dass ich die Wahrheit gesagt hatte. Er wusste, dass Direktor Cain die Dinge falsch beurteilte. Warum erlaubte er ihnen, so mit mir zu verfahren? Warum ließ Gott mich hier verrotten? Warum griff er nicht ein?

Fragen dieser Art stellte ich etwa tausendmal am Tag.

Doch ich bekam nie eine Antwort darauf.

Kapitel 37

Schlechter Tag oder kurzes Stimmungstief?

Woche für Woche ging ins Land. An meiner Situation änderte sich nichts. Minuten fühlten sich an wie Stunden, Stunden wie Tage. Ab und zu kam einer der Wärter an meiner Gittertür vorbei, stoppte und starrte mich an, als glaubte er, seinen Augen nicht trauen zu können. Doch mit der Zeit wurde auch das zur vorhersehbaren Routine.

»Olivier? Was machst du denn hier?«

Wenn ich mich dann bemühte, die Sachlage so einfach wie möglich zu schildern, versicherte mir die Mehrzahl der Aufseher: »Das ist absolut nicht in Ordnung. Ich werde mal sehen, was ich für dich tun kann.«

Meistens lächelte ich und bedankte mich, wohl wissend, was dabei herauskommen würde. In der Regel tauchten sie ein paar Tage später wieder auf und machten ein betretenes Gesicht.

»Ich konnte leider nichts ausrichten«, gaben sie kleinlaut zu. »In deiner Akte steht, dass du hierbleibst, bis Direktor Cain persönlich über deine weitere Unterbringung entschieden hat. Es tut mir leid, Mann. Da sind mir die Hände gebunden.«

Mit der Zeit verlor mein Wunsch, Gott zur Rechenschaft zu ziehen, die Dringlichkeit, die er anfangs gehabt hatte. Ich hörte auf, Erklärungen von ihm einzufordern, und vertröstete mich mit der Aussicht, dass dieses Drama im Moment zwar keinen Sinn ergab, dass ich den Sinn dahinter aber eines Tages mit Sicherheit verstehe würde. Hätte ich erst mal die sechsmonatige Frist absolviert, würde ich *Camp J* hinter mir lassen und all die Antworten bekommen, nach denen ich so dringend suchte.

Als ich die Neunzig-Tage-Marke überschritt, teilte man mir mit, dass ich von Kategorie 2 auf Kategorie 3 hochgestuft würde. Das bedeutete, dass man mir ab sofort Zugang zur Kantine gewährte, und ich versuchte, dieser Vergünstigung etwas Positives abzugewinnen. Ich sagte mir: *Halte durch! Nur sechs Monate. Du durchläufst jetzt diesen Prozess und dann ist alles wieder gut.*

Der 17. September 2011 kam. Und ging. Und ich saß immer noch in Isolationshaft.

Eine paar Tage lang flüchtete ich mich in die Annahme, sie hätten ein späteres Datum als Beginn der sechs Monate angesetzt, doch damit machte ich mir selbst etwas vor. Man behandelte mich nicht wie die anderen Häftlinge in *Camp J*, dementsprechend hielt man auch nicht die Fristen ein, nach denen andere Gefangene aus der Isolationshaft entlassen wurden.

Diese Erkenntnis traf mich schwer und ich versuchte, den Schlag irgendwie wegzustecken, doch das gelang mir nur zum Teil. Die Wände nahmen mir von Neuem die Luft zum Atmen und ich spürte, wie mir die Widerstandskräfte schwanden.

Seit meinem ersten Tag in *Camp J* lag Dawn mir in den Ohren mit ihrer Bitte, mich sehen zu dürfen. Anfangs hatte ich mich dagegen gesperrt, weil ich wusste, dass in diesem Teil der Strafanstalt Besuche nur unter erheblichen Einschränkungen möglich waren, und ich wollte uns beiden eine derartige Prozedur ersparen. Diese Meinung änderte sich allerdings, als auch der September verstrich, ohne dass sich an meinem Status etwas änderte.

Damals, als ich noch ein »Trusty« war und im Hauptgefängnis lebte, stellten Besuche eine wundervolle Abwechslung im Alltag dar. Es waren viele schöne Stunden, die wir dort in der Besucherbaracke verbrachten. Wir saßen um den großen Tisch, die Mädchen saßen auf meinem Schoß und kuschelten sich an mich und wir redeten, lachten und genossen die leckeren Speisen, die uns die Küche zur Verfügung stellte. Im *Camp J* war alles anders.

In den Besuchsraum geführt zu werden und Dawns Reaktion zu sehen, gab mir den Rest. Kaum hatte sie mich erkannt, schossen ihr auch schon die Tränen in die Augen. Die Handschellen und Fußfesseln, die man mir angelegt hatte, zwangen mich, langsam zu gehen, und es machte mir einige Mühe, mich auf dem Stuhl niederzulassen, den man mir zugewiesen hatte.

Getrennt durch ein Maschendrahtgitter sahen wir uns lange Zeit nur an.

Es fiel mir schwer, die richtigen Worte zu finden. Nach minutenlangem Schweigen sagte ich das, was mir spontan durch den Kopf schoss.

»Ich bin froh, dass du die Mädchen nicht mit hierhergebracht hast.«

Verhaltene Schluchzer begleiteten Dawns Tränen. Wir unterhielten uns eine Weile so gut es ging, doch man konnte nicht übersehen, dass das Ganze eine schreckliche Erfahrung für sie war. Für uns beide.

Als es vorbei war und ich wieder in meiner Zelle saß, fühlte ich mich mehr als niedergeschlagen. Ich war am Boden zerstört. Verlassen. Vergessen.

* * *

Als ich ganz am Anfang meiner Zeit im *Angola* schon einmal in so einem *Verlies* gesessen hatte, weil man einen Handschellenschlüssel bei mir gefunden hatte, suchte ich Zerstreuung, indem ich mich an bessere Tage erinnerte. Ganz langsam blätterte ich durch das Album in meinem Kopf und rief alles ab, was da an Sinneseindrücken noch vorhanden war. Dasselbe versuchte ich jetzt in *Camp J* und zeitweilig funktionierte es auch. Doch mit jeder Stunde, die ablief, jedem Tag, der verging, und jeder Woche, die verstrich, fiel es mir schwerer, mich darauf zu konzentrieren.

Einige der Geschichten, die mir seinerzeit geholfen hatten, die zehntägige Isolationshaft zu überstehen, waren mittlerweile jahrzehntealt und begannen bereits, in meinem Gedächtnis zu verblassen. Ich war siebenunddreißig Jahre alt und hatte mehr als die Hälfte meines Lebens im Gefängnis verbracht – zwanzig Jahre. Die Erinnerungen, die mir an mein Leben in Freiheit geblieben waren, fühlten sich an wie von einem anderen Menschen geborgt.

Stattdessen rückten immer mehr Bilder aus meiner jüngsten Vergangenheit in den Vordergrund. Der schöne Ausflug nach Simmesport zum Beispiel, als wir Dr. Draper und seine Gemeinde besuchten, all die glücklichen Stunden in der Besucherbaracke oder die Festessen, die meine Gemeinde im *Angola* ausrichtete. Was mir aber am meisten Kraft gab, waren nicht Teller voller Gumbo, nicht der Blick über endlos weite Felder, die an uns vorbeiflogen, als wir die Autobahn entlangbrausten, und auch nicht das Glück, das ich empfand, als Dawns Mädchen auf meinem Schoß einschliefen. Es war ein kluger Satz, den ich irgendwann einmal im Verlauf der Jahre gehört hatte: »Ich kenne keine schlechten Tage, höchstens mal einen schlechten Moment«, wie Pastor Hicks, einer meiner Lieblingsprediger, zu sagen pflegte. »Und ich lasse nicht zu, dass mir diese kurzen Augenblicke vorgeben, wie ich mich zu fühlen habe, schon gar nicht über einen Zeitraum von vierundzwanzig Stunden.«

Ich musste auch an das denken, was Joyce Meyer gesagt hatte, als sie das *Angola* besuchte und auf dem Platz predigte, auf dem sonst die Rodeos stattfinden. Sie sprach über Paulus, der im Gefängnis saß, als er seinen Brief an die Gemeinde in Philippi schrieb. Die Umstände, unter denen er dort lebte, waren fürchterlich und es waren nicht nur die Ausdünstungen menschlicher Exkremente, die ihn quälten. Nichtsdestotrotz schrieb er über die Freude. »Du solltest mal darüber nachdenken, worüber du so nachdenkst«, provozierte Joyce. »Du sitzt hinter Gittern, doch du bist nicht verpflichtet, dich dabei auch noch mies zu fühlen.« Diese Botschaft markierte tatsächlich einen Wendepunkt in meinem Denken. Sie inspirierte mich, nach den Dingen Ausschau zu halten, über die man sich durchaus auch in einem Gefängnis freuen kann.

Und es gab noch eine Begegnung, die mich in diesem Zusammenhang beschäftigte. Sie ereignete sich, kurz nachdem ich meinen Dienst als Seelsorger in *Camp J* angetreten hatte. Man schrieb das Jahr 2007, als der Hurrikan »Katrina« New Orleans verwüstete. Im ganzen Land wurden Evakuierte verteilt. Auch im *Angola*, das eine ganze Reihe von Sträflingen aus den verschiedenen Haftanstalten der Stadt aufnahm. Ein paar von ihnen kamen zu uns in den Gottesdienst. Man sah ihnen an, was sie durchgemacht hatten, und ich kann mich noch an die beiden Sätze erinnern, mit denen ich sie damals zu trösten versuchte: »In jeder Tragödie ist auch ein Schatz verborgen. Wenn es lichterloh brennt im Leben, lohnt es sich, solange in der Asche zu suchen, bis man das Gold findet.«

Auch wenn seither Jahre vergangen waren, konnte ich mich trotz aller Finsternis, die mich in meiner Zelle umgab, daran erinnern, wie gut es sich anfühlte, nur dieses eine Ziel zu verfolgen: Gott immer näher zu kommen. Und so beschloss ich, auf Schatzsuche zu gehen. Ich wollte das Gold finden, das zwischen den Mauern von diesem *Verlies* versteckt war.

Obwohl es mir anfangs nicht leichtfiel, achtete ich darauf, was mir so durch den Kopf ging. Ich versuchte, mich nicht länger mit negativen Gedanken aufzuhalten. Es galt, aktiv anzugehen gegen die Sorge, man könne mich noch jahrelang in Isolationshaft halten. Ängste wie diese beschlichen mich nach wie vor, doch ich erlaubte ihnen nicht, mich so weit runterzuziehen, dass das Ganze in Depressionen oder Verzweiflung ausartete. Ein kurzer Augenblick schlechter Laune musste sich nicht zwangsläufig zu einem schlechten Tag ausweiten. Es galt, meinen Seelenhaushalt in den Griff zu bekommen und nur noch über Dinge nachzudenken, die mir guttaten. Ich dachte über Bibelverse nach, durchwühlte meine grauen Zellen auf der Suche nach Lobpreisliedern, dankte

Gott für die guten Dinge in meinem Leben und hörte auf, ihn an das zu erinnern, was noch nicht gut lief.

Nach und nach stellten sich die ersten Erfolge ein, wenn auch langsam. Allerdings hatte ich mehr als genug Zeit, die neue Denkweise einzuüben.

* * *

Die Monate vergingen und es gab noch immer keine Anzeichen dafür, dass Direktor Cain seine Meinung ändern könnte. Je länger sich das Ganze hinzog, desto deutlicher wurde mir meine Situation bewusst. Er hatte mich wegsperren lassen, ohne mir die Möglichkeit zu geben, Einfluss auf seine Sicht der Dinge zu nehmen, ohne Hoffnung, jemals aus diesem *Verlies* freizukommen.

Immer wenn ich versucht war, mich in Spekulationen dieser Art zu verlieren, wusste ich, dass ich etwas dagegen unternehmen musste. Ich machte mir bewusst, dass ich keineswegs machtlos war und dass ich keinen Grund hatte, die Hoffnung aufzugeben. Ich hatte durchaus die Möglichkeit, meine Situation zu ändern, und ich konnte auch sofort damit anfangen. Hier in meiner Zelle. Und so wie Paulus durfte auch ich alles andere getrost Gott überlassen.

Überhaupt tat es gut, über Paulus nachzudenken. An seinem Vorbild richtete ich mich auf, er brachte mich stets auf andere Gedanken. Ich stellte mir vor, wie er da im Unrat dieses Kerkers saß und dennoch lächelte, während er Gott lobte und ihm dankte. Und ich fragte mich – wenn es ihm unter diesen verschärften Bedingungen möglich war, wie viel mehr Grund hatte ich, mich zu freuen?

Eines Tages traf mich eine weitere Erkenntnis mit voller Wucht: Paulus saß da nicht einfach nur in seinen Ketten und sang Loblieder. Er predigte. Und wenn er das tat, warum nicht auch ich?

Gedacht, getan.

Von diesem Moment an sah ich in *Camp J* nicht mehr die

Strafkolonie, sondern das Missionsfeld. Ich nahm mir vor, jedem, der meinen Trakt betrat, von Jesus zu erzählen.

Mit diesem Entschluss änderte sich alles. Ich fühlte mich Gott näher als je zuvor in meinem Leben. Ich hatte meinen Frieden mit meiner Situation gemacht und war gleichzeitig Feuer und Flamme. Obwohl es auch danach noch kleinere Stimmungstiefs zu überwinden galt, freute ich mich täglich über die Gelegenheit, Ja zu sagen zu Gott.

Es war nicht nur mein Blickwinkel, der sich geändert hatte. Auch viele von meinen Mithäftlingen bekamen neuen Lebensmut. Drei von ihnen fanden zu Jesus.

Kapitel 38

Mein Leben liegt nicht in den Händen von Direktor Cain

Die Augen waren geschlossen. Der Atem ging regelmäßig. Ich saß frühmorgens auf meinem Bett und befand mich irgendwo im Grenzbereich zwischen Gebet und Schlaf. Mein fünfzehnter Monat in *Camp J* neigte sich seinem Ende zu und mittlerweile genoss ich die Freiheit, mehrere Stunden pro Tag so zu verbringen. Einfach nur vollkommen entspannt. Ohne Gedanken zu wälzen. Dieser Tag aber begann irgendwie anders. Statt auszuruhen, sah ich vor meinem inneren Auge Bilder, die wie eine Vorausschau auf künftige Begebenheiten wirkten. Ich sah mich in New York und allein die Aussicht darauf elektrisierte und begeisterte mich.

Dann nahm ich Schritte auf dem Korridor vor meiner Zelle wahr. Sie kamen immer näher und gleich darauf hörte ich eine Stimme, die mir seltsam vertraut vorkam. »In welcher Zelle liegt er denn nun?« Es lag eine gewisse Anspannung in der Stimme, eine Härte, die sie normalerweise nicht hatte.

Ich öffnete meine Augen und sah einen Mann, der vor meiner Gittertür stand.

»Ronald Olivier? Bist du das?«

Ich lächelte. »Pastor Cymbala.« Jim Cymbala, den Pastor der *Brooklyn Tabernacle Church*, hatte ich vor vielen Monaten das letzte Mal gesehen, wenige Wochen bevor ich das Hauptgefängnis verlassen musste. Er kam regelmäßig in unser Gefängnis und lud die Männer, die in dem Video »Miracle of Hope« mitgewirkt hatten, zu einem gemeinsamen Mittagessen ein, das Direktor Cain ausrichtete. Wir freuten uns natürlich über die Gelegenheit, uns auszutauschen, nebenher gut zu speisen und das, was übrig blieb, auch noch mitnehmen zu dürfen in unsere Schlafsäle. Es tat so gut, Pastor Cymbala wiederzusehen. Es tat auch gut zu wissen, dass es ihn überhaupt gab. An ihm konnten wir ablesen, wie ein Leben in Freiheit, Ordnung und Nächstenliebe aussah.

»Was machst du hier, Ronnie? Du gehörst hier nicht hin.«

Ich erzählte ihm die komplette Geschichte genau so, wie ich sie schon mehrfach erzählt hatte, zum Beispiel den fassungslosen Aufsehern, die so überrascht waren, mich in *Camp J* anzutreffen. Er kam aus dem Staunen nicht heraus, während ich redete, und blickte schließlich mehr als nur verärgert drein.

»Ich rede mit Direktor Cain«, versicherte er mir, nachdem ich meinen Bericht beendet hatte. Ich wollte ihm schon davon abraten, weil er meiner Ansicht nach keinen Erfolg damit haben würde, doch ich besann mich eines Besseren.

Er war noch nicht lange weg, da hörte ich schon wieder Schritte auf dem Korridor. Es war tatsächlich Pastor Cymbala, der zurückkehrte. Ich glaubte natürlich zu wissen, was er mir mitteilen würde: Es bestand leider keine Aussicht, dass der Direktor mich in absehbarer Zeit aus der Isolationshaft entlassen würde. Das war der Bescheid, mit dem ich rechnete, und ich war nicht einmal enttäuscht.

Doch Pastor Cymbala hatte eine andere Nachricht für mich. Was er mir ausrichtete, reichte aus, um mich emporschnellen zu lassen von meinem Bett, als führen mir tausend Volt durch die Glieder.

»Direktor Cain lässt dich raus, Ronnie.«

* * *

Vier Monate später lag ich wieder auf meinem Bett – dem gleichen Bett in der gleichen Zelle im gleichen Camp wie achtzehn Wochen zuvor, als Pastor Cymbala mich besucht hatte.

»Ronnie?«

»Pastor Cymbala!«

Diesmal gab es keine lange Unterhaltung. Ich befand mich nach wie vor in Isolationshaft und wartete darauf, dass der Direktor das tat, was er angekündigt hatte, und mich in das Hauptgefängnis verlegte.

Diesmal verhielt sich auch der Pastor anders. Bei unserem ersten Treffen war er irritiert gewesen. Jetzt war er fuchsteufelswild.

»Ich werde dir helfen«, knurrte er. »Ich hole dich hier raus.«

Wenige Stunden später legten sie mir Handschellen und Fußfesseln an, führten mich aus der Zelle und fuhren mich direkt zum Büro des Direktors. Es war das erste Mal, dass ich diesen Raum betrat, und das erste Mal seit achtzehn Monaten, dass ich *Camp J* verließ. Ich war etwas eingeschüchtert angesichts der vielen Leute, die sich dort versammelt hatten – von den Jungs der Ermittlungsbehörde über Direktor Cain bis zu mehreren Gefängnisgeistlichen, die ich alle kannte. Unter ihnen war auch Jim Rentz, ein älterer Pastor, der schon im Ruhestand war und den ich besonders schätzte. Ihm schenkte ich ein besonders nettes Lächeln. Er war etwa achtzig Jahre alt und hatte viele Jahre lang wertvolle seelsorgerliche Dienste in unserer Strafanstalt geleistet. In den christlichen Kreisen innerhalb und außerhalb von *Angola* wurde er sehr geschätzt. Immer wieder war er zu mir ins *Camp J* gekommen, um mich aufzumuntern, und ich konnte mich darauf verlassen, dass er fest zu mir hielt.

Doch sosehr ich mich auch über seine Anwesenheit und sein strahlendes Lächeln freute, es konnte nicht über die finsteren Blicke der anderen Anwesenden und die feindselige Haltung hinwegtäuschen, die sie mir gegenüber einnahmen. Diese Versammlung wirkte derartig einschüchternd auf mich, dass ich Herzklopfen bekam.

Direktor Cain ergriff das Wort und forderte mich erneut auf, ihm zu berichten, was mir über Pastor Norris und die Mobiltelefone bekannt war. Ich wusste, was er von mir hören wollte. Wie leicht hätte ich ihm jetzt eine Lüge auftischen können, hätte behaupten können, ich hätte Bescheid gewusst über die Handys, wäre aber zu einer entsprechenden Aussage nicht bereit gewesen, weil ich Pastor Norris nicht erneut in Schwierigkeiten bringen wollte. Der hatte *Camp J* längst verlassen und war jetzt im Hauptgefängnis. Doch ich wollte nicht lügen. Also erzählte ich ihm genau das Gleiche wie anderthalb Jahre zuvor. Und das war die Wahrheit.

Direktor Cain lehnte sich zurück in seinem Stuhl und es wurde mucksmäuschenstill im Raum. Ich blickte in die Runde und erkannte den Mann wieder, der für den internen Ermittlungsdienst arbeitete und den Test mit dem Lügendetektor durchgeführt hatte. Neben ihm stand eine große Kiste. Es fiel mir nicht allzu schwer zu erraten, was sie enthielt.

Die nächste Person, die sprach, war nicht der Direktor, sondern einer der Pastoren. Er wirkte irgendwie verärgert und trat einen Schritt auf mich zu. »Nun komm schon, Olivier. Warum lügst du? Warum machst du nicht endlich reinen Tisch?«

Ich sah ihm fest in die Augen und dachte nicht daran, meinen Blick zu senken. Es kam mir so vor, als sei ich wieder in *Camp D* oder gar zurück auf der Straße. Er versuchte meinen Widerstand zu brechen und scheiterte an meiner Entschlossenheit, das nicht zuzulassen.

Als Nächstes schaltete sich ein Mitarbeiter des Ermittlungsdienstes ein und warf mir erneut vor, sie alle anzulügen. Kaum war er mit seiner Tirade fertig, attackierte mich der Nächste. Mit jeder Wortmeldung steigerte sich die Lautstärke und der Ton wurde immer schriller. Mein Herz raste und irgendwann hatte ich den Eindruck, dass es hier nicht mehr darum ging, ob ich die Wahrheit sagte oder was für einen Charakter ich hätte. Dieser Angriff nahm eindeutig geistliche Dimensionen an. Und ich saß da, an Händen und Füßen gefesselt, musste das Geschrei dieser Typen über mich ergehen lassen und hatte nur noch einen Wunsch – wegzulaufen.

»Das reicht jetzt!«

Es war eine laute Stimme. Laut genug, um die ganze Truppe augenblicklich zum Schweigen zu bringen. Doch es war nicht Direktor Cain, der da gebrüllt hatte. Es war Pastor Rentz. Er warf jedem einzelnen Anwesenden einen strafenden Blick zu, ganz besonders dem Direktor.

»Dafür sind wir nicht hierhergekommen. Wir sind hier, um seine Unschuld festzustellen. Und nichts anderes. Ich bin felsenfest überzeugt davon, dass er die Wahrheit sagt, und ich lasse nicht zu, dass ihr weiter so mit ihm umspringt.«

Direktor Cain antwortete mit einem Schulterzucken und nickte dem Mann mit der Kiste zu. »Gut. Ich denke, wir schließen ihn noch einmal an den Lügendetektor an.«

Diesmal fühlte ich mich besser als beim ersten Durchgang. Ich atmete ruhig und gleichmäßig und behielt einen kühlen Kopf, als sie mich verdrahteten und die ersten Fragen stellten. Meine Antworten enthielten nichts anderes als die reine Wahrheit.

Als es vorbei war, sah der verantwortliche Beamte hinüber zu Direktor Cain und schüttelte den Kopf.

* * *

Gegen Ende des Tages brachten sie mich zurück ins *Camp J.* Die gleiche Zelle, das gleiche Bett, die gleichen Wände, die gleiche Decke. Diesmal aber wusste ich, dass mein Aufenthalt dort nur noch von kurzer Dauer sein würde.

Als feststand, dass ich den Test wieder nicht bestanden hatte, rechnete ich damit, dass nun der ganze Raum explodieren würde. Doch nichts dergleichen geschah. Pastor Rentz ergriff das Wort. Er forderte Direktor Cain auf, die Testergebnisse in den Papierkorb zu werfen und mich endlich aus der Isolationshaft zu entlassen. Der Direktor sagte zunächst gar nichts, doch nachdem er eine Zeit lang intensiv nachgedacht hatte, wurde ihm klar, dass es keinen vernünftigen Grund gab, mich dort zu belassen, wo ich herkam. Er erlaubte mir die Rückkehr ins Hauptgefängnis und ordnete meine Unterbringung in einem ganz normalen Schlafsaal an. Sogar meine Tätigkeit als Gemeindemitarbeiter durfte ich wieder aufnehmen, ganz zu schweigen von meinem Status als »Trusty«, den man mir erneut verlieh. Ich war vollkommen rehabilitiert.

Es war mir klar, dass es etwas dauern würde, bis ich wieder in den alten Lebensrhythmus gefunden hätte, doch das machte mir nichts aus. Ich nutzte die Zeit, um nachzudenken.

Anfangs war ich wütend.

Wütend darüber, dass Direktor Cain sich so irren konnte. Dass er so stur war. Dass er sich mir gegenüber so gleichgültig gezeigt hatte. Ich hatte ihn als wiedergeborenen Christen kennengelernt und glaubte, wir wären geistliche Brüder. Umso schwerer fiel es mir zu verstehen, warum es ihm so wichtig war, mich zu zerbrechen. Was hatte ich an mir, das ihn veranlasste, mich so schlecht zu behandeln?

Ein Stück weit empfand ich Respekt vor der Konsequenz, mit der er seiner Überzeugung treu geblieben war und die Sache so lange durchgezogen hatte. Was ich aber überhaupt nicht nachvollziehen konnte, war seine Entscheidung, einer störanfälligen Maschine weitaus mehr zu vertrauen als mir. Was war während dieser achtzehn Monate geschehen? Hatte er mich einfach vergessen oder ging es ihm wirklich nur darum, mich fertigzumachen? Und wie wäre es weitergegangen, wenn sich Pastor Cymbala und Jim Rentz, der Gefängnisgeistliche, nicht so für mich eingesetzt hätten? Wie viele Jahre hätte er mich noch in diesem Loch verrotten lassen?

Doch diese ganze Fragerei führte zu nichts und ich spürte, wie Ärger und Bitterkeit mich langsam, aber sicher vergifteten. Mir wurde bewusst, dass ich ihm vergeben musste. Und das tat ich dann, dort auf meinem Bett, an meinem letzten Tag in *Camp J*. Ich nahm mir auch vor, Ausschau nach ihm zu halten, wenn ich einmal in den Himmel käme. Denn wenn ich ihn fände, würde ich die Antworten bekommen, die ich suchte.

Ich verabschiedete mich also von all der Wut und den anderen negativen Gefühlen und während ich das tat, begriff ich etwas sehr Wichtiges:

Mein Leben liegt nicht in den Händen des Gefängnisdirektors.

Das war nie der Fall und dieser Umstand würde auch nie eintreten. Selbst wenn ich den Rest meines Lebens in einer Einzelzelle in *Camp J* verbringen müsste, würde mein Schicksal nicht von Direktor Cain abhängen. Es lag in Gottes Händen.

Mir konnte nichts geschehen, was Gott nicht zugelassen hatte. Er allein verdiente mein ganzes Vertrauen. Auf ihn allein wollte ich künftig meine Augen richten.

Teil 6

Der Weg in die Freiheit

Kapitel 39

Mein Leben liegt nicht in den Händen von Chicken George

Ungefähr zu der Zeit, als ich mich noch in den Straßen von New Orleans herumtrieb, nahmen Wissenschaftler die körperlichen Voraussetzungen und das Verhalten von Kindern unter die Lupe, die unter den gleichen Umständen aufwuchsen wie ich, und zogen daraus dramatische Schlussfolgerungen. Sie untersuchten unter anderem das menschliche Gehirn und fanden heraus, dass die Entwicklung des Stirnlappens – der Teil, der dafür verantwortlich ist, dass man Risiken und Konsequenzen des eigenen Handelns richtig einschätzt – erst dann abgeschlossen ist, wenn die betreffende Person Mitte zwanzig ist. Mit anderen Worten: Als Jugendliche neigen wir dazu, überhastete Entscheidungen zu treffen und Handlungen auszuführen, die einem Erwachsenen so nie in den Sinn kämen. Als Sechzehnjährige sind wir noch lange nicht die Männer oder Frauen, die wir einmal werden. Das bedeutet wiederum, dass man Menschen, die in jungen Jahren straffällig werden, durchaus erfolgreich wieder eingliedern kann in die Gesellschaft, wenn sie das Erwachsenenalter erreicht haben. Das bedeutet auch, dass man unverhältnismäßig und grausam handelt, wenn man einen Jugendlichen, der die Folgen seines Tuns noch nicht in ihrer ganzen Tragweite erfassen kann, für den Rest seines Lebens ins Gefängnis steckt.

Lange bevor ich meinen Gang in die Isolierzelle von *Camp J* antrat, machten sich die neuen Erkenntnisse aus der Hirnforschung auf ihren Weg durch die staatlichen Instanzen, wo sie sich unter anderem auch auf die Gesetzgebung auswirkten. Alles begann im Jahr 2005 mit der Rechtssache »Roper gegen Simmons«. Der Oberste Gerichtshof stellte in diesem Prozess fest, dass es gegen den 8. Zusatzartikel zur Verfassung der Vereinigten Staaten verstößt, wenn Straftäter zum Tode verurteilt werden, die zum Zeitpunkt der Tat noch keine achtzehn Jahre alt sind. Fünf Jahre später folgte die Rechtssache »Graham gegen den Staat Florida«. Hier fällte der Oberste Gerichtshof das Grundsatzurteil, dass man Gewaltverbrechen ohne Todesfolge nicht mit einer lebenslangen Freiheitsstrafe ohne Begnadigungsmöglichkeit ahnden dürfe. Den Höhepunkt der Entwicklung markierte ein Prozess, der im Jahr 2012 stattfand und unter dem Namen »Miller gegen den Staat Alabama« Rechtsgeschichte schrieb. In diesem Fall entschied der Oberste Gerichtshof in Washington, dass auch minderjährige Mörder nicht zu einer lebenslangen Freiheitsstrafe ohne Bewährung verurteilt werden dürfen. Das war eine bahnbrechende Entscheidung, ein Richterspruch, der augenblicklich ein Urteil wie das meine als nicht verfassungsgemäß und damit für ungesetzlich erklärte. Zu meiner Zeit saßen mehr als dreihundert Männer im *Angola* ein, die man als Minderjährige zu lebenslanger Haft ohne Bewährung verurteilt hatte, und wir alle verfolgten jeden einzelnen Prozess mit größtem Interesse. Wir wussten, dass es enorme Veränderungen geben würde. Allerdings hatten wir keine Ahnung, wie lange es dauern würde, bis sie auch uns erreichten.

Immerhin blieb es jedem einzelnen Bundesstaat der USA überlassen, wie er die Vorgaben des Obersten Gerichtshofes anwandte. Louisiana wählte einen Weg, der uns, die wir als Jugendliche »lebenslänglich« bekommen hatten, fast zur Verzweiflung trieb: Man beschloss, die Bestimmungen zwar umzusetzen – aber nicht rückwirkend. Ab dem Jahr 2012 durfte also kein Minderjähriger mehr zu »lebenslänglich« verurteilt werden. Die aber, die ein solches Urteil, das eigentlich gegen unsere Verfassung verstieß, vorher erhalten hatten, wurden dazu verdammt, den Rest ihres Lebens in einer Zelle im Gefängnis zu verbringen. Vielen Mithäftlingen raubte dieser Bescheid jeden Lebenswillen, erst recht als ihnen klar wurde, dass wahrscheinlich weitere zehn bis fünfzehn Jahre ins Land gehen würden, bis vor dem Obersten Gericht die Frage verhandelt würde, inwieweit diese Urteile auch rückwirkend aufgehoben werden können.

Und nicht nur die Strafgefangenen waren betroffen. Wie immer hatten auch unsere Familien unter dieser Entscheidung des Staates Louisiana zu leiden. Als ich Dawn anrief und ihr davon berichtete, brach sie zusammen. Ich stand da mit dem Hörer in der Hand und horchte, während sie schrie und schluchzte. Nie zuvor hatte ich einen Menschen so herzzerreißend leiden hören.

Als sie sich so weit gefangen hatte, dass sie wieder atmen und mit mir sprechen konnte, versicherte ich ihr, dass das alles nur ein vorübergehender Rückschlag war. »Halt durch«, meinte ich. »Irgendwann wird auch das geändert. Davon bin ich fest überzeugt.« Mit Sicherheit würde irgendjemand einen Weg finden, eine entsprechende Gesetzesänderung auch in Louisiana durchzusetzen.

Mein Optimismus war verfrüht. Dawn hatte zwei Jahrzehnte ihres Lebens einem Mann geopfert, der hinter Gittern saß. Die Strafsache »Miller gegen den Staat Alabama« hatte in ihr die Hoffnung geweckt, ich könnte eines Tages aus dem Gefängnis entlassen werden. Dass man ihr diese Perspektive wieder wegnahm, war einfach zu viel für sie.

Unsere Ehe war am Ende. Als Dawn einen anderen Mann kennenlernte, waren die Würfel gefallen. Ich wusste, wie hart es für sie gewesen war, all die Jahre zu mir zu stehen, und ich sagte ihr, wie sehr ich zu schätzen wusste, was sie für mich getan hatte. Darum bot ich ihr auch an, weiterhin für sie zu beten, und versprach, für die Mädchen da zu sein, wenn sie das wollten. Es gab nur noch eins, was ich von ihr brauchte, und das war ihr Einverständnis in die Scheidung. Sie willigte ein, im März des Jahres 2015 wurden die Papiere unterschrieben und wir gingen von da ab getrennte Wege.

Meine Ehe war nun Geschichte und meine Aussichten, eines Tages in die Freiheit entlassen zu werden, trübten sich immer weiter ein. Mit jedem Tag schwand die Hoffnung ein Stück mehr. Doch dann passierte das mit Chicken George.

Sein echter Name war George Toca, doch wir nannten ihn Chicken George, weil er das mickrigste menschliche Wesen war, das uns jemals über den Weg geflattert war. Man hatte ihm vorgeworfen, seinen besten Freund umgebracht zu haben, als er noch ein halbes Kind war, doch er beteuerte stets seine Unschuld. Sogar die Angehörigen des Opfers hatten zu seinen Gunsten ausgesagt. Sie wiesen darauf hin, dass die beiden als Freunde unzertrennlich gewesen waren und deshalb erhebliche Zweifel an seiner Täterschaft bestanden. Die Geschworenen aber waren anderer Meinung und der Richter schickte ihn ins Gefängnis, wo er bis ans Ende seiner Tage bleiben sollte.

George hatte dreißig Jahre im *Angola* verbracht und nie aufgehört, gegen dieses Urteil anzugehen. Mit Erfolg. Irgendwie hatte es sein Fall bis an den Obersten Gerichtshof geschafft, der seine Entscheidung in dieser Sache im Verlauf des Jahres 2015 treffen sollte. Würde sie zu Georges Gunsten ausfallen, der darauf drang, rückwirkend zu berücksichtigen, dass er zur Tatzeit minderjährig war, dann war klar, dass man uns alle nach Hause schicken musste. Natürlich verfolgten auch die Insassen des *Louisiana State Penitentiary* diesen Vorgang mit Argusaugen und eine Zeit lang war Chicken George der populärste Mann im *Angola*. Doch dann spielte der Generalstaatsanwalt von Louisiana seinen Trumpf aus. Er bot George einen Deal an und forderte ihn auf, seine Forderung fallen zu lassen. Im Gegenzug würde er sein Urteil kassieren, das für *Mord* eine lebenslange Haftstrafe vorsah, und die Anklage auf *fahrlässige Tötung* reduzieren. Da aber auf dieses Delikt damals eine maximale Haftstrafe von einundzwanzig Jahren stand, könnte man Chicken George sofort aus dem Gefängnis entlassen, weil er ja bereits dreißig Jahre abgesessen hatte. Er müsste nur noch ein paar Papiere unterzeichnen, um das *Angola* danach als freier Mann zu verlassen.

Als die Nachricht vom Angebot des Staatsanwalts die Runde durch das Gefängnis machte, kam George zu mir. Er sah noch dünner und zerzauster aus als sonst.

»Würdest du für mich beten?«, fragte er. »Ich weiß nicht, was ich tun soll.«

Wir beteten zusammen. Dann redeten wir miteinander.

»Du trägst eine schwere Last auf deinen Schultern, Chicken. Eine ganz schwere.«

»Ich weiß. Meine Mutter ist krank und es bleibt ihr nicht mehr viel Zeit. Meine Leute erwarten von mir, dass ich auf den Deal eingehe und so schnell wie möglich nach Hause komme. Wenn ich bleibe und diesen Präzedenzfall weiter durchfechte, ist sie wahrscheinlich nicht mehr am Leben, wenn sie mich endlich rauslassen. Doch ich tue das Ganze ja auch für die Jungs hier drinnen. Ich kann euch doch nicht im Stich lassen.«

»Hör zu, Mann. Eins habe ich gelernt in *Camp J*: Mein Leben liegt nicht in den Händen von Direktor Cain. Und auch nicht in denen von Chicken George. Du bist nicht verantwortlich dafür, wie mein Leben weiter verläuft. Das liegt einzig und allein an Gott. Du solltest dich bei deiner Entscheidung fragen, was für dich das Beste ist. Und wie immer du dich entscheidest – meine Unterstützung hast du.«

Er nahm das Angebot des Generalstaatsanwalts an und der Fall verschwand von der Tagesordnung des Obersten Gerichtshofs. Wir Strafgefangenen aber mussten die Tatsache akzeptieren, dass damit unsere einzige Chance vertan war, den Staat Louisiana zu zwingen, unsere Fälle rückwirkend neu zu bewerten. Vielleicht – aber wirklich nur vielleicht – würde sich uns eines Tages erneut die Gelegenheit bieten, unsere Sache vor den Obersten Gerichtshof zu bringen. Doch damit war in absehbarer Zeit nicht zu rechnen.

In den darauffolgenden Tagen machten meine Mithäftlinge keinen Hehl aus ihrer Wut auf Chicken George. Es war der Weitsicht der Gefängnisverwaltung zu verdanken, dass man ihn so schnell wie möglich entließ. Wäre er nur ein bisschen länger im *Angola* geblieben, hätten ihn die Männer mit Sicherheit umgebracht.

* * *

Abgesehen von der ähnlich mageren Statur und der Tatsache, dass auch er als Minderjähriger zu »lebenslänglich ohne Bewährung« verurteilt worden war, hatte Henry Montgomery nichts gemeinsam mit George. Chicken George war im *Angola* bekannt wie ein buntes Huhn und zählte zu den Jungs, die man einfach gernhaben musste. Henry Montgomery aber war ganz anders. Ruhig und reserviert ging er seiner Wege. Anscheinend hoffte er, man würde ihn nicht wahrnehmen, wenn er sich vollkommen geräuschlos fortbewegte und keinem anderen in die Quere kam. Soweit ich weiß, hatte er kaum Freunde. Als ich eingeliefert wurde, war er schon seit Jahrzehnten im *Angola* und ich glaube, ich habe in meiner Zeit dort keine zwei Worte mit ihm gewechselt. Und doch war es Henry Montgomery, der nicht nur meinem Leben eine entscheidende Wende gab.

Drei Monate, nachdem der Staatsanwalt Chicken George überredet hatte, seinen Antrag zurückzuziehen, kam ein neues Gerücht auf. Es hieß, Montgomerys Fall wäre vor dem Obersten Gericht gelandet. Das waren derartig aufregende Neuigkeiten, dass viele ihren Wahrheitsgehalt anzweifelten. Und doch – am 25. Januar 2016 geschah es. Der Oberste Gerichtshof der Vereinigten Staaten entschied zugunsten von Henry Montgomery. Endlich wurde es in Louisiana und allen anderen Staaten der USA Praxis, dass die Gerichte alte Fälle, in denen die Mörder zur Tatzeit minderjährig waren, neu aufrollten und rückwirkend neu bewerteten.

Kapitel 40

Das Rodeo

Wenn es eine Sache gibt, für die das *Angola* bekannt ist, dann ist es – abgesehen von seinem Ruf als brutalstes Gefängnis des Landes – das alljährlich stattfindende Rodeo. Jeden Sonntag im Oktober und immer am dritten Wochenende des Monats April strömen Tausende von Besuchern in das *Louisiana State Penitentiary*, um beim Gefangenen-Rodeo dabei zu sein, und machen aus der Strafanstalt einen der verrücktesten Orte der Welt.

Da gibt es alles zu sehen, was zu einer solchen Veranstaltung gehört. Da ist das »Buddy Pickup«: Ein Reiter jagt im gestreckten Galopp durch eine Halle, nimmt am anderen Ende eine Person auf – egal, ob Mann oder Frau –, die ihn auf einem Fass stehend erwartet, und reitet mit ihr »auf dem Rücksitz« zurück zum Ausgangspunkt. Beliebt ist auch das »Cowboy Poker«: Vier Männer sitzen in einer Arena rund um einen Plastiktisch. Dann jagt man einen wilden Stier in das Rund, der in der Regel einen Cowboy nach dem anderen von seinem Plastikstuhl verjagt beziehungsweise umstößt. Der, der als Letzter die Flucht antritt, hat das Pokerspiel gewonnen. Beim »Guts and Glory« tummeln sich zwei bis drei Dutzend Häftlinge auf dem Platz, die versuchen, einen Anhänger zu ergattern, der zwischen den Hörnern eines Stieres hängt. Dem, der das Teil zu fassen kriegt, winkt eine Siegprämie von fünfhundert Dollar. Wenn das keinem der Teilnehmer gelingt, erhöht sich das Preisgeld des nächsten Tages um diesen Betrag. Sträflinge, die einen Job im Gefängnis ausüben und deren Stundenlohn irgendwo zwischen vier und zwanzig Cent liegt, reizt natürlich die Aussicht, die Manege mit mehreren Hundert Dollar in der Hand zu verlassen. Um dieses Geldes willen riskieren sie eine Menge.

Wie bei jedem Rodeo geht es auch hier nicht nur um das, was in der Arena passiert. In mehr als siebzig Verkaufsbuden kann man alles erwerben, was das Herz eines Rodeofans höherschlagen lässt – vom Essen bis zum Kunstgewerbe. Da werden asiatische Leckereien, Steaks aus Texas oder frittierte Schokoladenriegel angeboten, zubereitet von den verschiedenen Kochclubs, deren Mitglieder ausschließlich Insassen sind. Auch die Gebrauchsgegenstände, die die Strafgefangenen hergestellt haben und dort verkaufen, sind von erstaunlicher Qualität. Manche Besucher kommen von weit her, um sich solide Ledergürtel oder robuste Geldbörsen, stabile Waffenschränke oder originelle Schaukelstühle zu kaufen, die das Logo eines Footballteams ihrer Wahl ziert.

Um in direkten Kontakt mit den Gästen zu kommen, muss man »Trusty« sein und jeder Insasse, der die Erlaubnis hat, dort die Produkte seines »Clubs« zu verkaufen, braucht eine Art Paten, einen Mitarbeiter aus der Verwaltung. Dieser Gewährsmann hat dafür zu sorgen, dass der Verkaufserlös direkt in die Kasse des beteiligten Arbeitskreises fließt.

Viele der begabten Handwerker, Bastler und Künstler sehen in dem Rodeo eine gute Gelegenheit, sich etwas dazuzuverdienen. Ein Mithäftling, den ich näher kannte, konnte von seinem Ersparten sogar für seinen Sohn einen Kleinwagen kaufen. Doch für die meisten Teilnehmer liegt der Reiz des Rodeos nicht im Geld oder dem Schuss Adrenalin, der ihnen im Ring durch die Adern schoss. Es ist die Aussicht, mit Frauen in Kontakt zu kommen.

* * *

Es war an einem Rodeo-Wochenende im Oktober, ich stand in einer Bude und verkaufte Alligator-Wurst. Auch wenn meine

Scheidung bereits Monate zurücklag, gehörte ich nicht zu den Jungs, die nach einem Mädchen Ausschau hielten. Die Justizbehörde von Louisiana ließ sich alle Zeit der Welt mit der Umsetzung dessen, was der Oberste Gerichtshof ihr vorgegeben hatte, nämlich die Neubewertung der Straftaten Minderjähriger. Ich hatte also Tag und Nacht nichts anderes im Kopf als meinen Fall. Einen anderen Menschen in diese Angelegenheit mit hineinzuziehen, war das Letzte, was ich wollte.

Dementsprechend war ich an diesem Tag mehr als ausreichend beschäftigt mit mir selbst. Bossier jedoch, einen meiner besten Freunde aus der Gemeinde, hatte das Jagdfieber gepackt. Aufgekratzt berichtete er mir, er habe ein Mädchen getroffen, das sich »Special-K« nannte, und wundervoller sei als jede andere Frau, die ihm jemals über den Weg gelaufen war.

»Oh Mann, ich sage dir, du musst sie unbedingt kennenlernen. Nächsten Monat besucht sie mich.«

Ich war ausgesprochen skeptisch, doch Bossier war so glücklich, dass ich nur grinste und zu ihm meinte, ich würde mich für ihn freuen.

Einen Monat später traf ein, was er vorausgesagt hatte. »Special-K« – Kristen – hatte ihr Kommen angemeldet und er lud mich ein, ihn zur Besucherbaracke zu begleiten, um »Hallo« zu sagen. Wir unterhielten uns und nachdem wir ein kurzes Gebet gesprochen hatten, stand ich auf und ging in meinen Trakt zurück.

»Bist du eigentlich in festen Händen?«

Kristens Frage traf mich relativ unvorbereitet.

»Nein, das nicht; aber ich vermisse im Moment auch nichts. Meine Scheidung ist noch nicht so lange her und für eine neue Beziehung bin ich noch nicht bereit.«

Sie nickte und lächelte und ich zog mich zurück. Es dauerte keine zehn Minuten und ich hatte das Ganze vergessen.

* * *

Bossiers Enthusiasmus steigerte sich mit jeder Woche, die verging. Es wurde Dezember und er lud Kristen zu einem »Weihnachtsrendezvous« ein. Das war ein Besuch, der doppelt so lang dauern durfte wie normal, und zwar volle acht Stunden. Natürlich versicherte ich ihm erneut, wie sehr ich mich für ihn freute.

»Jaja, danke. Doch der Clou an dem Ganzen ist«, gluckste er, »dass Kristen nicht allein kommt. Sie bringt ihre Cousine mit, für dich sozusagen. Stell dir das mal vor – wir alle vier einen ganzen lang Tag in der Besucherbaracke!«

Meine Begeisterung hielt sich in Grenzen. Es war mir ernst gewesen mit dem, was ich Kristen gesagt hatte: Ich war tatsächlich nicht auf Partnersuche und der Gedanke, stundenlang höfliche Konversation mit einer Fremden betreiben zu müssen, war auch nicht das, was ich mir unter einem schönen Tag vorstellte.

Doch dann geschah etwas Unerwartetes.

Die Gefängnisverwaltung spendierte jedem Schlafsaal im Hauptgefängnis einen einfachen Computer, der KIOSK genannt wurde und den Insassen erlaubte, E-Mails zu empfangen und zu verschicken. Es gab einen digitalen Posteingang, wo Außenstehende ihre Mailadresse hinterlassen und bestimmten Empfängern zuordnen konnten. Etwa eine Woche vor meinem Blind Date beim »Weihnachtsrendezvous« tauchte ein neuer Name auf meiner Liste auf: *Teirsen*. Noch nie war ich einer Frau begegnet, die Teirsen hieß, auch diesen Namen hatte ich noch nie gehört. Es konnte sich nur um die junge Frau handeln, die Kristen zu dem Treffen mitbringen wollte. Kurz entschlossen schickte ich ihr eine Nachricht.

Hey. Mein Name ist Ronnie Olivier und ich bin Häftling im *Angola*.
Ich habe neulich Special-K kennengelernt und freue mich, dich am Samstag zu treffen.

Bis dahin, Ronnie

Gleich am nächsten Morgen fand ich ihre Antwort in meinem Postfach. Sie erzählte ein bisschen aus ihrem Leben und vergaß dabei nicht zu erwähnen, dass sie geschieden war und zwei Kinder hatte. Ich fand es bemerkenswert, dass sie so schnell reagiert hatte. Darum schrieb ich sofort zurück, bat sie um ein Foto und gab vor, dass mir eine Aufnahme von ihr das Wiedererkennen beim »Weihnachtsrendezvous« erleichtern würde.

Ab diesem Zeitpunkt kontrollierte ich alle dreißig Minuten meinen Posteingang. Als ihre E-Mail eintraf, öffnete ich sofort den Anhang und konnte meine Augen nicht mehr vom Bildschirm abwenden.

Damals saß mein alter Kumpel Leekie eine kurze Haftstrafe im *Angola* ab. Als er mir noch am gleichen Tag über den Weg lief, schleppte ich ihn zum nächsten PC, zeigte ihm ihr Foto und fragte ihn nach seiner Meinung.

»Was soll ich davon halten?«, fragte ich ihn. »Ich bin hin- und hergerissen. Sie kann sich gut ausdrücken, ist klug und hat ein hübsches Gesicht. Doch warum schickt sie mir nur dieses Porträtfoto? Kann es sein, dass es darunter ganz anders weitergeht und sie hundertfünfzig Kilo auf die Waage bringt? Was meinst du?«

Leekie prüfte das Foto wie ein Inspektor, der einen Tatort inspiziert. »Nee, nee, die ist nicht dick, nie und nimmer«, verkündete er und tippte auf den Bildschirm. »Das siehst du an ihren Schultern.«

Ich starrte und starrte und dachte: *Das ist zu schön, um wahr zu sein.*

* * *

In den Tagen vor dem »Weihnachtsrendezvous« gingen noch etliche E-Mails hin und her zwischen Teirsen und mir. Nach kürzester Zeit konnte ich jedes einzelne Wort auswendig. Als sie schließlich am Eingang der Besucherbaracke erschien, erkannte ich sie sofort. Die beiden Frauen kamen an unseren Tisch und wir standen auf. Ich breitete die Arme aus, um sie zur Begrüßung kurz zu umarmen, doch sie trat zurück. Kein guter Anfang.

Bossier und Kristen hatten nur noch Augen füreinander. Sie unterhielten sich, lachten und glichen im Handumdrehen einem Liebespärchen, das seit Monaten Händchen hält. Teirsen dagegen war seltsam angespannt.

»Keine Sorge«, beruhigte ich sie. »Das ist der sicherste Ort im ganzen Gefängnis. Hier drin kann dir nichts geschehen.«

Als sich ihre Nervosität daraufhin etwas legte, kamen wir immer besser ins Gespräch. Wir redeten und redeten und da es immer lauter wurde in dem überfüllten Raum, rutschte ich mit meinem Stuhl zu ihr hinüber, um sie besser zu verstehen. Doch jedes Mal, wenn ich versuchte, die Distanz zwischen uns zu verringern, wich sie zurück und ich kam mir bald vor wie ein Jäger, der seine Beute um den ganzen Tisch herum scheucht. Eigentlich kein gutes Zeichen.

Nachdem wir uns auf diese Weise über eine Stunde unterhalten hatten, trat eine kurze Stille ein. Ich schnitt absichtlich kein neues Thema an, weil ich den Eindruck hatte, dass Teirsen etwas bedrückte.

Gleich darauf fasste sie sich ein Herz. »Es gibt da etwas, das ich gern wissen würde, Ronnie. Warum bist du im Gefängnis?«

Ich holte tief Luft und erzählte ihr meine Geschichte. Dabei versuchte ich erst gar nicht, irgendetwas herunterzuspielen oder fadenscheinige Ausreden einzuflechten. Es war mir wichtig, dass sie von Anfang an über alles informiert war. Sollte das, was ich getan hatte, für sie ein Problem sein, dann wollte ich das gleich wissen.

Als ich mit meinem Bericht fertig war, sah sie mich mit großen Augen an. »Wie alt warst du damals?«

»Ich war sechzehn, als ich ihn umgebracht habe.«

»Wie das? Sie stecken Kinder ins Gefängnis?«

Auf diese Frage hätte ich ihr eine sehr lange Antwort geben

können, hätte schildern können, wie meine ersten Jahre im *Angola* verlaufen waren, doch ich hatte den Eindruck, dass das zu weit führen würde. Wir wechselten das Thema und Teirsen erzählte mir aus ihrem Leben. Sie schwärmte von ihren beiden Kindern, ihrem Beruf und ihrer Familie, die anscheinend fest zusammenhielt.

Ich war fasziniert. Zum ersten Mal in meinem Leben saugte ich die Worte förmlich auf, die ich hörte. Das war die Frau, die es wert war, dass ich ihr restlos vertraute, mit der ich mich tagelang unterhalten konnte, ohne dass es langweilig wurde. Immer stärker wuchs die Überzeugung in mir, dass ich – ja, dass ich mit meiner zukünftigen Frau sprach.

Doch – was war da mit mir los? Es machte mir langsam Angst.

Meine Scheidung lag doch erst ein paar Monate zurück und mein Herz blutete noch immer. Machte ich das nur, weil ich den Schmerz übertünchen wollte?

Wir redeten und redeten. Als es für sie Zeit wurde zu gehen, zauberte ich etwas aus dem Ärmel, was ich für ein besonders dickes Ass hielt.

»Ich hätte da noch ein Geschenk für dich. Nichts Besonderes, aber vielleicht gefällt's dir ja.«

Mit diesen Worten drückte ich ihr eine Papiertüte in die Hand, die zwei weihnachtlich verpackte Geschenke enthielt.

Sie lächelte, als sie das erste öffnete. »Hey, eine Bibel!«

»Das ist eine Studienbibel«, erklärte ich ihr. »Mit der kann man, äh …«

»Studieren?«

»Tja.«

Mit einem Augenzwinkern wandte sie sich dem zweiten Päckchen zu. »Und was haben wir hier?« Sie riss vorsichtig die Verpackung auf und hielt staunend einen niedlichen Stoffbären in den Händen.

»Einer meiner Freunde hier im *Angola* bastelt diese kleinen Kerlchen aus Kissenbezügen«, erklärte ich ihr. Es war höchste Eisenbahn, als ich am frühen Morgen losspurtete, um diesen flauschigen Kameraden zu besorgen, und ich hatte mir kaum Zeit genommen für eine eingehende Prüfung.

»Gefällt er dir?«

»Und wie«, erwiderte sie und drehte ihn um, sodass ich sehen konnte, was er in seinen Pfoten hielt. »Ich weiß aber nicht ganz …«

Der Teddy umklammerte ein kleines Schild, auf dem geschrieben stand: »Hab dich lieb.«

Mit einem Schlag schien alle Luft aus dem Raum zu entweichen.

»Oh Teirsen, es tut mir so leid. Das ist mir gar nicht aufgefallen.«

»Ach woher, alles in Ordnung. Wirklich.«

* * *

Eine Woche später, drei Tage vor Weihnachten, lud ich mir gerade am KIOSK ein paar Songs herunter, als eine E-Mail hereinkam.

Die Absenderin war Teirsen. Sie wünschte mir ein frohes Fest, betonte, wie sehr sie unsere Begegnung genossen habe, erklärte aber auch, dass diesem Treffen kein weiteres folgen und sie auch keine weiteren E-Mails schicken werde.

Ich war zwar seit frühester Kindheit gewohnt, jede Menge Schläge einzustecken, doch was sie mir hier mitteilte, traf mich heftiger als jeder Tritt, den ich jemals bekommen hatte. Dabei hatte ich ihr doch erzählt, wie schwierig gerade die Weihnachtszeit für mich war und wie sehr mich die Erinnerungen an vergangene Feste im Kreis der Familie schmerzten. Obwohl sie doch bestimmt wusste, wie schwer es mir in diesen Tagen ums Herz war, schickte sie mir eine solche Nachricht. Das ergab keinen Sinn.

Ich ging zu Leekie und erzählte ihm alles.

»Sie hat mir das Herz gebrochen, Mann.«

Leekie ging nicht weiter ein auf mein Gejammer. »Slim, hör

zu, sie kommt definitiv zurück. Sie hat noch nie in ihrem Leben einen Kerl wie dich kennengelernt. Und ich garantiere dir, Mann, ihr bleibt gar nichts anderes übrig, sie muss einfach zurückkommen.«

»Ach Leekie, ich weiß nicht. Ich fürchte, es ist aus. Das war meine große Chance, die perfekte Frau für mich zu gewinnen. Und jetzt ist sie weg.«

Es war mir rätselhaft, wie ich das Weihnachtsfest überstehen sollte. Das Festessen, das uns erwartete, die Geschenke und all das Drumherum – die Aussicht darauf war mir zuwider. Ich wollte nur noch alles so schnell wie möglich hinter mich bringen. Mit 2015 war ich fertig. Restlos. Es konnte gar nicht schnell genug zu Ende gehen.

Doch das Jahr hielt noch eine Überraschung für mich bereit.

Eine E-Mail, die mich an Heiligabend erreichte.

Von Teirsen.

Kapitel 41

Das geistliche Fitnessstudio

Teirsen und ich trafen eine Vereinbarung. Wir beschlossen, Freunde zu bleiben, die Verbindung nicht abreißen zu lassen und einander in unserem Vertrauen auf Gott zu stärken. Nicht mehr, aber auch nicht weniger.

Das war genau das, was ich zu diesem Zeitpunkt brauchte. Der Oberste Gerichtshof hatte verfügt, dass das viel diskutierte Urteil auch rückwirkend anzuwenden sei, und der Staat Louisiana entschied, daraus ein neues Gesetz zu machen. Gefangene, die man als Minderjährige zu einer lebenslänglichen Haft verurteilt hatte, konnten nun Berufung einlegen, wenn sie fünfundzwanzig Jahre dieser Strafe abgesessen hatten. Da ich diesem Meilenstein, dem Vierteljahrhundert, immer näher kam, bereitete ich mich auf meinen Wiederaufnahmeprozess vor, in dem der Richter darüber entscheiden sollte, ob meiner Berufung stattzugeben sei. Zwei Dinge waren mir klar. Es war kein Spaziergang, der mir da bevorstand, und es würde auch nicht schnell gehen. Ein langer, harter Kampf stand mir bevor und ich konnte von keinem anderen Menschen erwarten, dass er mich auf diesem nervenaufreibenden Weg begleitete.

Doch es gab noch etwas, das ich dringend brauchte. Ich musste lernen, wie man *empfängt*. So viele Jahre hatte ich mich im Gemeindedienst und in der Seelsorge engagiert. Ich hatte immer nur gegeben, immer nur anderen gedient. Dieser Umstand und die Tatsache, dass meine Familie aus lauter großzügigen Leuten besteht, waren dafür verantwortlich, dass ich meine Erwartungen an andere auf ein Minimum heruntergeschraubt hatte. Dazu kam, dass mich meine ersten Jahre im *Angola* gelehrt hatten, meinen Mitmenschen mit äußerster Vorsicht zu begegnen. Damals war es lebenswichtig, immer auf der Hut zu sein und zurückhaltend zu reagieren, wenn sich ein anderer mir gegenüber freigiebig zeigte oder mir freundlich begegnete. Als Reaktion darauf schoss mir jedes Mal die Frage durch den Kopf, was derjenige im Gegenzug von mir erwartete. Meiner Einschätzung nach bestand stets die Gefahr, dass das, was wie ein Akt der Freundschaft daherkam, in Wahrheit eine Falle war. Ich war mir sicher, dass ich es früher oder später bereuen würde, darauf eingegangen zu sein.

Diese Denkweise hatte zwar im Lauf der Zeit deutlich an Kraft verloren, doch auch zwei Jahrzehnte nach meiner Verurteilung tendierte ein Teil von mir zu der Ansicht, dass ich eigentlich stolz darauf sein könne, von keinem anderen Menschen abhängig zu sein. Allerdings – diese Widerstandskraft und mein Streben nach Unabhängigkeit hatten mir zwar geholfen, die Monate in *Camp J* zu überstehen, doch sie waren weniger hilfreich, wenn es darum ging, die Freundschaft mit Teirsen am Leben zu erhalten.

Zuzulassen, dass meine Mitmenschen mir halfen, sich für mich interessierten oder mir gar Zuneigung entgegenbrachten, fiel mir nach wie vor ziemlich schwer. Und doch – es gab andere Bereiche, in denen ich im Laufe meines Lebens riesige Fortschritte gemacht hatte. Je länger ich über die Glaubensreise nachdachte, die ich hinter Gittern zurückgelegt hatte, desto mehr staunte ich, wie enorm die Distanz war, die ich zurückgelegt hatte. Am Anfang war ich nicht mehr als ein Kind: chaotisch, schwächlich und unfähig, für mich selbst zu sorgen. In diesen ersten Tagen war ich ein fluchender Christ gewesen, der auf die Hilfe anderer angewiesen war, die ihm Leitung, geistliche Nahrung und Korrektur gaben. Meine Verwandlung verdanke ich Bischof Tannehill, Tony und Pastor Joe. Im Lauf der Zeit begriff ich, dass das Gefängnis mich viele wichtige Dinge lehrte. Es wurde für mich zu einer Art Fitnessstudio, doch anstelle von Krafttraining an Hanteln und Rudergeräten, das für den Muskelaufbau sorgte, traf ich in diesem geistlichen Kraftraum auf Stärkeres: schwierige Menschen und frustrierende Lebensumstände, die das Wachstum meiner geistlichen Gaben förderten.

Zum Beispiel die Geduld. Nach meinem Aufenthalt in *Camp J* und angesichts der Veränderungen, die sich nach der Entscheidung des Obersten Gerichtshofes ankündigten, hatte ich schwer daran zu schlucken, dass der Umschwung nicht so schnell kam, wie ich es mir erhofft hatte. Das war für mich Grund genug, den Herrn zu bitten, dass er mir mehr Geduld schenkte. Prompt bekam ich reichlich Gelegenheit, sie einzuüben. Mir fiel zum Beispiel auf, dass ich eine Menge Zeit damit verbrachte, vor irgendwelchen Toren zu stehen und darauf zu warten, dass sich ein Aufseher herbeibequemte und mir aufschloss. Früher wäre ich ausgeflippt, wenn ich gemerkt hätte, dass man mich absichtlich warten ließ. Nun aber, nachdem ich bewusst um Gelassenheit gebetet hatte, änderte sich langsam meine Perspektive. Nun sah ich das minutenlange Herumstehen in einem Korridor als Chance, nicht als Hemmnis. Ich entschied mich bewusst dafür, fröhlich und entspannt auszuharren und darin einen Teil meines geistlichen Fitnesstrainings zu sehen. Jede so verbrachte Minute stärkte den Muskel meiner Geduld.

Neben den vielen Situationen im Gefängnis, die man einfach aushalten muss, gibt es auch Menschen, die einen herausfordern, besonders solche, die unglücklich oder schwierig sind. Ich konnte also fleißig Nächstenliebe üben. Meine Bitte, mich zu lehren, wie man auch solche Menschen lieben kann, beantwortete Gott schon wenige Tage später, als ein neuer Sträfling in unseren Schlafsaal verlegt wurde. Das war ein grober Geselle, egoistisch, aggressiv und sehr leicht reizbar. Jedenfalls war ich noch nie einem Menschen begegnet, der es mir so schwer machte, ihn zu lieben. Und ausgerechnet der bekam das Bett direkt neben mir.

Prima! Das perfekte Trainingsprogramm für mich. Sagt nicht die Bibel, dass es leicht sei, einen Menschen zu lieben, der einem nahesteht – auch die Nichtchristen täten das? Viel wichtiger wäre es, seine Feinde zu lieben.

Eine andere Haltung, die ich lernen musste, war die Demut. Da, wo ich aufgewachsen war, wurde Demut mit Schwäche gleichgesetzt und Schwäche zu zeigen, konnte einen in ernsthafte Schwierigkeiten bringen. Dasselbe galt für das Leben im *Angola*. Lange Zeit sah auch ich keinen Grund, auf irgendeinem Gebiet des täglichen Zusammenlebens nachzugeben. Doch im Verlauf der Jahre, in denen ich meine Bibel immer genauer kennenlernte, kam ich zu der Erkenntnis, dass Demut eben nicht mit Schwäche gleichzusetzen ist. Es ist kontrollierte Stärke. Man beharrt nicht auf seinem Recht, versucht, die Wut in den Griff zu kriegen und sich nicht vom Schmerz beherrschen zu lassen. Man entscheidet sich bewusst, positiv auf andere Menschen zu reagieren. Dass die Insassen einander beleidigen, ist in einem Gefängnis an der Tagesordnung. Ebenso selbstverständlich nehmen sie für sich das Recht in Anspruch, auf Kränkungen zu reagieren, und fast immer heißt das: gewaltsam. Demut bedeutet, dass man auf dieses Recht verzichtet und auf eine bessere Lösung zurückgreift, indem man freundlich antwortet oder sich zurückzieht. In den Sprüchen Salomos heißt es: »Eine freundliche Antwort stillt den Zorn; aber ein hartes Wort erregt Grimm.«

Die Erfahrungen, die ich machte, als meine Mutter mich eine Zeit lang nicht mehr besuchen durfte und daraufhin der Geldfluss auf mein Konto nachließ, betrachtete ich im Nachhinein als eine weitere Trainingseinheit im geistlichen Fitnessstudio. Plötzlich gab es keine Leckereien mehr aus der Kantine, keine Streifzüge mehr durch das Warenangebot, keine Tüten voller Chips, Thunfischdosen oder Süßigkeiten – Dinge, deren Anblick mich gereizt hatte, die ich aber nicht wirklich brauchte. Ich musste mich fortan mit der Basisverpflegung zufriedengeben, die jedem Gefangenen zustand.

Training tut weh. Und wenn man das erste Mal einen Muskel beansprucht, der vorher kaum benutzt wurde, tut es noch mehr weh. Bei den Menschen aber, die die körperliche oder geistliche Muckibude durchlaufen, ohne Schmerzen zu haben oder Unbequemlichkeiten zu erdulden, stellt sich die Frage, ob sie wirklich Fortschritte erzielen. So wie man es einem Menschen ansieht, der sich physisch ausgepowert hat, so merkt man ihm auch an, ob er geistlich an Kraft gewonnen hat.

* * *

Es war wichtig für mich, über meine Wachstumsschritte im Glauben nachzudenken, während Teirsen und ich Kontakt hielten, um uns gegenseitig zu stärken und zu stützen. Doch es gab auch noch einen anderen Grund, so nah wie möglich an Gott dranzubleiben: Ich steckte mitten in den Bemühungen, meinen Fall erneut vor Gericht zu bringen.

Kapitel 42

Auf dem besten Weg

Monatelang verfolgten Teirsen und ich das eine Ziel, das wir uns anfangs gesetzt hatten. Wir wollten Schrittmacher im Glauben füreinander sein und im Leben des anderen ausschließlich positive Impulse setzen. Entsprechend entspannt sollte sich unser Kontakt gestalten.

Dann kam das Rodeo.

Teirsen besuchte mich und brachte Tyra mit, ihre Schwester. Sie hatte mir zwar schon das eine oder andere über Tyra erzählt, doch erst als ich der jungen Frau gegenüberstand, begriff ich, warum Teirsen Wert darauf legte, dass ich sie kennenlernte.

Tyra ist wie Teirsen, nur hundertfach gedopt. Sie ist brillant, spricht nur in vollständig ausformulierten Sätzen und ihr intellektuelles Niveau ist weitaus höher als das der meisten Menschen, die ich kenne. Dennoch hat sie eine warmherzige Art und ist in der Lage, sich auf jeden Gesprächspartner einzustellen, egal welchen Hintergrund er hat. Wir unterhielten uns und ich wusste schon nach wenigen Minuten, dass sie keineswegs eingeschüchtert war. Genauso wenig verurteilte sie mich für das, was ich getan hatte. Sie war einfach sie selbst, neugierig und froh, endlich den Mann kennenzulernen, mit dem ihre Schwester so eng befreundet war.

Unser Gesprächsstoff reichte für Stunden und als es für die beiden Zeit wurde zu gehen, fragte ich Tyra, ob sie etwas dagegen hätte, wenn ich für sie betete. Sie meinte, dass sie das schön fände, und so dankte ich Gott für die Möglichkeit, eine seiner nettesten Töchter kennenzulernen. Dann bat ich den Herrn, sie und ihre Familie zu segnen und zu bewahren.

Nachdem wir alle drei das Amen gesprochen hatten, sah Tyra mich mit großen Augen an. »Ronnie, hättest du etwas dagegen, wenn ich auch für dich bete?«

»Natürlich nicht.«

Sie sprach ein Gebet – laut, sodass wir ihren Worten folgen konnten –, doch schon nach wenigen Sätzen brach ihre Stimme. Als sie fertig war und ich meine Augen öffnete, bemerkte ich die Tränen, die ihr über die Wangen liefen.

Teirsen aber starrte ihre Schwester an. Ich hatte noch nie einen Menschen gesehen, der so verblüfft dreinschaute.

Wir verabschiedeten uns und es dauerte nicht lange, bis ich den Vorfall vergessen hatte, doch wenige Tage später erreichte mich eine E-Mail von Teirsen.

Sie schrieb, dass Tyra noch nie laut für einen anderen Menschen gebetet habe. Noch nie.

Sie fügte hinzu, es gäbe nur einen Menschen auf dieser Welt, auf dessen Urteil sie Wert legen würde, und das war Tyra.

Und schließlich schilderte sie mir einen Traum, den sie gehabt hatte. Einen Traum, in dem ich nach Hause gehen durfte.

Sie äußerte sich aber nicht zu der Frage, was all das in ihren Augen bedeutete. Doch das war auch nicht nötig. Ich merkte, dass ich auf dem besten Weg war, mich zu verlieben, und ihr ging es mit Sicherheit genauso.

Kapitel 43

Mein Leben liegt nicht in ihrer Hand

Es gab so viele Hindernisse, die ich überwinden musste – da war der fähige Anwalt, den ich erst mal finden musste, dann die Anwaltskosten in Höhe von fünftausend Dollar, die ich aufzubringen hatte, außerdem der Antrag auf Wiederaufnahme meines Verfahrens, der formuliert und gestellt werden musste, und schließlich die Wochen, die es zu überstehen galt, bis klar war, ob der Staat Louisiana meinem Einspruch stattgab. Doch nach und nach nahm ich alle diese Hürden, eine nach der andern. Der Großzügigkeit und dem Engagement meiner Familie und der harten Arbeit meines Anwalts hatte ich es zu verdanken, dass irgendwann feststand, wann meine Sache verhandelt werden sollte, und zwar im November 2016.

Doch mein Fall lag nicht so klar auf der Hand, wie es auf den ersten Blick aussah. Es war nicht daran zu denken, dass ein einziger Verhandlungstag ausreichen würde, um zu einem Urteil zu kommen. Es hatten zwar nur wenige Stunden genügt, um mich zu verhören und für schuldig zu befinden. Aber der Prozess, der mein Strafmaß korrigieren sollte, das erwiesenermaßen illegal war, würde deutlich mehr Zeit in Anspruch nehmen und sehr viel Einsatz von mir fordern. Mein Anwalt musste den Richter zunächst davon überzeugen, dass mein Antrag begründet war. Erst wenn er damit Erfolg hatte, konnte ich offiziell Berufung einlegen. Zwischen den verschiedenen Abschnitten dieses Prozesses würden Monate vergehen, einen festen Zeitrahmen gab es nicht. Auch lag die Beweislast, dass ich mich geändert hatte und bereit war für ein Leben in Freiheit, ausschließlich bei mir. Keiner konnte mir garantieren, dass ich damit Erfolg haben würde. Es gab einige Häftlinge, die so wie ich als Jugendliche verurteilt worden waren und trotzdem nicht freigelassen wurden.

Angesichts all dieser Klippen, die es zu umschiffen galt, konnte ich nur hoffen, dass keine weiteren unvorhergesehenen Verzögerungen und Probleme auftauchten.

* * *

Mein Anwalt hatte über ein Jahr Zeit, sich auf meinen Prozess vorzubereiten. Er sprach mit dem Staatsanwalt und mit verschiedenen Richtern und begleitete mich bei mehreren Terminen, als ich vor Gericht zu erscheinen hatte. Eine ausführliche Anhörung meiner Person fand aber nie statt. Irgendwann schlug der Staatsanwalt vor, mein Urteil auf »Totschlag« herabzustufen, was eine Haftstrafe von einundzwanzig Jahren zur Folge gehabt hätte. Da ich diese Zeit aber längst abgesessen hatte, hätte man mich sofort nach Hause schicken müssen. Doch weil zu diesem Zeitpunkt das Urteil im Fall Henry Montgomery noch ausstand, verwies der Oberste Gerichtshof von Louisiana auch in meinem Fall auf die Gesetzeslage des Landes, die eine rückwirkende Änderung meines Urteils nicht zuließ. Ich kehrte also zurück ins *Angola* und wartete.

Mit der Zeit verstärkte sich der Eindruck bei mir, der Staat habe ein Interesse daran, die Sache zu verschleppen. Mein Anwalt verlor irgendwann die Geduld und brachte den Fall erst vor den Landesgerichtshof und wendete sich schließlich an den Bundesgerichtshof. Damit war er erfolgreich und die Bundesrichter setzten den Justizbehörden von Louisiana eine Frist von neunzig Tagen, innerhalb derer sie mich anzuhören hatten. In dieser Verfügung war festgelegt, dass man mich auf freien Fuß zu setzen habe, sollte der Staat Louisiana diese Neunzigtagefrist erneut untätig verstreichen lassen.

Die Gefühle, die mich bewegten, als ich am 7. Oktober 2016 den Gerichtssaal im Bezirksgericht von New Orleans betrat, unterschieden sich grundsätzlichen von denen, die mich zu all den anderen Terminen begleitet hatten. So oder so – ein Ende der Kämpfe schien absehbar.

Meine Schwester war anwesend sowie auch Teirsen, Pastor Rentz und eine Reihe anderer Familienmitglieder. Meine Aufmerksamkeit galt aber nicht ihnen, auch nicht meinem Anwalt, der Richterin oder dem Staatsanwalt. Ich nahm nur die Frau wahr, die mir gegenüber in der ersten Reihe des Zuschauerraumes saß. Sie starrte mich an.

Da ich keinen falschen Eindruck erwecken und nicht irgendwie einschüchternd wirken wollte, vermied ich jeden Blickkontakt mit ihr. Stattdessen konzentrierte ich mich auf meine Handschellen und Fußfesseln, an die ich mich nie gewöhnt hatte, und ließ meine Augen höchstens über die Papiere und Aktenordner gleiten, die mein Anwalt vor sich auf dem Tisch ausgebreitet hatte. Nur ganz selten wagte ich es, kurz hinüberzublinzeln, und jedes Mal erschrak ich, weil sie mich nach wie vor unbeirrbar fixierte. Ihr Blick war hart wie Stahl.

»Das bringt alles durcheinander«, meinte mein Anwalt, als die Uhrzeit, zu der die Verhandlung beginnen sollte, verstrich, ohne dass etwas passierte. Er sah ziemlich gestresst aus und hörte sich auch so an, gar nicht wie ein Rechtsanwalt, der sich seines Sieges gewiss war. »Es gibt eine neue Entwicklung. Die Schwester des Opfers ist hier. Die da drüben.«

Er deutete in die Richtung der besagten Frau und ich sah hinüber. Sie hatte mich immer noch fest im Visier. »Das ist nicht seine Schwester«, klärte ich ihn auf. »Das ist seine Mutter. Ich kenne ihr Gesicht, sie war bei meinem Prozess anwesend.«

Mir ging das Gespräch durch den Kopf, das ich viele Jahre zuvor mit dem Pastor aus New Orleans geführt hatte. Diese Frau hatte zwar seinen Anruf entgegengenommen, war aber nicht bereit gewesen, mit mir zu sprechen. Nun befand ich mich im selben Raum wie sie, musste ihren Blick aushalten und spürte die Angst meines Anwalts, dieser Mensch könnte alle unsere bisherigen Erfolge zunichtemachen. Es sah nicht gut aus für uns. Eher hoffnungslos.

Und dennoch. Wozu war ich im Fitnessraum gewesen? War mein Glaube nicht stärker geworden?

Ich beugte mich zu meinem Anwalt hinüber. »Könnten Sie herausfinden, ob sie offen für ein Gespräch mit mir ist?«

Er sah zuerst mich an, dann hinüber zu ihr. Es fiel mir schwer zu beurteilen, ob er das für eine totale Schnapsidee oder einen ausgezeichneten Vorschlag hielt, doch ich wollte nicht lange spekulieren, sondern betete Sturm.

Mein Rechtsbeistand ging und suchte das Gespräch mit Staatsanwalt und Richterin. Ich aber hielt meine Augen gesenkt, bemüht, die Unruhe im Saal auszublenden, und nur noch auf mein Gebet konzentriert.

Fünf Minuten später kam mein Anwalt zurück.

»Der Staatsanwalt meint, sie will jetzt nicht mit Ihnen reden«, sagte er leise. »Was immer sie zu sagen hat – wir werden es hören, wenn sie in den Zeugenstand gerufen wird.«

»Oh Herr«, flüsterte ich. Es fühlte sich an, als würde sich eine Schlinge um meinen Hals legen, die alle Hoffnung und auch noch das letzte Fünkchen Glauben zu ersticken drohte. »Bitte … Mein Leben liegt doch nicht in ihrer Hand, oder?«

Kapitel 44

Der Plan

Verfahrenstechnische Probleme waren schuld daran, dass meine Anhörung im November 2016 nicht stattfinden konnte. Man brachte mich zur Hintertür des Gebäudes, wo ich auf meinen Rücktransport ins *Angola* warten sollte. Das Ganze war ein herber Rückschlag für mich und ich hatte mit schweren Zweifeln und regelrechten Angstschüben zu kämpfen. Verzweifelt klammerte ich mich an der Hoffnung fest, dass Gott mich dennoch aus dem Gefängnis herausholen würde – irgendwie.

Währenddessen stand auf dem Korridor vor dem Gerichtssaal eine Gruppe von Menschen zusammen, die miteinander diskutierten. Darunter meine Schwester Penny, die sich – wie alle anderen auch – fragte, wie es nun weitergehen solle. Da sie auch bei meinem ersten Prozess dabei gewesen war, erkannte sie sofort die Mutter des Opfers unter den Umstehenden wieder. Sie fasste sich ein Herz, ging auf die Frau zu und stellte sich vor. Dann fasste sie das in Worte, was ihr mehr auf dem Herzen brannte als alles andere.

»Meine Familie und ich hatten nie die Möglichkeit, Ihnen zu sagen, wie leid uns das tut, was mit Ihrem Sohn passiert ist. Wir möchten Sie um Vergebung bitten für das, was mein Bruder getan hat. Ronnie hat sich in all den Jahren im Gefängnis sehr verändert, aber das tut jetzt nichts zur Sache. Wir möchten nur, dass Sie wissen, wie sehr wir mit Ihnen fühlen.«

Die Mutter erwiderte kaum etwas darauf und bald danach gingen sie auseinander.

Wenige Minuten später – Penny war bereits auf dem Weg zur

Tür – sprach sie ein Reporter der *Times-Picayune* an und fragte, ob sie bereit wäre, ihm ihre Geschichte zu erzählen.

Mein Anwalt ging sofort dazwischen und beendete das Gespräch. Der Journalist war nicht überrascht, sagte dann aber etwas, das Penny aufhorchen ließ.

»Die Dame kam hierher, um Ihrem Bruder zu vergeben.«

* * *

Als Penny mir das erzählte, hatte man mich schon wieder zurückgebracht ins *Angola*. Für sie gab die Bemerkung des Reporters Anlass zur Hoffnung, doch ich war skeptisch. Sie verwirrte mich eher. Der starre Blick, mit dem sie mich im Gerichtssaal fixiert hatte, passte so gar nicht zu dem, was der Zeitungsmann behauptet hatte.

Ich konnte nur eins tun, und das war beten. Je mehr ich betete, desto mehr wuchs die Ahnung, dass es vielleicht doch nicht so schlecht um meine Sache stand. Vielleicht hatte der Reporter ja tatsächlich die Wahrheit gesagt. Vielleicht bestand ja wirklich Anlass zur Hoffnung.

Dann wurde ein neuer Termin für die Anhörung bekannt gegeben. Es war der 8. Dezember und er lag gerade noch innerhalb der Frist von neunzig Tagen, die das Bundesgericht vorgegeben hatte. Ich war bereit, alles in die Waagschale zu werfen, um die Richterin davon zu überzeugen, dass ich es verdiente, freigelassen zu werden. Genauso bereit aber war ich, der Mutter des Opfers gegenüberzutreten. Ob sie mich anstarrte oder nicht – es sollte mir nichts mehr ausmachen. Und so saß ich, an Händen und Füßen gefesselt, in der ersten Reihe und ging in Gedanken noch einmal durch, was ich tun und sagen wollte. Ich hatte einen festen Plan. Und ich war gewillt, ihn in die Tat umzusetzen.

Der Saal füllte sich nach und nach, der Prozessbeginn rückte immer näher und ich sah mit Schrecken, wie sich mein Plan in Luft auflöste. Die Dame kam anscheinend nicht. Meine Familie war da, auch Teirsen und Pastor Rentz fanden sich ein, doch von der Mutter des Opfers fehlte jede Spur. Ich reckte und streckte mich, um zu sehen, ob sie in einer der hintersten Reihen Platz genommen hatte, konnte sie aber nirgends entdecken. Die Person, auf die ich gesetzt hatte, war offensichtlich zu Hause geblieben. Ich senkte den Kopf und versuchte zu beten, doch es fiel mir schwer, einen klaren Gedanken zu fassen. Das lief so ganz anders, als ich es mir erhofft hatte, und mich beschlich die Furcht, dass das wieder einmal ein schlechtes Zeichen sein könnte.

Natürlich redete ich mir ein, dass alles in Ordnung sei, und rief mir den Gedanken ins Gedächtnis, der mir in so vielen schwierigen Situationen Kraft gegeben hatte: Mein Leben lag nicht in ihren Händen. Es war einzig und allein Gott, der über mein Schicksal bestimmte, und auf ihn konnte ich mich in jeder Lebenslage verlassen.

»Setzen Sie sich bitte gerade hin«, raunte mir mein Anwalt zu. Ich folgte seiner Aufforderung, hob meinen Kopf und sah dem Staatsanwalt in die Augen, der direkt auf uns zuhielt.

»Sie ist auf dem Weg«, meinte er, an meinen Anwalt gewandt. »Es kann nicht mehr lange dauern.«

Ich versenkte mich wieder ins Gebet. Einerseits war es mir egal, ob sie nun kam oder nicht. Ich sehnte mich nach der Freiheit, wollte das alles nur noch hinter mich bringen, als Nächstes die Anhörung vor dem Berufungsausschuss bestehen und endlich nach Hause gehen. Andererseits wusste ich tief in mir drin, dass es da etwas gab, das noch wichtiger war als all das. Etwas, das ich noch dringender brauchte als das Recht, in Berufung zu gehen.

Plötzlich spürte ich, wie sich die Atmosphäre im Gerichtssaal änderte, und blickte auf. Meine Schwester erhob sich und zeigte mit dem Finger zur Tür. Die Mutter des Opfers war eingetroffen. Sie sprach kurz mit Penny und ging dann hinüber zu dem Staatsanwalt, um auch mit ihm ein paar Worte zu wechseln. Dieser stand daraufhin auf, stimmte sich mit der Richterin ab und redete noch ein paar Takte mit meinem Anwalt. Schließlich erfuhr auch ich, worum es ging. »Sie möchte gern mit Ihnen sprechen. Wir können Ihnen aber nicht mehr als ein paar Minuten einräumen.«

Dann brachte er die Dame zu mir und setzte sich mit ihr in die Sitzreihe hinter mir. Gefesselt wie ich war, kostete es mich einige Mühe, mich zu ihr umzudrehen, doch ich gab mein Bestes.

Da saß sie nun vor mir, mit verschränkten Armen und dem gleichen stählernen Blick in den Augen, den ich noch von unserer letzten Begegnung im Gerichtssaal her kannte.

Ich holte tief Luft. Sie hatte mich nur einmal sprechen hören, und zwar bei meinem Prozess. Das war jetzt fünfundzwanzig Jahre her. Damals hatte ich alle Vorwürfe abgestritten. Ich war aufgestanden und hatte versucht, dem Gericht weiszumachen, dass ich mit dem Mord an ihrem Sohn nichts zu tun hätte. Zwar hatte ich zugegeben, am Tatort gewesen zu sein, doch ich hatte geleugnet, überhaupt eine Waffe besessen zu haben, und hatte behauptet, an dem Mord nicht beteiligt gewesen zu sein. Ich hatte meine Unschuld beteuert und behauptet, mit seinem Tod rein gar nichts zu tun zu haben. Das war eine glatte Lüge gewesen

»Madam«, sagte ich leise und spürte dabei, wie meine Stimme zitterte. Mit einem Mal fühlte ich mich benommen, als ob die Luft um uns herum zu dünn zum Atmen wäre. »Madam, ich übernehme die volle Verantwortung für den Tod Ihres Sohnes.«

Kapitel 45

»Ich bin wirklich stolz auf Sie.«

Sie ließ ihre Arme sinken, legte ihre Hände in den Schoß und beugte sich etwas weiter zu mir herüber.

Alles, was uns beide umgab, wurde unwichtig und trat in den Hintergrund: die Geräusche und das Gemurmel, das den Saal erfüllte; der Schmerz, den die Handschellen verursachten, die sich in meine Handgelenke gruben; selbst der Staatsanwalt, der neben ihr saß. Das alles hatte im Moment keine Bedeutung, nichts spielte mehr eine Rolle. Sie war die Einzige, auf die ich mich konzentrieren konnte. Die Mutter, der ich einen solchen Kummer bereitet hatte. Die Mutter, deren Sohn ich getötet hatte.

Ich versuchte weiterzureden, aber meine Worte gingen in einem haltlosen Schluchzen unter. Natürlich wehrte ich mich dagegen, rang nach Worten, doch nichts konnte die Tränenflut stoppen. Und wie durch einen Nebel hindurch hörte ich, dass auch sie weinte.

»Ich war so unglaublich dumm«, fuhr ich fort, als ich mich wieder einigermaßen in der Gewalt hatte. »Ein Idiot. Jähzornig. Ich dachte einfach nicht nach. Reagierte immer nur. Das hätte nie passieren dürfen. Madam, ich kann nicht mehr, als Sie um Vergebung zu bitten. Und ich bete, dass Sie sich eines Tages dazu durchringen können, mir zu vergeben.«

Sie sah mich an. Es waren dieselben Augen, die mich aufgespießt hatten – quer durch den Gerichtssaal –, doch diesmal ohne den stählernen Blick und auch nicht mehr so voller Schmerz wie noch kurz zuvor. »Ich hasse nicht dich. Es ist schon wahr – was du getan hast, hat mein Leben grundlegend verändert. Nach dem Tod meines Sohnes war es nie wieder, wie es einmal gewesen war. Und dennoch – ich vergebe dir.«

Mir war, als ob die Erde aufgehört hätte, sich zu drehen. Mein Herz schlug in einem neuen Rhythmus. Wie sehr wünschte ich mir, dieser Augenblick würde nie vergehen und ich könnte den Rest meiner Tage in diesem Glückszustand verbringen, doch es gab noch etwas, das ich ihr sagen wollte, weil es mir wichtig war. Ich hatte es nicht geplant, aber die Worte sprudelten nur so aus mir heraus und ich hatte keine Chance zu hinterfragen, was ich da sagte.

»Madam, ich denke, Sie sollten wissen, was wirklich passiert ist. Während der Verhandlung war dauernd die Rede davon, dass ein Mädchen schuld daran war, dass ich mit Ihrem Sohn Streit angefangen habe. Nichts davon ist wahr. Es gab da kein Mädchen. Ich hatte Ihren Sohn nie zuvor gesehen, geschweige denn, mit ihm gesprochen. Die eigentliche Auseinandersetzung hatte ich mit dem anderen Jungen, den ich an diesem Abend niedergeschossen habe. Ihr Sohn wurde zufällig mit hineingezogen.«

Es wäre noch so manches zu berichten gewesen – darüber, wie ich in Panik geraten war, als eine Hand mich am Kragen gepackt und herumgeschleudert hatte –, doch ich wusste, dass ich genug gesagt hatte. Auf keinen Fall sollte der Eindruck entstehen, ich würde versuchen, meine Verantwortung auf einen anderen abzuwälzen. Denn die lag allein bei mir. In vollem Umfang.

»Das hätte nie passieren dürfen«, wiederholte ich. »Den ersten Fehler habe ich damals schon gemacht, als ich den Revolver eingesteckt hatte. Das war die dümmste und verhängnisvollste Entscheidung meines Lebens. Damit habe ich Ihnen nicht nur den Sohn geraubt, ich habe Ihnen auch Weihnachten genommen. Dieses Fest wird für Sie nie wieder so sein wie früher.«

»Ja, da hast du recht. Es ist nicht mehr das Gleiche.«

»Madam, Sie sollen wissen, dass ich regelmäßig für Sie und Ihre Familie bete. Und ich bitte Gott, dass er Ihnen eines Tages auch die Weihnachtsfreude wiederschenkt.«

»Danke. Das finde ich schön.«

Uns beiden liefen immer noch die Tränen über die Wangen. Ich hatte genug gesagt, doch sie schien noch etwas auf dem Herzen zu haben.

»Es klingt vielleicht seltsam«, sagte sie und wischte sich über das Gesicht. »Aber – bei der Beerdigung meines Sohnes erfuhr ich, dass er bereits Vater eines kleinen Jungen war. Ich nahm den Kleinen zu mir und zog ihn auf. Nun ist er ein junger Mann und ich fände es gut, wenn er dich kennenlernt. Ich habe meinen Leuten von dir erzählt und sie sind alle bereit, dir zu vergeben. Es liegt mir sehr viel daran, dass er dich trifft.«

»Danke.« Mehr brachte ich mit tränenerstickter Stimme nicht heraus, sie aber lächelte, als ich nach einer kurzen Pause fortfuhr. »Ich würde mich freuen, ihm zu begegnen, falls ich entlassen werde.«

Sie schüttelte ganz leicht den Kopf. »Nicht *falls* du rauskommst, sondern *wenn* du rauskommst.«

An diesem Punkt schaltete sich der Staatsanwalt in unser Gespräch ein und wies darauf hin, dass die Richterin fortfahren wolle mit der Verhandlung. Seine Worte hörte ich zwar, doch ich war so beschäftigt damit, auf meine Hände zu starren, dass ich ihren Sinn kaum verstand. Denn hätte ich mich nicht mit eigenen Augen vom Gegenteil überzeugt – ich hätte schwören können, dass mir jemand die Handschellen abgenommen hatte. Ich fühlte mich frei, freier als je zuvor in meinem Leben. Und unglaublich leicht, von allen Lasten befreit. Die Frage, ob mich die Richterin noch am gleichen Tag auf freien Fuß setzen würde oder ob man mich zurückschickte und ich den Rest meiner Tage in *Camp J* verbringen müsste, hatte für mich gewaltig an Bedeutung verloren. Mir war vergeben worden. Das allein zählte.

Die Anhörung begann, doch ich bekam nur zum Teil mit, was

um mich herum vor sich ging. Irgendwann trat Pastor Rentz in den Zeugenstand und erzählte der Richterin von irgendwelchen guten Dingen, die ich im *Angola* und in *Avoyelles* bewirkt habe. Auch Penny wurde befragt und dann sprach auch noch die Mutter des Opfers. Sie wiederholte das, was sie mir kurz zuvor gesagt hatte. Dass es noch immer schmerzte. Dass sie mir vergeben hatte. Dass sie mir alles erdenklich Gute wünschte.

Sogar der Staatsanwalt sprach sich für mich aus. Er meinte, er habe es in seiner ganzen Laufbahn noch nicht erlebt, dass ein Straftäter derartig rückhaltlos Verantwortung für seine Taten übernommen habe. Seiner Erfahrung nach brachten die Angeklagten immer nur Ausreden vor, stets präsentierten sie andere Missetäter, denen sie die Schuld zuschoben. Mir aber zollte er Anerkennung für das, was ich gesagt hatte, und für die Art und Weise, wie ich meine Tat eingestand.

Während der Anhörung widmete sich die Richterin ausführlich dem Aktenorder mit den Unterlagen, die ich zusammengestellt hatte. Er war fast so dick wie ein Telefonbuch und enthielt eine Zusammenstellung all dessen, was ich im Gefängnis unternommen hatte, um mich charakterlich und beruflich weiterzuentwickeln. Dort fand sich unter anderem mein Abiturzeugnis, meine Bachelor-Urkunde, Mitschriften aus dem Bibelseminar, Stoffsammlungen zu den Gemeindegruppen, die ich geleitet hatte, Briefe von Freunden und Verwandten und vieles mehr.

»All diese Dinge fließen natürlich in meine Entscheidung mit ein«, meinte die Vorsitzende, nachdem sie mich zu sich nach vorne gerufen hatte, »und ich denke, dass Sie, Mr Olivier, ein Mann sind, der von Anfang an gute Aussichten hatte, sich zu rehabilitieren. Das haben Sie getan. Und ich habe beschlossen, dass Ihrem Antrag stattgegeben wird.«

Ich schloss meine Augen. Meine Ohren aber nahmen alles wahr, was um mich herum geschah: die Stimmen, den Jubel und die Freudentränen. In mir drin aber herrschte vollkommene Ruhe. Ich war gerade Zeuge eines Wunders geworden.

Als im Gerichtssaal wieder Stille eingekehrt war, fuhr mein Gegenüber fort.

»Ich bin sehr, sehr stolz auf Sie. Ja, das bin ich. Noch nie hat mir jemand eine solche Sammlung vorgelegt. Ich bin wirklich stolz auf Sie.«

»Danke, Euer Ehren.«

Da meine Anhörung die letzte an diesem Tag gewesen war, fanden sich unter den Zuhörern nur noch mir bekannte Gesichter. Nachdem die Richterin die Sitzung für beendet erklärt hatte, rechnete ich damit, umgehend zur Hintertür und dann zurück ins *Angola* gebracht zu werden. Sie aber meinte, ich könne ruhig noch ein paar Minuten im Kreis meiner Familie verbringen.

Und dann drehte ich mich zu meinen Leuten um. Sie waren alle gekommen. Jeder, der mir auf dieser Welt etwas bedeutete, war da. Und sie alle stürzten auf mich zu, ein Ozean der Liebe, der sich über mich ergoss.

Unter ihnen aber war eine Person, die sich sofort an die Spitze vorkämpfte. Es war jemand, mit dem ich an diesem Tag das erste Mal in meinem Leben gesprochen hatte.

Sie erreichte mich als Erste. Legte mir die Hände auf die Schultern und sah mir tief in die Augen.

»Ich bin überzeugt, dass du noch eine Menge Gutes tun wirst«, sagte sie. »Eins musst du mir aber versprechen.«

»Gerne, Madam, alles, was Sie wollen.«

»Fass nie wieder eine Waffe an.«

»Nein, Madam. Da müssen Sie sich keine Sorgen machen. Ich rühre keine mehr an. Nie wieder.«

Sie lächelte und nickte. Dann drehte sie sich um und ging.

Kapitel 46

Gottes wertvollste Schätze

Die Richterin hatte mir zwar noch mitgeteilt, sie hoffe, dass ich nicht zu lange warten müsse, bis ich dem Berufungsausschuss meine Bitte um Freilassung vortragen könne. Dennoch musste ich davon ausgehen, dass es eine ganze Weile dauern würde. Bei dreihundert Häftlingen, die das Grundsatzurteil des Obersten Gerichtshofs betraf, hatte dieses Gremium mehr zu tun als je zuvor. Obwohl mein Urteil aufgehoben worden war und ich nun berechtigt war, Berufung einzulegen, musste ich einfach warten, bis ich an der Reihe war.

Nicht jeder, dem es gestattet wurde, seine Sache vor den Berufungsausschuss zu bringen, war mit seiner Berufung auch erfolgreich. Die Strafgefangenen mussten bestimmte Voraussetzungen erfüllen, die klar festgelegt waren. Zum Beispiel musste man eine Mindesthaftstrafe von fünfundzwanzig Jahren abgesessen oder das Abitur auf dem zweiten Bildungsweg abgelegt haben. Wollte man die weiteren Bedingungen erfüllen, war schon etwas mehr Einsatz nötig, egal, ob es die Teilnahme an diversen Fortbildungsprogrammen war oder der Erwerb weiterer Qualifikationen, die für den Aufbau einer Existenz »draußen« von Vorteil waren. Und so kam es, dass die Männer, die ihre Jahre hinter Gittern mit Nichtstun verbracht hatten, nun fieberhaft versuchten, eine Mappe zusammenzustellen, die genug Nachweise enthielt, dass sie sich erwiesenerweise geändert hatten und reif für ein Leben in Freiheit waren. Die Berufungsausschüsse wussten aber, die Böcke von den Schafen zu trennen, und so war ich D-Man, dem alten Mithäftling aus dem *Hunts* dankbar, dass er mir ans Herz gelegt hatte, so viele Ausbildungsgänge, Zusatzqualifikationen und Abschlüsse zu machen wie möglich. Meine Mappe mit Zeugnissen und Leistungsnachweisen war gut gefüllt und bewies, dass der Wandel, den ich durchgemacht hatte, echt war. Das änderte aber nichts an der Tatsache, dass die Schlange der Wartenden lang war, in die ich mich einreihen musste. Man teilte mir mit, dass es Monate dauern könne, bis überhaupt ein Termin für meine nächste Anhörung feststand. Ich fürchtete, daraus könnten auch Jahre werden.

Also richtete ich mich wieder in meinem Leben im *Angola* ein. Tagsüber war ich als Seelsorger tätig und abends bettete ich mein Haupt im Schlafsaal 3 des Zellenblocks »Eberesche« auf Bett Nr. 22 zur Ruhe. Ich hatte alle Hände voll zu tun bei meiner Arbeit in der Gemeinde. Nicht wenigen meiner Mitbrüder stieß es sauer auf, dass immer mehr Häftlinge das *Angola* aufgrund der neuen Bestimmungen verlassen durften, während sie noch nicht mal einen Termin für ihre Anhörung vor dem Berufungsausschuss hatten – so wie ich.

»Sind wir nicht wie eine Familie?«, fragte ich sie immer wieder. »Wir sind der Leib Christi. Und wenn der Fuß geht, dann wird ihm wohl bald auch die Hand folgen. Wir sollten es feiern, wenn einem von uns so etwas Gutes widerfährt.«

Stand die Entlassung eines Gemeindeglieds an, dann ließen wir ihn einige Siegesrunden durch den Saal drehen. In der Regel sprangen dann alle auf, um ihn anzufeuern, und einige liefen sogar mit ihm mit.

»Wer ist der Nächste?«, rief ich dann. »Wer ist der Nächste?«

Was mir aber wirklich über diese Zeit hinweghalf, war dieses Blatt Papier von Bill Yount. Ich kannte den Text fast auswendig, der eine Vision beschrieb – das Bild von zahllosen Strafgefangenen, die ihre Gefängnismauern überwanden und hinauszogen ins Land, um Gottes Frohe Botschaft in die Orte und Gemeinden zu tragen, in denen die Kirchen so drastisch an Bedeutung verloren hatten, dass sie ihrem Auftrag nicht mehr nachkamen.

»Wir sehen die Erfüllung mit eigenen Augen, oder etwa nicht?«, fragte ich jedes Mal, wenn wir auf das Bild von Bill Yount zu sprechen kamen. »Das ist der Exodus aus dem *Angola*. Mir kann keiner erzählen, es gäbe etwas, das Gott nicht schaffen kann.«

Das Rechtssystem der Vereinigten Staaten ist intakt. Es erfüllt genau den Zweck, für den es geschaffen wurde. Es ist darauf ausgelegt, in entscheidenden Punkten zu versagen. Sein Strafvollzug zielt in erster Linie auf schwarze und dunkelhäutige Menschen ab, die deutlich schlechter behandelt werden als weiße. Es sieht vor, Sträflinge jahrzehntelang wegzusperren und menschliches Leben eher abzuwürgen als in gesunde Bahnen zu lenken. Es behandelt Menschen wie Tiere.

Aber ich bin kein Tier.

Ich war nie ein Tier.

Ich war ein törichtes Kind, das fürchterliche Entscheidungen traf, und ich verdiente es, dafür bestraft zu werden. Doch während unser Gesetz vorsah, mich bis zu meinem Tod einzusperren, um damit dem Genüge zu tun, was man gemeinhin »Gerechtigkeit« nennt, hat Gott mich nicht aufgegeben. Er hatte andere Pläne mit mir. So wie er das für jeden Einzelnen von uns hat.

Auch wenn viel zu viel Ungerechtigkeit hineinverwoben ist in unser Rechtssystem – man kann es ändern. Das erfordert sehr viel Arbeit und viele gute Menschen müssen bereit sein, das zu tun, was Gott von ihnen erwartet. Doch es kann wahr werden. Es wird wahr werden. Diese Entwicklung hat bereits angefangen.

Kapitel 47

»Das ist ein Mensch, für den ich mein Leben geben würde!«

Es dauerte fast zwei Jahre, bis ich erfuhr, wann ich vor dem Berufungsausschuss zu erscheinen hatte. Der Grund für die Verzögerung lag größtenteils in der Menge der Fälle, die die Gremien zu bewältigen hatten. Mir blieb also genug Zeit zu überlegen, wie mein Leben nach einer erfolgreichen Berufung weiter verlaufen würde. Dennoch fiel mir das Pläneschmieden nicht so leicht, wie ich es mir vorgestellt hatte.

Zunächst nahm ich mir vor, nach New York zu ziehen und mir eine Wohnung in Brooklyn zu nehmen. Dort wollte ich das Angebot von Pastor Jim Cymbala wahrnehmen und eine Arbeitsstelle in der *Brooklyn Tabernacle Church* antreten. Pastor Cymbala hatte mich auf diesem Posten schon seit längerer Zeit fest eingeplant und mir gefiel der Gedanke, in seiner Gemeinde mitzuarbeiten und von ihm zu lernen, so wie ich auch schon bei Dr. Draper wertvolle Erfahrungen gesammelt hatte. Doch in Louisiana galt ein Gesetz, das Strafgefangenen, die auf Bewährung entlassen wurden, den Umzug in einen anderen Bundesstaat untersagte. Ich musste also meine Pläne ändern. Nun kam Pastor Rentz ins Spiel. Er hatte in meinem Leben bislang eine ähnlich große Rolle gespielt wie Pastor Cymbala oder Dr. Draper. Uns verband spätestens seit meiner Rückkehr aus *Avoyelles* ein intensives Vertrauensverhältnis. Obwohl er und seine Frau das achtzigste Lebensjahr bereits überschritten hatten, lud er mich ein, zu ihm nach Baton Rouge zu ziehen. Er hatte sich sogar bei der Arbeitsvermittlung um mich bemüht und mir einen Job als Mitarbeiter beim Grünflächenamt der Stadt besorgt.

Ich war also bereit, als der Tag der Anhörung vor der Berufungskommission kam. Meine Angehörigen besetzten jeden verfügbaren Sitzplatz im Raum, sogar die Stühle, die für die Familie des Opfers freigehalten wurden. Es war laut und aufregend und zum ersten Mal seit ewigen Zeiten musste ich nicht in Handschellen und Fußfesseln erscheinen. Und doch war ich nervös. Es gab Probleme.

Mein Vorschlag, bei Pastor Rentz zu wohnen, war wochenlang diskutiert worden. Justizbeamte hatten sogar sein Haus inspiziert, um zu klären, ob es für ein solches Vorhaben geeignet war. Dann, als sich die Vorbereitungen für meine Anhörung bereits ihrem Ende zuneigten, wies irgendjemand darauf hin, dass es nicht der Regel entsprach, wenn auf Bewährung entlassene Strafgefangene bei Staatsbediensteten Unterschlupf fanden.

Nun begann eine fieberhafte Suche nach alternativen Lösungen. Unter anderem meldete sich *Parole Project*, eine Non-Profit-Organisation, die sich um die Belange begnadigter Häftlinge kümmert, und schlug vor, mich erst mal in ein zehntägiges Wiedereingliederungsprogramm aufzunehmen. Schließlich schaltete sich Dr. Draper – mittlerweile »Bürgermeister Leslie Draper III« – in die Diskussion ein. Er bot mir an, zu ihm zu kommen und zunächst eine Teilzeitstelle in der Stadtverwaltung von Simmesport anzunehmen. Außerdem meinte er, ich könne in seiner Gemeinde als Jugendpastor arbeiten und von Zeit zu Zeit sogar den Predigtdienst übernehmen.

So weit, so gut. Mit Beginn der Anhörung spürte ich, wie sich meine Anspannung löste. Immerhin wusste ich, wer letzten Endes über mein Schicksal bestimmte und dass es nichts gab, was Gott nicht hätte bewirken können. Mir war vergeben worden, ich war also frei. Was immer nun geschehen würde – es lag in Gottes Händen.

Ein Großteil der Anhörung rauschte einfach nur an mir vorbei, doch ein Ereignis grub sich in mein Gedächtnis ein. Irgendwann meldete sich Bürgermeister Draper zu Wort, um seine Unterstützung anzubieten. Er war ruhig und gelassen wie immer und sprach mit dem gleichen Selbstvertrauen und der Autorität, die ich so oft an ihm bewundert hatte, wenn er in der Kapelle in *Avoyelles* predigte.

Zuerst legte er dar, was ihn dazu qualifizierte, dem Ausschuss einen Vorschlag zu unterbreiten. Im Anschluss daran berichtete er, wie er mich kennengelernt hatte. Dann aber machte er eine Pause, die sich so lang hinzog, dass der Eindruck entstand, er habe den Faden verloren. Weit gefehlt. Plötzlich hob er seine Hand, zeigte auf mich und sagte mit wenigen Worten, was er von mir hielt:

»Das ist ein Mensch, für den ich mein Leben geben würde!«

Kapitel 48

Der lange Weg zum Ausgang

In den Tagen und Wochen, die auf meine letzte Anhörung folgten, verbrauchte ich ganze Schachteln voller Batterien, weil ununterbrochen Lobpreismusik aus meinem JP5-Player drang. Ein Lied, das ich immer wieder ansteuerte, drückte genau das aus, was ich in dieser Situation empfand: Auch wenn alles um mich herum einzustürzen droht – ich darf sicher sein, dass Gott jederzeit Herr der Lage ist.

Wenn ein Berufungsausschuss einen Antrag auf Bewährung angenommen hat, wird der Häftling vom Ort der Anhörung direkt in seinen Schlafsaal gebracht, wo er in Gegenwart eines Aufsehers seine Sachen zusammenpackt. Dann muss er noch ein letztes Mal umziehen, und zwar ins *CCR*, wo er die restlichen ein oder zwei Nächte bis zu seiner Entlassung verbringt. Es besteht nämlich die Gefahr, dass ein missgünstiger Mithäftling den Begnadigten angreift, ihn in eine Auseinandersetzung verwickelt und damit erreicht, dass der andere einen Aktenvermerk erhält und seine Freiheit erneut in weite Ferne rückt. Der Entlassungsprozess wird also rasch und kontrolliert abgewickelt.

Zumindest im Idealfall.

Bei mir jedenfalls lief es anders ab. Ich wurde im November offiziell begnadigt. Doch die Frage, wie es nach meiner Entlassung mit mir weitergehen sollte, musste ja in letzter Sekunde völlig neu beantwortet werden, und das bedeutete eine Verzögerung meiner

Freilassung. Die Prüfkommission brauchte Zeit, um die näheren Umstände mit Bürgermeister Draper zu klären und sicherzustellen, dass ich bei ihm gut aufgehoben war.

Die Wochen, die nach der Anhörung ins Land gingen, fühlten sich fast länger an als der Rest meiner Haftzeit. Sie schienen noch langsamer zu verstreichen als die Monate, die ich in der Isolierzelle zugebracht hatte, und zäher als die Tage, in denen ich versucht war, an der Hoffnung auf Freiheit endgültig zu verzweifeln. Technisch gesehen war ich frei, dennoch fühlte ich mich abgeschnürter als je zuvor.

Also suchte ich umso intensiver nach Beschäftigung. Ich machte meine letzten Runden für die Gemeinde und verbrachte so viel Zeit wie möglich mit Pastor Hicks und meinen Glaubensbrüdern, die mich so lange Zeit begleitet, gestützt und inspiriert hatten. Eric lebte zu der Zeit in *Camp C.* Es war mein größter Wunsch, dass er meine Entlassung als Motivation sah durchzuhalten, doch ich wusste auch, dass ihm das nicht leichtfallen würde. Da er sein Verbrechen als Erwachsener begangen hatte, konnte die Entscheidung des Obersten Gerichtshofes auf seinen Fall nicht angewendet werden. Sein Weg bis zum Antrag auf Berufung war noch lang und seine Aussichten auf Erfolg ungewiss.

Das, was ich von meinen Habseligkeiten nicht mitnehmen wollte, verschenkte ich: Kleidungsstücke, Schuhe, Duftwässerchen und Nahrungsmittel. Meine wichtigen Dokumente und die Unterlagen zu meinem Fall deponierte ich im Gemeindebüro, von wo ich sie zu einem späteren Zeitpunkt abholen wollte. Alles, was ich brauchte, verstaute ich in einer kleinen schwarzen Reisetasche. Ja, mein lebensnotwendiger Besitz hatte sich auf ein paar wenige Gegenstände reduziert: etwas zum Anziehen, ein paar Toilettenartikel, eine Schachtel mit Briefen und Fotografien, eine Bibel und der unvermeidliche JP5-Player. Er erinnerte mich an eine Wahrheit, die für mich mindestens so wichtig geworden war, wie die Luft zum Atmen: Gott lässt mich nicht fallen. Nie.

Drei Wochen nach der Anhörung kam schließlich ein Aufseher zu mir und teilte mir mit, dass ich entlassen werden sollte.

»Wann?«

»Morgen.«

Ich tat die ganze Nacht kein Auge zu. Im Morgengrauen stand ich schon bereit, fertig angezogen und mit meiner schwarzen Tasche in der Hand, Stunden, bevor sich die Tore öffnen sollten für mich.

Als der große Augenblick gekommen war, ging ich von Schleuse zu Schleuse und wartete geduldig darauf, dass man mir ein Tor nach dem anderen öffnete. Ich ging durch die Korridore und sagte allen, die ich kannte, ein letztes Lebewohl. Es fühlte sich an, als ob tausend Stürme in meiner Brust tobten. Immer wieder musste ich tief durchatmen und mich zusammenreißen.

Nur noch wenige Minuten.

Nur noch ein Tor.

Gleich bin ich draußen.

Mein Herz klopfte wie wild und mein Atem ging flach und immer schneller, als ich zwischen die Stacheldrahtwände des letzten Verbindungsgangs trat. Er führte direkt zu dem Fahrzeug, das mit laufendem Motor bereits darauf wartete, mich zum Ausgang zu bringen. Es war alles so nah. Das Ende all dessen, was die letzten siebenundzwanzig Jahre meines Lebens bestimmt hatte. Der Anfang von allem anderen.

Ich machte den ersten Schritt.

Was, wenn sie jetzt doch noch einen Verfahrensfehler entdeckt haben?

Was, wenn sie ihre Meinung ändern?

Es war mir schleierhaft, woher jetzt noch solche Gedanken kamen, doch ich konnte sie nicht so einfach abschütteln. Deshalb fing ich an zu rennen.

Sofort fielen alle Zweifel und Ängste von mir ab. Jubelnd riss ich meine Arme hoch. Ich winkte und winkte, obwohl mich an dieser Stelle noch keiner sehen konnte. Und doch waren sie alle da. Alle, die mich auf meinem Weg begleitet hatten. Mama, Papa, Penny und die anderen Geschwister, die Tanten, Onkel und Cousins. Ich winkte Tony zu, dort in seiner Bibliothek, Bischof Tannehill und Eric. Ich winkte Pastor Rentz, Dr. Draper und Pastor Cymbala zu. Ich winkte der Pfarrerin Bernadine St. Cyr in *Camp D* zu, für die ich fünfzehn Jahre lang als Sekretär gearbeitet hatte, der Richterin, der Mutter meines Opfers und dem kleinen Jungen, dem ich den Vater genommen hatte. Ich winkte Dawn zu und ihren beiden Mädchen, die mich immer noch »Daddy« nannten. Und ich winkte Teirsen zu und dem Leben, das wir eines Tages gemeinsam führen wollten. Ihnen allen winkte ich zu. Ich war auf dem Weg.

Teil 7

Ein neues Zuhause

Kapitel 49

Raketen und Regeln

Der Mississippi sah aus wie ein farbenfroher Teppich. Zahllose Raketen tauchten den Abendhimmel über uns in tausend bunte Lichter. Ich stand an einem Fenster, von dem aus man ganz Baton Rouge überblickte, kam aus dem Staunen nicht mehr heraus und konnte mich nicht sattsehen.

»Fühlst du dich gut?«, fragte Teirsen. »Alles in Ordnung?«

Ein aufregender Nachmittag lag hinter uns. Als ich das Tor zum *Louisiana State Penitentiary* durchschritt und Teirsen und die Mitarbeiter vom *Parole Project* sah, die dort auf mich warteten, flackerte mein Gemütszustand eine ganze Weile hin und her zwischen Lachen und Weinen. Dann ging es nach Baton Rouge ins Büro der Hilfsorganisation, wo ich versuchte, mir zumindest die Schwerpunkte des Programms zu merken, das ich in den folgenden zehn Tagen durchlaufen sollte. Nachdem sie mich ein paar Stunden später für den Rest des Tages entlassen hatten, gingen Teirsen und ich in ein Steak-Restaurant. Die ganze Zeit über kam auf ihrem Handy ein Anruf nach dem anderen rein und die allermeisten waren für mich. Alte Freunde oder Mitglieder meiner Familie baten, mich sprechen zu dürfen. Und wieder gab es viel zu lachen, es floss aber auch die eine oder andere Träne.

Jetzt aber kam ich zur Ruhe – das erste Mal an diesem Tag – und konnte durchatmen.

Mein Blick wanderte durch das Zimmer. Meine kleine schwarze Reisetasche und ihr Inhalt verrichteten nach wie vor gute Dienste, doch mittlerweile waren weitere Gebrauchsgegenstände dazugekommen. Ein eigenes Handy. Eine Armbanduhr. Eine

Brieftasche. Entweder hatte man dergleichen im Gefängnis nicht gebraucht oder es handelte sich um Dinge, deren Besitz mir noch am Morgen dieses Tages verboten war. Auf dem Tisch lag eine Mappe mit wichtigen Papieren, die man mir überreicht hatte, kurz bevor ich das *Angola* verlassen hatte. Darunter befanden sich auch meine Geburtsurkunde und meine Sozialversicherungskarte, Dokumente, die ich dem Verwaltungspersonal Jahrzehnte zuvor hatte aushändigen müssen. Andere Unterlagen wie die Urkunde, die meine Begnadigung und Entlassung aus dem Strafvollzug bestätigte, waren neu dazugekommen. Nun, einerseits stand hier schwarz auf weiß, dass ich von nun an ein freier Mensch war, andererseits trug ich immer noch die Socken, die ich vierzehn Stunden zuvor, auf Bett 22 im Schlafsaal 3 des Zellenblocks »Eberesche« sitzend, angezogen hatte.

»Ronnie«, wiederholte Teirsen, »ist alles okay? Wie fühlst du dich?«

»Mir fehlen die Worte, um das zu beantworten«, erwiderte ich und dachte einen Moment nach. »Erleichtert? Glücklich? Ich fühle ich gut, doch mir ist kein Zustand bekannt, mit dem man dieses Gefühl vergleichen könnte. So etwas habe ich noch nie empfunden.«

* * *

Die Organisatoren des *Parole Project* boten einen Schnellkurs an, der ehemalige Strafgefangene innerhalb von zehn Tagen auf die Höhe der Zeit brachte. Als man mich verhaftet hatte, tickte die Welt noch analog, mittlerweile hatte man sie »digitalisiert«. Als Leekie, J-Dog und ich durch die Straßen zogen, benutzten wir bestenfalls »Pager« – kleine, drahtlose Kästchen, die Ziffern und Textnachrichten empfangen und anzeigen konnten. An Handys war damals noch nicht zu denken. Der Zahlungsverkehr wurde noch in bar abgewickelt und nicht über Kreditkarten. Und dieses Geld gab man an Registrierkassen aus, die einen Heidenlärm machten und meistens am Ausgang des Ladens standen. Sie wurden von Angestellten aus Fleisch und Blut bedient, welche man in den Geschäften neuerer Zeit durch Videokameras ersetzt hat, die die Kunden überwachen und kontrollieren, ob sie auch alle Waren über den Scanner der unbemannten Expresskassen ziehen. Und – was um alles in der Welt war denn mit der Walmart-Kette passiert, deren Filialen damals noch so klein und übersichtlich daherkamen? Als uns die Mitarbeiter von *Parole Project* zum Einkaufen in einen dieser Märkte mitnahmen, kamen wir uns vor wie in einem Großflughafen.

»Hier finden Sie alles, was das Herz begehrt«, versprach mir eine Mitarbeiterin, die merkte, wie verloren ich mit weit aufgerissenen Augen um mich blickte. »Was hätten Sie denn gern?«

Ja, was hätte ich denn gern?

Zum zweiten Mal innerhalb von zwei Tagen fehlten mir die Worte, um das auszudrücken, was mir durch den Kopf ging. Ich war einfach überfordert. Doch dann entdeckte ich die Elektronikabteilung und meine Augen begannen zu leuchten.

* * *

Die Hilfsorganisation bot immer mehreren frisch Entlassenen zugleich die Möglichkeit, einen Überblick über die schöne neue Welt der Shoppingmalls, der Smartphones und des Onlinebanking zu bekommen. Es gab weitere Workshops, die etwas mehr ins Detail gingen und die weniger auffälligen Umbrüche thematisierten, die im Lauf der letzten dreißig Jahre das Alltagsleben verändert hatten.

Da war der ehemalige Soldat, der im Ausland stationiert war und mehrfach verwundet wurde. Er erzählte uns von den Herausforderungen, die er bewältigen musste, als man ihn in seine Heimat zurückversetzte. Dabei betonte er, wie wichtig es sei, die Bedeutung der eigenen geistigen Gesundheit nicht zu unterschätzen. Er verglich die Erfahrung, die wir gegenwärtig machten, mit der seinen – der eines Soldaten, der aus dem Krieg zurückkehrt in eine Welt, in der ganz andere Regeln und Prioritäten gelten als auf dem Schlachtfeld.

Ein anderer Kurs, den ein Polizist im aktiven Dienst leitete, widmete sich der Frage, wie man sich künftig den Hütern des Gesetzes gegenüber verhalten solle. Ich hing förmlich an den Lippen dieses Mannes und nahm mir vor, jeden seiner Hinweise strikt zu befolgen, indem ich »im Ernstfall« die Hände aus den Taschen nahm, Ruhe bewahrte und alles unterließ, was dazu beitragen könnte, die Situation eskalieren zu lassen.

Völlig von den Socken aber war ich, als wir zum Thema »Sexuelle Belästigung im Alltag« kamen.

Ich konnte mich noch gut erinnern an die Zeiten, als ich zusammen mit Leekie, J-Dog und den anderen Jungs die Bourbon Street entlangschlenderte und alles unternahm, um als Erster aus dem Rennen um die meisten Telefonnummern weiblicher Passanten hervorzugehen. Wir gingen einfach auf die Mädchen zu, umarmten sie, gaben ihnen auch mal einen Klapps auf den Po und raspelten fleißig Süßholz. Das gehörte einfach dazu.

Und heute? Ich war vollkommen perplex, als ich hörte, dass man heute für ein solches Verhalten hinter schwedischen Gardinen landen konnte. Es war für mich nachvollziehbar, dass man nicht mehr einfach so auf fremde Leute zugehen und sie anfassen durfte, doch dass man einem schönen Mädchen keine Komplimente mehr machen konnte, ohne damit rechnen zu müssen, dass sie es einem krummnahm, und oder dass man am Arbeitsplatz keine läppischen Witze mehr reißen durfte, ohne dass einem die Kollegen gleich einen Strick daraus drehten – das erschütterte mich. Ich war bestürzt, als ich hörte, wie niedrig man mittlerweile die Schwelle ansetzte, hinter der bereits die »sexuelle Belästigung« anfing.

Doch hinter dem *Parole Project* verbirgt sich eine hochqualifizierte Mannschaft, die bereits Hunderten von ehemaligen Strafgefangenen geholfen hat, den Übergang in die Freiheit zu schaffen. Sie gingen auf mich ein, wenn ich verwirrt war, und beantworteten geduldig die Fragen, die mir auf dem Herzen lagen. Und als die zehn Tage zu Ende waren, war ich zuversichtlich, dass ich auch unter den veränderten Lebensbedingungen gut zurechtkommen würde. All die Jahre im Gefängnis hatte ich darauf geachtet, dem weiblichen Personal nicht zu nahe zu treten. Darin unterschied ich mich von vielen anderen Insassen, die hemmungslos die Frauen anbalzten. Manche gingen sogar noch weiter, wie das Beispiel von Pastor Norris bewies. Mir aber war das Leben hinter Gittern schon kompliziert genug, zusätzliche Risiken dieser Art brauchte ich nicht. Darum hielt ich Abstand und knebelte den Schürzenjäger in mir, der serienmäßig die Flirtwettbewerbe in der Bourbon Street gewonnen hatte.

Das Zimmer, in dem ich während des Kurses untergebracht war, teilte ich mir mit einem anderen Teilnehmer. Ich fand es nicht gerade außergewöhnlich komfortabel, doch mein Aufenthalt dort war ja nur von kurzer Dauer. Und im Vergleich zum *Angola* erschien es mir wie eine Suite in einem Fünfsternehotel.

Nach knapp zwei Wochen hatte ich das Programm absolviert und ich verabschiedete mich von den Mitarbeitern. Der Umfang dessen, was sie mir in diesen wenigen Tagen beigebracht hatten, war unglaublich. Ich verließ das *Parole Project* mit einem neu erworbenen Führerschein in der Tasche und dem Gefühl, für alles Kommende gut gerüstet zu sein. Ohne ihre Hilfe wäre mir ein solcher Start ins neue Leben nicht gelungen.

Ich fuhr nach Simmesport, wo mir Bürgermeister Draper einen Empfang bereitete, als wäre sein lang verschollener Sohn heimgekehrt. Er hatte mir eine Arbeitsstelle und ein Haus besorgt. Der Gedanke, von nun an in einer kleinen Zweitausendseelengemeinde zu leben, gefiel mir. Auch meine neue Bleibe fand ich fantastisch. Immerhin umfasste sie drei Schlaf- und zwei Badezimmer, war 130 m^2 groß und mit Klimaanlage, Waschmaschine und Wäschetrockner ausgestattet. Und das alles nur für mich. In der ersten Woche machte ich mir einen Spaß daraus, jede Nacht in einem anderen Bett zu schlafen. Es kam mir so vor, als würde ich allein ein ganzes Hotel bewohnen.

Mein Haus gehörte zu einer ganz besonderen Siedlung, die aus 75 Häusern bestand, eine Fläche von 3,5 m^2 umfasste und am Rand von Simmesport lag. Dieses Bauprojekt hatte ein kanadischer Industrieller errichten lassen, um Einwohnern von New Orleans, die durch den Hurrikan »Katrina« obdachlos geworden waren, eine neue Heimat zu geben. Mehr als zweihundert Menschen, die ihr Hab und Gut in den Fluten verloren hatten, fanden dort eine Zuflucht. Sie durften die Häuser fünf Jahre mietfrei bewohnen, konnten neue Berufe erlernen, alte Fertigkeiten einbringen und sich aktiv am Aufbau eines lebendigen Gemeinwesens beteiligen. Dieser Stadtteil, den man bald »Canadaville« nannte, bot seinen Bewohnern weitaus mehr als eine Zuflucht – hier fanden sie neues Leben.

Seit »Katrina« waren dreizehn Jahre vergangen. Die meisten Einwohner waren weitergezogen und einige Häuser standen leer. Das ermöglichte Bürgermeister Draper, das zu tun, was ihm am meisten am Herzen lag – er gab begnadigten Sträflingen wie mir ein Zuhause und einen Job in einem harmonischen, stabilen Umfeld. Ich hätte keinen besseren Ort finden können für meinen Neustart.

Kapitel 50

»Bitte wachse, wachse über uns hinaus.«

Manchmal fühlte ich mich wie ein neugeborenes Baby und Bürgermeister Draper war wie ein Vater für mich. Er gab mir was zu tun, überließ mir ein Auto und rüstete mich mit einem eigenen Handy für berufliche Zwecke aus. Meine erste Predigt hielt ich in seiner Gemeinde, der *Tree of Calvary Baptist Church*. Er half mir wieder auf die Beine und lehrte mich, erste Schritte in eine selbstbestimmte Existenz zu tun.

Meine Arbeit war ausgesprochen einfach, doch zu dieser Zeit war das genau das Richtige. In der Stadtverwaltung von Simmesport gab es nämlich keinen staatlich anerkannten Heizungskontrolleur, der routinemäßig die Gasleitungen in den Haushalten überprüfen konnte. Jahrelang hatte die Stadt entweder Strafgebühren entrichtet oder teure Spezialfirmen anheuern müssen. Bürgermeister Draper meinte, ich sei prädestiniert für diese Aufgabe, und schickte mich für mehrere Tag auf eine Schulung, wo ich ein entsprechendes Zertifikat erwarb. Als frischgebackener Sicherheitsbeauftragter verbrachte ich nun meine Tage damit, mich telefonisch anzukündigen, um dann über stille Landstraßen zu tuckern und meine Kontrollen durchzuführen. Die Arbeit, die mich mit so vielen Leuten in Kontakt brachte, war das reinste Vergnügen für einen extrovertierten Typen wie mich. Nicht zu vergessen das Geld. Verglichen mit dem Arbeitslohn im *Angola*, der zwanzig Cent pro Stunde nicht überschritt, nahm sich das

Gehalt, das ich in Simmesport bezog, geradezu astronomisch aus. Im Gefängnis arbeitete ich fast jeden Tag und gab kaum Geld aus, dennoch belief sich mein Erspartes am Tag meiner Entlassung auf ganze 220 Dollar. In Simmesport dagegen wies allein der Gehaltsscheck für die erste Arbeitswoche einen Betrag aus, der doppelt so hoch war. Im Übrigen musste man mir erst mal zeigen, was man mit einem solchen Scheck macht.

Ich gab die ganze Summe auf einmal aus. Allerdings tat ich das nicht bei Walmart und ich hatte am Ende auch nichts in den Händen. Dieses Geld ging für die Bezahlung meiner Stromrechnung in Höhe von 435 Dollar drauf. Und wie die vonstattenging, musste man mir auch erst zeigen. Diese kostspielige Lektion veranlasste mich, die Klimaanlage auf Automatikbetrieb umzustellen und sie nicht Tag und Nacht durchlaufen zu lassen.

Viele Menschen waren mir gegenüber unglaublich freundlich und großzügig. Pastor Rentz und seine Frau beluden einen ganzen Monat lang Wochenende für Wochenende einen Autoanhänger mit Unmengen von nützlichen Dingen für meinen neu gegründeten Hausstand und fuhren von Baton Rouge nach Simmesport. Dank ihres Einsatzes verfügte ich bald über Möbel und Wäschegarnituren, die für mein Wohnzimmer und die drei weiteren Räume reichten, eine Küchenausrüstung, in der jedes Gerät in dreifacher Ausführung vorhanden war, und über einen Schreibtisch. Carmen, eine freiwillige Helferin, die sich in der Gefängnisgemeinde im *Angola* engagierte, ließ es sich nicht nehmen, regelmäßig meine Speisekammer und den Kühlschrank mit Essen zu füllen. Sie schenkte mir auch meinen ersten kleinen Weihnachtsbaum. Die Leute von Simmesport waren nicht weniger nett. Sie hatten viel Geduld mit mir, als sich zeigte, dass ich keine Ahnung hatte, wie man zum Beispiel mit einer Motorsense umgeht oder einen Traktor fährt. Auch hatte ich nie das Gefühl, dass man mich ängstlich beobachtete oder mir mit Misstrauen begegnete. Sie alle kannten meine Vergangenheit, doch keiner zeigte sich besorgt deswegen.

* * *

Ich genoss das Leben in einer Kleinstadt und fühlte mich geborgen und sicher. Im *Angola* hatte ich gelernt, wie wichtig es ist, dass Menschen aufrichtig miteinander umgehen. Ein Häftling, der im Gefängnis als Pastor tätig ist, kann nicht über geistliches Wachstum und einen rechtschaffenen Lebensstil predigen und den Gottesdienst mit den Worten »Nächsten Sonntag sehen wir uns wieder« beenden. Er schläft im gleichen Raum wie die, die seine Predigt gehört haben, und sitzt in der Toilette direkt neben ihnen. Er kann ihnen nichts vormachen. Absolute Ehrlichkeit ist hier gefragt.

Simmesport war ein Ort, an dem ich so sein konnte, wie ich war. Ich musste weder meine Biografie frisieren noch etwas vorgeben, was ich nicht war. Ich war ganz einfach ich, Ronald Olivier, egal ob meine Nachbarn mich am Arbeitsplatz, in der Kirche oder auf meiner Veranda sahen, wo ich saß und mit einem breiten Lächeln den Sonnenuntergang betrachtete.

Doch so gern ich auch in Simmesport lebte, so wusste ich doch, dass ich irgendwann weiterziehen müsste, hinaus ins weite Land der Freiheit. Es dauerte nicht lange und ich hatte genug Selbstvertrauen getankt, um mich auf die zweistündige Fahrt nach Lafayette zu machen, wo ich die Wochenenden mit Teirsen und ihrer Familie verbrachte. Auch das waren wundervolle Tage, denn ich traf dort auf eine Gemeinschaft herzlicher und freigiebiger Menschen, die mich mit offenen Armen aufnahmen.

Es war nicht zu übersehen, ich machte bemerkenswerte Fortschritte. Ich spürte, wie ich Woche für Woche und Monat für Monat sicherer wurde im Umgang mit meiner Umgebung. Und je mehr Fortschritte ich erzielte, desto neugieriger wurde ich auf diese neue Welt, in der ich unverhofft eine zweite Chance bekommen hatte. Die Einladung von Pastor Cymbala jedoch, in der *Brooklyn Tabernacle Church* zu predigen, löste eine Euphorie bei mir aus, jagte mir aber auch Angst ein. Meine Entlassung aus dem Gefängnis lag gerade mal ein paar Monate zurück. War es nicht viel zu früh, jetzt schon die weite Reise nach New York zu unternehmen und sich vor Tausende von Leuten hinzustellen, um meine Geschichte zu erzählen?

Ich wandte mich an Bürgermeister Draper, sagte ihm, dass ich nicht wisse, was ich davon halten solle, und bat ihn um Rat. Seine Antwort fiel ausgesprochen kurz aus.

»Steig in das Flugzeug! Genieße die Reise. Und wenn du zurückkommst, denkst du über deine Zukunft nach.«

Das war zwar die Antwort, die ich hören wollte, sie entsprach aber nicht dem, was ich erwartet hatte. Bürgermeister Draper hatte schon so viel für mich getan, dass ich unter allen Umständen den Eindruck vermeiden wollte, ich könne es nicht erwarten, aus Canadaville wegzukommen. »Meinen Sie das ernst?«

»Ronnie, rede dir nicht ein, du seist uns etwas schuldig. Ich möchte, dass du erfolgreich dein Leben gestaltest. Und ich weiß, dass Simmesport nur eine Durchgangsstation für dich ist. Komm uns nur nicht so nah, dass es uns das Herz bricht, wenn du uns irgendwann verlässt.«

Ich wusste nicht, was ich darauf antworten sollte. Das war auch nicht nötig. Ich musste nur zuhören.

»Bitte wachse, wachse über uns hinaus, Ronnie«, bat er. »Bitte.«

Kapitel 51

160 wortlose Kilometer an der Seite von Direktor Cain

In der *Brooklyn Tabernacle Church* zu predigen, war in mancherlei Hinsicht eine Erfahrung, die ich so noch nie gemacht hatte. In so viele fremde Gesichter zu sehen und dabei über mein Leben zu reden, fühlte sich fast schon surreal an. Andererseits kam es mir ungewöhnlich vertraut vor, einfach nur dazustehen und Erlebnisse mit einem Gott zu schildern, der keinen Aufwand scheut, um uns zu zeigen, wie sehr er uns liebt.

Diese erste Reise, die mich über die Grenzen von Louisiana hinausführte, sollte bei Weitem nicht die einzige bleiben. Bald folgten weitere. Man lud mich ein, vor dem Footballteam der *Buffalo Bills* zu sprechen, in zwei Gefängnissen von Colorado, in der *Cornerstone Church* in Connecticut und vor der *Christian City Fellowship* in Sealy/Texas. Man fragte sogar an, ob ich nicht für zwei Wochen nach Israel kommen wolle. Natürlich vergaß ich nicht, vor jeder Tour bei meinem Bewährungshelfer die Genehmigung einzuholen, den Staat Louisiana verlassen zu dürfen. In den meisten Fällen lautete seine Antwort »Ja«, doch das Vorhaben, die USA zu verlassen und bis ins Heilige Land zu fliegen, ging ihm dann doch zu weit.

Der Lernprozess, den ich durchmachte, legte zwar ein rasantes Tempo vor, dennoch bereitete es mir keine Mühe, die vielfältigen Eindrücke, die auf mich einströmten, adäquat zu verarbeiten. Im Gegenteil, ich genoss alles, was mit diesen Trips zu tun hatte –

von der Vorbereitung über die Veranstaltung bis zur schier endlos langen Rückreise nach Simmesport. Jeder Stau, in dem ich steckte, jede Verspätung, die mein Flugzeug hatte, erinnerte mich daran, dass ich nun frei war.

Eine Anfrage jedoch bereitete mir vom ersten Moment an heftige Kopfschmerzen. Sie kam von Direktor Cain. Er bat mich und einen weiteren »Ehemaligen«, mit ihm zusammen nach North Carolina zu fahren. Dort sollten wir vor Mitgliedern einer Stiftung sprechen, die das Ziel verfolgte, Bibelseminare in allen Haftanstalten der USA abzuhalten. Er selbst hatte diese gemeinnützige Organisation ins Leben gerufen, nachdem er sein Amt im *Angola* niedergelegt hatte. Es war Direktor Cain – nunmehr schlicht und einfach Mr Cain – bereits gelungen, mehrere Seminare dieser Art in unterschiedlichen Gefängnissen der Vereinigten Staaten zu etablieren. Nun bat er meinen ehemaligen Mithäftling und mich, vor den geladenen Gästen unsere Geschichte zu erzählen und auch auf die besondere Bedeutung einzugehen, die das Bibelseminar im *Angola* für uns hatte.

Wir hätten mit dem Flugzeug anreisen können, doch Mr Cain ist leidenschaftlicher Autofahrer und so erwartete uns eine dreizehnstündige Landpartie. In den Tagen vor dieser Unternehmung hatte ich viel zu beten. Als wir uns dann auf die knapp 1300 Kilometer lange Fahrt machten und das Gespräch nach den ersten hundert Kilometern langsam verebbte, wandte ich mich erneut an Gott.

Herr, zeig mir den richtigen Zeitpunkt, um es anzusprechen. Du weißt, wie lange ich schon auf eine solche Gelegenheit warte.

Irgendwo auf der Höhe von Atlanta hielten wir an, um etwas zu essen. Als wir weiterfuhren, saß Mr Cain am Steuer, mein Partner auf dem Rücksitz machte ein Nickerchen und ich wusste, dass der günstige Augenblick gekommen war, auf den ich gewartet hatte.

»Mr Cain«, begann ich, als wir ein Straßenschild passierten, das uns verriet, dass wir bis Charlotte noch 360 Kilometer zurückzulegen hatten. »Ich würde gerne mit Ihnen über etwas sprechen, was mir schon seit Jahren unter den Nägeln brennt.«

Mr Cain blickte weiter konzentriert auf die Straße. »Oh. Na klar.«

Ich holte tief Luft. »Ich weiß nicht, ob Sie sich noch daran erinnern, aber vor einigen Jahren ließen Sie mich ins *Camp J* bringen, weil Sie mir etwas vorwarfen, das ich nicht getan hatte. Achtzehn Monate war ich dort eingesperrt.«

»Tatsächlich?« Er hörte sich so an, als ob ihm das völlig neu sei.

»Ja. Das war die Sache mit Pastor Norris, der eine Beziehung mit einer Aufseherin eingegangen war, und den zwei Mobiltelefonen, die man in seinem Büro gefunden hatte. Ich habe immer wieder beteuert, dass ich von dieser ganzen Affäre nichts wusste, doch Sie waren überzeugt davon, dass ich log. Sie haben mich dann den Lügendetektortest machen lassen, den ich nicht bestand. Darum schickten Sie mich ins *Camp J*.«

»Oh, okay, verstehe.«

»Ich hatte mit dieser ganzen Geschichte nichts zu tun. Kurz zuvor war ich ja erst von meinem Gemeindeeinsatz im *Avoyelles* zurückgekommen. Sie haben mich in dieser Zelle volle achtzehn Monate sitzen lassen. Abgeschnitten von allem, was mir hilfreich und wichtig war.«

Sein Handy klingelte. »Entschuldige. Da muss ich rangehen.«

Gedankenverloren starrte ich hinaus auf die Landschaft, die an uns vorbeiflog. Als er auflegte, war ich der Meinung, dass ich vorerst genug gesagt hatte, und beschloss abzuwarten. Ich wollte ihm die Gelegenheit geben, das Gespräch wieder aufzunehmen und zu sagen, was er zu sagen hatte. Auf keinen Fall wollte ich ihn zu irgendetwas drängen, darum hielt ich meinem Mund.

Eine Minute verging. Kein Ton. Dann waren zehn Minuten um. Cain schwieg.

So wie ich. Warten.

Eine Stunde verging und noch immer hatte keiner von uns auch nur ein Wort gesprochen.

Dann, als wir an einem Schild vorbeikamen, das die Entfernung bis Charlotte mit 260 Kilometern angab, rutschte Mr Cain auf seinem Sitz hin und her und begann, zögernd zu sprechen.

»Olivier, ich muss sagen, dass mir das sehr leidtut. Ich weiß, dass du ein guter Kerl bist. Darum – es tut mir wirklich sehr leid.«

Obwohl ich noch eine Menge dazu zu sagen gehabt hätte, wählte ich meine Worte sehr sorgfältig. »Okay, gut, die ganze Sache hat aber noch einen Clou, Mr Cain. Als ich da in meiner Zelle lag, wurde mir irgendwann bewusst, dass mein Leben nicht in Ihren Händen lag. Gott bestimmt über mein Schicksal. Er war es auch, der mir in *Camp J* einen völlig neuen Blick auf meine Situation schenkte. Ich betrachtete es ab einem gewissen Zeitpunkt als mein Missionsfeld. Jedem, der diesen Trakt betrat, erzählte ich von Jesus. Schließlich durfte ich miterleben, wie drei Männer zum Glauben fanden und viele andere neuen Mut fassten. Und was das Beste ist – ich selbst bin Gott so viel nähergekommen und im Vertrauen auf ihn gewachsen. Deshalb, Mr Cain: ›Wir wissen, dass denen, die Gott lieben, alle Dinge zum Besten dienen.‹«

Diesmal fuhren wir höchstens zwei Kilometer, bis Burl Cain sich mir zuwandte und lächelte. »Das erleichtert etwas mein Gewissen. Kannst du mir vergeben?«

»Hören Sie«, antwortete ich und meine Stimme klang ungewöhnlich laut durch das Auto. »Ich habe Ihnen schon vergeben, als ich noch in der Zelle schmorte. Wenn ich das nicht getan hätte, würde ich jetzt nicht in diesem Auto mit Ihnen sitzen. Ihnen ist vergeben worden.«

Kapitel 52

Der Anruf

Schon als ich Teirsen das erste Mal sah, wusste ich, dass ich mir sie und keine andere zur Ehefrau wünschte. Wenige Wochen nach unserem Treffen, an dem sie mir Tyra vorstellte, traute ich mich, ihr das zu sagen. Sie sah mich nur an und meinte: »Na, na, ich bitte dich«, doch ich ließ mich nicht entmutigen. Ich wusste es einfach – eines Tages würde sie meine Frau sein. So wie sie wusste, dass man mich irgendwann aus dem *Angola* entlassen würde.

Unsere Hochzeit fand am 6. April 2019 in Simmesport statt. Eigentlich hatten wir uns ein großes Fest mit vielen Gästen gewünscht, doch da ich erst seit wenigen Monaten ein freier Mann war und noch über sehr bescheidene finanzielle Möglichkeiten verfügte, änderten wir unsere Pläne und entschieden uns für eine weniger aufwendige Feier. Wir beschlossen, unser Geld in die Ehe zu investieren und weniger in die Eheschließung. Nach der Trauung, die Bürgermeister Draper vorgenommen hatte, wechselten wir in die Gemeinderäume und wir verbrachten einen wundervollen Abend mit der Familie und ein paar Freunden bei Tanz und Kuchen. Das Ganze war schlicht, aber rundum perfekt.

Danach wohnten wir zusammen in Teirsens Haus in Lafayette, die Arbeitswoche aber verbrachte ich in Simmesport. Vicki und Jaxon, Teirsens Kinder, waren vierzehn und zehn Jahre alt. Ich genoss die Stunden, die ich mit ihnen verbringen konnte, ganz besonders. Es tat mir einfach gut, sie in einer behüteten Umgebung aufwachsen zu sehen – eine Erfahrung, die ich nie gemacht hatte. Auch für Dawns Mädchen spielte ich noch eine wichtige

Rolle. Mein Dasein nahm eine Entwicklung, die meine kühnsten Träume bei Weitem übertraf.

Rund um unseren ersten Hochzeitstag herum wurde mir ein Gedanke so wichtig, dass ich es für richtig hielt, ihn mit Teirsen zu besprechen. Es war die Zeit, als die Covid-19-Pandemie sich über den ganzen Globus ausbreitete, und meine Frau und ich verbrachten – wie alle anderen auch – sehr viel freie Zeit zu Hause.

»Halte mich bitte nicht für undankbar. Ich kann von Glück sagen, dass ich noch Arbeit habe, während so viele andere zurzeit ihren Job verlieren. Doch wenn ich mir genauer überlege, was ich da jeden Tag tue, dann erfasst mich eine gewisse Unruhe. Manchmal finde ich es etwas frustrierend, in Simmesport den Gasmann zu spielen, während mein Wunsch, in den vollzeitlichen Dienst als Prediger zu gehen, noch immer unerfüllbar zu sein scheint. Ich bin mir ziemlich sicher, dass Gott mich nicht dazu berufen hat, mein Leben lang Gasleitungen zu kontrollieren. Natürlich weiß ich, dass das ein wichtiger Abschnitt meiner Lebensreise ist, und ich werde ihn auch korrekt absolvieren, doch ich frage mich auch, wann es Zeit für den nächsten Schritt wird.«

Teirsen lächelte. »Ich versteh schon.«

Das war alles, was ich von ihr hören wollte.

* * *

Es war zwei Tage später gegen 19 Uhr abends und wir hatten es uns gerade auf dem Sofa gemütlich gemacht. Hinter uns lag ein Tag, der jede Menge Gesprächsstoff geliefert hatte. Am Morgen war ein Immobilienmakler zu uns gekommen und hatte sich mit Teirsen zusammen das Haus angesehen, um seinen Wert zu ermitteln. Wir befanden uns bereits auf der Suche nach einer besser geeigneten Immobilie in Lafayette.

Da klingelte mein Handy. Es war Burl Cain. Man hatte ihn mittlerweile zum Chef der Aufsichtsbehörde über die Gefängnisse im Staat Mississippi befördert und er durfte sich jetzt Generaldirektor nennen.

»Hey Olivier«, begrüßte er mich und seine Stimme klang deutlich lebhafter als auf unserer Fahrt nach North Carolina. »Was hältst du davon, wenn man dich zum leitenden Gefängnisgeistlichen im *Mississippi State Penitentiary* machen würde?«

Ein Teil von mir reagierte instinktiv, wie es nicht anders zu erwarten war. Nach siebenundzwanzig Jahren hinter Gittern konnte ich mir nicht vorstellen, dorthin zurückzukehren, auch wenn ich diesmal auf der anderen Seite der Metallstäbe stehen würde. Das war eine Welt, die ich glücklicherweise hinter mir gelassen hatte.

Doch dann machte sich in meinem Kopf noch eine andere Stimme bemerkbar, die von dem Vorschlag begeistert war. Und sie war sehr viel lauter als die, die mich zurückhalten wollte. Cains Angebot kam keine 48 Stunden später, nachdem ich Teirsen von meinem Wunsch erzählt hatte, in den vollzeitlichen Dienst zu gehen. Hörte sich das nicht an wie eine Antwort Gottes?

»Hör zu«, sagte Generaldirektor Cain, als er merkte, wie sehr ich mit einer Entscheidung zu ringen hatte, »du darfst dir selbst ein Mitarbeiterteam zusammenstellen. Ihr könnt als Familie mietfrei wohnen und es stehen euch viele weitere Vergünstigungen zu. Wir haben die einmalige Gelegenheit, diese Strafanstalt in Parchman im positiven Sinne zu verändern, indem wir dort die Programme einführen, die dir im *Angola* so viel gebracht haben.«

»Okay Mr Cain. Lassen Sie mich erst mit meiner Frau darüber reden.«

»Gern. Aber sag ihr, dass wir auch für sie eine Aufgabe hätten. Wir brauchen jemanden, der die Grundstücksverwaltung in die Hand nimmt.«

Gleich darauf beendeten wir das Gespräch und ich legte das Handy beiseite. Diese Neuigkeiten wollten erst mal verdaut werden. Der Puls musste sich beruhigen. Ich atmete tief durch und betete Sturm.

»Kommt das von dir, Herr?«

Ich hatte einen Verdacht, dass dem wirklich so war. Und es wurde mir klar, dass ich diesem Ruf tatsächlich folgen wollte. Aber was war mit Teirsen? Wäre sie wirklich bereit, in einen Ort zu ziehen, der 350 Kilometer weit von Lafayette entfernt lag, der Stadt, in der sie ihr ganzes bisheriges Leben verbracht hatte und das die Heimat ihrer Kinder war?

Herr, du musst es so führen, dass auch sie ein Ja findet zu diesem Schritt. Wenn sie Nein sagt, gehen wir nicht.

* * *

Als ich Teirsen von dem Telefongespräch erzählte, achtete ich darauf, sie nicht in ihrer Entscheidungsfindung zu manipulieren. Ich berichtete, was Generaldirektor Cain vorgeschlagen hatte, nannte die Tatsachen und überließ ihr die Aufgabe, die Vor- und Nachteile abzuwägen.

»Wow.« Ihr Blick löste sich von mir. Mit weit aufgerissenen Augen starrte sie zu Boden.

Teirsen geht beim Nachdenken sehr analytisch vor. Und sie ist wissbegierig. Bevor sie sich zu etwas entschließt, sammelt sie so viele Fakten, wie sie kriegen kann, stellt Pro und Kontra einander gegenüber und bewertet jedes erdenkliche Risiko, würdigt aber auch sämtliche Vorteile. Und bei dieser Unternehmung bestanden erhebliche Nachteile und Risiken. Es bedeutete, dass sie Lafayette den Rücken kehren musste, Freunde und Familie zurücklassen, ihre Arbeitsstelle und die Gemeinde, in der sie aufgewachsen war, aufgeben musste. Und damit war noch gar nicht klar, was Vicki und Jaxon dazu sagen würden. Vicky wollte in zwei Jahren ihren Abschluss an der Highschool machen und Jaxon trieb leidenschaftlich Sport, meistens zusammen mit seinem Vater. Würde Teirson also auf Cains Vorschlag eingehen, bestand die Gefahr, dass sie sich von ihren Kindern verabschieden musste.

Für mich war die Sache klar – auf keinen Fall würde sie Ja sagen.

Teirson hob ihren Kopf und sah mir fest in die Augen. Ihr Blick verriet, dass sie ihre Entscheidung getroffen hatte. Und das in nicht mal drei Minuten.

»Ronnie, du kannst diesen Job nicht ablehnen.«

Kapitel 53

Veränderungen

Er kam am 17. Januar 2022 in Lafayette zur Welt und wir nannten ihn Ronald-Reese. Doch schon bald riefen wir ihn nur noch mit seinem Kosenamen Ra-Ree. Während sich die ganze Welt mit Lockdowns und Maskenpflicht beschäftigte, kämpften Teirsen und ich mit Windeln und genossen das Abenteuer, das ein Leben mit einem Neugeborenen darstellt. Für Dawns Mädchen und Teirsons Kinder hatte ich bereits die Vaterrolle übernommen, doch Ra-Ree war natürlich etwas Besonderes für mich. Er war mein Fleisch und Blut und ich hielt ihn schon wenige Minuten nach seiner Geburt in den Armen. Während meiner Haft hatte ich so viele Wünsche. Ich sehnte mich nach Freiheit, nach einer Partnerin und nach Vergebung. Das Glück, Vater eines eigenen Kindes zu werden, war der letzte meiner kühnen Träume, der jetzt in Erfüllung ging.

Mir kann also keiner erzählen, es gäbe etwas, das Gott nicht schafft.

Ronald Reese war nicht die einzige Veränderung in unserem Leben. Wir waren mittlerweile nach Parchman/Mississippi umgezogen, wo das *Mississippi State Penitentiary* liegt. Teirsen hatte einen Führungsposten in der Grundstücksverwaltung übernommen und ich leitete die Gefängnisseelsorge.

Das muss man sich auf der Zunge zergehen lassen: Ein ehemaliger Strafgefangener will ausgerechnet im Strafvollzug arbeiten. Es ist als Knacki ohnehin schwer, eine Arbeitsstelle zu finden. Dann kann man sich vorstellen, wie hoch die Hürden sind, die er überwinden muss, wenn er ausgerechnet im Gefängnis arbeiten möchte. Eigentlich unüberwindbar. Wenn er dann auch noch auf Bewährung frei ist – so wie ich –, geht seine Chance, für die Gefängnisverwaltung des Staates Mississippi arbeiten zu dürfen, gegen null. Dennoch saß ich da an meinem Schreibtisch im Verwaltungstrakt des Gefängnisses. Und wenn ich mich mit meinem Bewährungshelfer traf, stand mein Auto neben seinem und beide trugen das Wappen des Staates Mississippi. Das ist nicht nur unwahrscheinlich, das ist völlig ausgeschlossen.

Kurz bevor ich die Stelle antrat, machte das Gefängnis landesweit Schlagzeilen. Es hatte tagelang Unruhen gegeben. Der Auslöser waren die häufigen Auseinandersetzungen, die sich die verschiedenen Gangs lieferten, doch aufgrund der verheerenden Verhältnisse, die dort herrschten, hatte sich das Ganze schnell zu einem Flächenbrand ausgeweitet. Es gab eine erschreckend hohe Selbstmordrate und Woche für Woche wurden Insassen ermordet. Meine Chancen auf eine erfolgreiche Arbeit standen nicht viel besser als meine Aussicht, diesen Job zu bekommen. Mit anderen Worten: Ich war zu hundert Prozent auf Gott angewiesen.

Generaldirektor Cain stand zu seinem Wort und ließ mir freie Hand bei der Auswahl meiner Mitarbeiter. Ich verpflichtete eine Reihe ehemaliger Strafgefangener, die mich in der Gemeinde- und Seelsorgearbeit unterstützten, und gemeinsam verbrachten wir so viel Zeit wie möglich bei den Männern an den Zellen. Wir legten großen Wert auf den persönlichen Kontakt zu den Insassen, sie sollten uns kennen und merken, dass wir keine Angst vor ihnen hatten, dass wir jederzeit ein offenes Ohr für das hatten, was sie uns erzählen wollten. Wir hörten uns ihre Beschwerden an und halfen, wo wir konnten. Dazu gehörte auch, dass wir für eine ausreichende medizinische Versorgung der Gefangenen sorgten und für die da waren, die von der Krankenstation zurückkamen. Das, was wir taten, war nichts Außergewöhnliches; wir achteten einfach darauf, ihnen stets respektvoll und freundlich zu begegnen.

Es dauerte nicht lange und sie behandelten uns in der gleichen

Weise. Und als ein neuer Direktor die Leitung von *Parchman Farm* übernahm – ein Mann, der eine ähnlich fortschrittliche Arbeitsauffassung vertrat wie Generaldirektor Cain –, verbesserte sich die Situation spürbar. Nach und nach wurden Missstände beseitigt und allein wir von der Gefängnisseelsorge riefen eine ganze Reihe von Fortbildungsprogrammen ins Leben. Die Macht der verschiedenen Gangs war gebrochen. Ein Jahr nach unserem Amtsantritt war die Gewaltrate um fünfzig Prozent gesunken.

Unmöglich?

Mir kann keiner erzählen, es gäbe etwas, das Gott nicht schaffen kann.

Anhang

Gottes wertvollster Schatz
von Bill Yount

Es war tief in der Nacht, ich war müde und wollte schlafen gehen, Gott aber wollte mit mir reden. Ich wunderte mich über die späte Stunde, dann aber fiel mir ein, dass Gott ja keine Nachtruhe braucht. Seine Frage weckte meine Lebensgeister. »Bill, wo verwahren die Menschen ihren kostbarsten Besitz?« Ich antwortete: »Normalerweise werden Schätze wie Gold, Silber, Diamanten und andere Juwelen dort aufbewahrt, wo man sie nicht sehen kann, wo sie von Hütern bewacht werden und in Schatzkammern sicher liegen.«

»So verhält es sich auch mit den Menschen. Die wertvollsten Exemplare unter ihnen werden auch hinter Schloss und Riegel verwahrt.«

Dann sah ich Jesus, der vor Tausenden von Gefängnissen stand. Der Herr sagte: »Auch wenn der Feind es fast geschafft hat, sie zu zerstören, haben diese Menschen doch das Potenzial, entscheidend zur Verherrlichung meines Namens beizutragen. Sage meinem Volk, dass ich in die Gefängnisse gehe, um die Gaben und Berufungen zu wecken, die schon vor Grundlegung der Welt in diesen Menschen angelegt wurden. Von Orten wie diesen wird eine Armee von Geistlichen ausziehen, denen ich die Autorität gebe, die Tore zur Hölle einzutreten und die Macht Satans zu brechen, der so viele meiner Leute gefangen hält, und das in meinem eigenen Haus.

Sage meinem Volk, dass hinter diesen Mauern und in diesen unscheinbaren Gefäßen große Schätze liegen. Mein Volk muss sich aufmachen und diese Menschen anrühren, denn über sie will ich einen mächtigen Segen ausgießen, in dem sie Sieg um Sieg erringen werden, um meines Reiches willen. SIE MÜSSEN AUFGERICHTET WERDEN!«

Dann sah ich, wie der Herr mit einem Schlüssel in der Hand an die Gefängnistore trat. Dieser eine Schlüssel passte in alle Schlösser und die riesigen Türen schwangen alle auf. Ich hörte enorme Explosionen, als ob hinter den Mauern Dynamit gezündet würde. Es klang, als ob ein heftiger geistlicher Kampf im Gange wäre. Jesus wandte sich zu mir um und sprach: »Sage meinem Volk, dass es hineingehen, sich der Überlebenden annehmen und retten soll, was übrig ist.« Jesus ging hinein und berührte die Gefangenen, die sich um ihn drängten. Über viele von denen, die er angefasst hatte, legte sich augenblicklich ein goldener Schimmer. Und Gott sagte zu mir: »DAS IST DAS GOLD!« Andere umgab ein silberner Schimmer. Gott sprach: »DAS IST DAS SILBER!«

Wie in einem Zeitraffer verwandelten sich nun diese Menschen in riesige Krieger. Sie trugen die Waffenrüstung Gottes und jedes einzelne Teil davon bestand aus reinem Gold, sogar die Schilde. Während ich noch den goldenen Schimmer bewunderte, hörte ich, wie Gott zu ihnen sagte: »Und nun geht und nehmt das, was Satan euch gelehrt hat, und wendet es gegen ihn selbst. Reißt die Festungen ein, mit denen er meine Kirche bedrängt.« Die geistlichen Krieger stiegen nun einfach über die Gefängnismauern und nahmen sofort die vordersten Plätze im Kampf gegen den Feind ein. Wie David, der Goliath zum Schweigen brachte! Sie drangen in das Feindesgebiet ein und befreiten viele Kinder Gottes aus den Klauen des Teufels, während die Dämonen erzitterten und versuchten, sich vor ihnen in Sicherheit zu bringen. Keiner schien zu wissen, wer diese geistlichen Riesen waren und woher sie kamen. Alles, was man erkennen konnte, war die Rüstung, die goldene Rüstung Gottes, die sie vom Kopf bis zu den Füßen einhüllte, und die goldenen Schilde. Diese Schilde wurden zurückgebracht in das Haus Gottes, wo man den Sieg unter großem Jubel feierte.

Ich sah außerdem, wie silbern glänzende Gegenstände, wertvolle Schmuckstücke und kostbare Gefäße hereingetragen wurden. Gold und Silber nahmen die Gestalt von Menschen an, die keiner kennt: die Ausgestoßenen der Gesellschaft, die Obdachlosen, die Armen und die Verachteten. Das waren die Schätze, die noch gefehlt hatten im Hause Gottes.

Der Herr schloss mit folgenden Worten: Wenn meine Leute wissen wollen, wo man sie am dringendsten braucht, dann sage ihnen: Auf den Straßen, in den Krankenhäusern, in den Missionsstationen und in den Gefängnissen. Wenn sie dorthin gehen, werden sie mich finden und werden begreifen, wohin es meinen Geist zieht, und sie werden beurteilt werden nach dem, was in meinem Wort – Matthäus 25,42-43 – geschrieben steht: »Denn ich bin hungrig gewesen und ihr habt mir nicht zu essen gegeben. Ich bin durstig gewesen und ihr habt mir nicht zu trinken gegeben. Ich bin ein Fremder gewesen und ihr habt mich nicht aufgenommen. Ich bin nackt gewesen und ihr habt mich nicht gekleidet. Ich bin krank und im Gefängnis gewesen und ihr habt mich nicht besucht.«

Danksagung

Ich danke meinem Herrn Jesus Christus, dem Vater und dem Heiligen Geist für den neuen Kurs, den mein Leben genommen hat.

Mein Dank gilt außerdem:

Meiner wundervollen Frau Teirsen Olivier. Ihre selbstlose Liebe zu ihrer Familie motiviert auch mich, ein liebevoller Ehemann und guter Vater zu sein.

Meinen Kindern Jeanne Bordenave, DeJá Bordenave, Victoria Malvo, Jaxon Malvo und Ronald-Reese Warren Olivier.

Meinen Eltern Adrian Olivier (Mutter), Reginald Warren Payne Sr. (Vater) und Rosetta Payne (Stiefmutter).

Ich bin den Mitgliedern meiner Familie und meinen Freunden dankbar, die mir immer wieder Mut gemacht haben, das zu beenden, was ich angefangen hatte. Hier ist nicht genug Platz, all die Namen aufzuzählen, die mir da einfallen, aber ihr wisst, wen ich meine.

Mein Dank geht an Pastor Jim Cymbala, Bürgermeister Leslie Draper III und Generaldirektor Burl Cain sowie an Andrew Hundley und die Kollegen vom *Louisiana Parole Project*.

Und schließlich danke ich Craig Borlase dafür, dass er meine Geschichte so gut in Worte gefasst hat.